U0508117

诗词
桃花源

SHICI
TAOHUAYUAN

寒阳

———

编著

重庆出版集团 重庆出版社

图书在版编目（CIP）数据

诗词桃花源 / 寒阳编著 . —重庆: 重庆出版社,2025.1
ISBN 978-7-229-18698-2

Ⅰ.①诗…　　Ⅱ.①寒…　　Ⅲ.①古典诗歌—诗集—中国
Ⅳ.①I222

中国国家版本馆CIP数据核字(2024)第092775号

诗词桃花源
SHICI TAOHUAYUAN
寒　阳　编著

责任编辑:谭翔鹏
责任校对:何建云
装帧设计:刘沂鑫

重庆出版集团
重庆出版社　出版

重庆市南岸区南滨路162号1幢　邮政编码:400061　http://www.cqph.com
重庆出版社艺术设计有限公司制版
重庆市鹏程印务有限公司印刷
重庆出版集团图书发行有限公司发行
E-MAIL:fxchu@cqph.com　邮购电话:023-61520678
全国新华书店经销

开本:889mm×1194mm　　1/16　　印张:20.75　　字数:246千
2025年1月第1版　　2025年1月第1次印刷
ISBN 978-7-229-18698-2
定价:88.00元

如有印装质量问题,请向本集团图书发行有限公司调换:023-61520678

序

周文彰

中国人对于桃花似乎是情有独钟的，诗经里把"桃之夭夭"和宜家宜室的新媳妇联系在一起，用桃花开启一段新的人生。崔护则沉湎于春风之中，用"人面桃花"表达爱情倏忽变化的怅惘。在桃花大树上严肃持重的神荼郁垒，有一天跃入中国人的房门，从此新桃旧符，年年护这一家平安喜乐。浪荡子唐寅甘愿在名利场外躺平，用桃花沽酒，来一场人生宿醉。还有狡黠的许仲琳，早早地将那支降妖的桃木剑挂在成汤江山的城头，想挡一挡昏聩纣王的桃花劫，不料却引来一场旷日持久的人神征伐。对于桃花的文化经验似乎无处不在，就连我本人也沾了桃花的缘分：我的小名叫"红桃"。这使我对桃喜爱有加，我的笔名"弘陶"即是"红桃"的谐音。著名书法家欧阳中石先生生前还为我书写了"弘陶书咏桃诗"的书法集标题。但倘若让中国人不假思索地说出一个句子，或者一个词，一个关于桃花近乎本能的文本联想，我敢说十有八九会立即朗声道："桃花源"。

细想起来，陶渊明和"桃花源"几乎构建且满足了中国人对于世外乐土的所有想象。不同于佛教净土经典中的宗教乐土——那毕竟太依赖信念感与道德自律了，传统中国人对于乐土的想象需要更多的人情味。陶渊明是一个隐士，却更是一位极具人情味的作者，从年轻时对爱慕之人"白水枯煎"的一声叹息，转而进入对一个人伦清朗、恬静淡然的农耕生活共同体的理想生活表述，显现出他对于人性以及世俗生活的关切与热情。他对于桃花源的只言片语，好像一下击中了中国人的文化中枢，让中国人的群体记忆中从此有了一个属于自己的乌托邦。

对于这个乌托邦的建立，桃花源的盛景自然功不可没，但如果深究起来，似乎其中有几个价值维度值得一论。

一、"桃花源"是隐秘的。这种私人感是一种特立独行的狷介，也是一种不足为外人知晓的款叙幽情。桃花源是文人在时间缝隙里安置的一个关于另一种人生的"秘密宅邸"，一如博尔赫斯笔下《小径分叉的花园》。我们瞬即开始思索，有没有另一种人生的可能性呢，在我秘而不宣的过往之中，生出一种泛着微光火焰的秘密生活，焰色苍蓝，灵动而真实。

二、"桃花源"是慢的。"不知有汉，无论魏晋"，初读这样的字句，有一点希区柯克意味的悬疑吊诡，也有一点观棋烂柯的怅然叹惋。这种奇妙的感觉来自时间，来自相对论的谜语。但我们不可能不成长，待我们有了一定年岁，会感到另一种关于时间的况味，一种关于"从前慢"的怀念，一种关于现代性的对峙，一种关于工业文明迷思下的反叛。米兰·昆德拉用摩托车上的速度感诘问现代人的生活：我们是否早已忘记了慢跑中腿肚子上乳酸堆积带来的感受？现代性馈赠我们，也剥夺我们。而桃花源则总是让我们在对抗现代性的过程中找到一个小小支点。

三、桃花源是人情味的。赖声川用大美女林青霞演绎了一个《暗恋桃花源》的故事，两条不属于同一时代的故事线索在同一舞台上转旋缠绕。而最后，关于"暗恋"似乎总要归旨于"桃花源"，才算是一个人心的去处。金庸老爷子则在20世纪50年代，在舟山群岛中改造出一个叫做"桃花岛"的地方，塑造一位任你涛生云灭，他只随星河在天的高人隐士黄老邪。可是隐归隐，邪归邪，在他的桃花源里，总有一个绕不开的儿女情长。

此身非我有，何时忘却营营？除去那些活在文本中的桃花源，我们第一次感到：要是我们真能够去向那个地方该多好，一个真实的，肉身可以暗访的家园。这才是中国人的活法呀，中国人要的不是幻梦中的期冀，而是现世的阡陌可达。于是，文人学者们也在玩笑之后认真起来，依照文献古籍考订起陶翁笔下的盛景来源。

"洞前流水渺漫漫，洞里桃花渐渐残，曼倩不来渔父去，道人闲倚石阑干。"这首刻在重庆市酉阳县大酉洞历史漫漶之处的诗句竟成为破题的题眼。地方志《酉阳州志》诉说着自己武陵郡以及桃花源的前世今生。这是一个令人惊喜的发现，如同在小亚细亚的达达尼尔海峡边上找到了特洛伊，如同阿伽门农的黄金面具重新在希腊人手中挥舞。一切似乎真的回到了从前，回到了陶渊明的时代，我们真的等来了从武陵赶来的那艘渔船，溪畔停棹，邀我同游。

然而在我小舟轻发之时，才看见前面影影绰绰的人群里浮现出一身影，那个青衫客是谁？是王维，他吟唱道："渔舟逐水爱山春，两岸桃花夹古津。"一旁的刘禹锡和道："仙家一出寻无踪，至今流水山重重。"紧随其后的是王安石，他一生锐意进取，现在终于从容淡然，他继续吟诵："渔郎漾舟迷远近，花间相见因相问。"以一种从未有过的孩子般的好奇心与渔夫攀谈。而在他一旁一生与其政见不合的苏东坡，早就哈哈大笑，此时恩仇俱泯，怎能无诗："桃花满庭下，流水在户外。却笑逃秦人，有畏非真契。"

　　"桃花"是美的，但不是那种枯树寒鸦的萧索之美，桃花有一点不那么富贵妖冶的娇俏，还透着一点中国人所说的吉祥。于是即便"落英"亦是"缤纷"，即便"小国寡民"还自"屋舍俨然"。所以"桃花源"其实是一种独属于中国人的精神放逐，一种关于家园的集体流浪，一种黄发垂髫并怡然自乐的惬意旷达。

　　而这本书的编撰似乎也抱有同样一种态度，无论书画文章还是诗词，无不是古人精神的风痕浪迹，将之集结起来，让我们眺望这一群以桃花为题的行吟歌者的集体流浪，看着他们渡往自己的诗意栖息之地。

　　而对于读者，溪头解缆，兰舟已发，掩卷思接千载。在我们眼前，又一次呈现出那个"初极狭"的洞穴微光。

中华诗词学会会长：周文彰

2024 年 10 月 30 日

酉阳土家族苗族自治县沿革

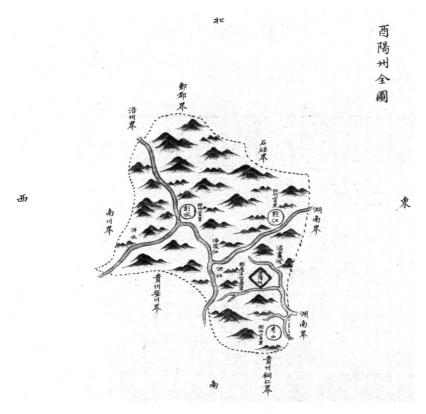

酉阳州全图（清道光年）

来源：《重庆历史地图集》第 1 卷古地图，《重庆历史地图集》编纂委员会编著，北京：中国地图出版社，2013 年 6 月第 1 版，第 303 页。

酉阳县历史悠久，距今已有 2000 多年的建县历史，曾是 800 年州府所在地。春秋战国时期，今酉阳域地属楚黔中郡。秦袭故名黔中郡，西境隶之。汉高祖元年（公元前 206 年），于黔中郡（今湖南省永顺县芙蓉镇）置酉阳县。其辖地包括今湖南省的永顺、古丈、龙山，重庆市的酉阳、秀山、黔江、彭水，贵州省的沿河、思南、德江、印江、务川等地。高祖五年（公元前 202 年），撤黔中郡置武陵郡。

宋高宗建炎三年（1129年）封酉阳为知寨；绍兴元年（1131年）改寨为州；元至元十六年（1279年），酉阳州划归川南道宣慰司怀德府管辖。元延祐元年（1314年），改酉阳州为酉阳军民宣慰司。元末，明玉珍据重庆，改酉阳军民宣慰司为酉阳沿边溪洞军民宣慰司，是时，境内划分"九溪十八洞"。范围包括今酉阳、秀山，湖南保靖和贵州抬排等地。

明洪武五年（1372年）四月，复置酉阳州，兼置酉阳宣慰司元帅府。洪武八年（1375年）废州和川东道宣慰司怀德府，复置酉阳宣慰司，隶四川布政使司，兼领平茶、石耶、邑梅、麻兔四洞长官司。

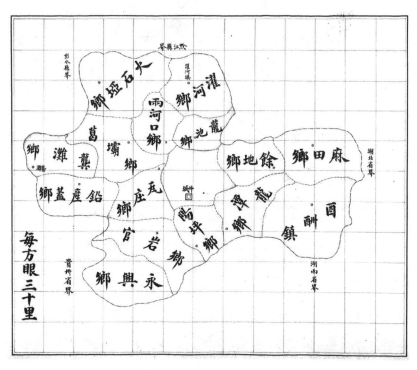

四川酉阳直隶州自治区域图（1910年）

来源：《重庆历史地图集》第1卷古地图，《重庆历史地图集》编纂委员会编著，北京：中国地图出版社，2013年6月第1版，第311页。

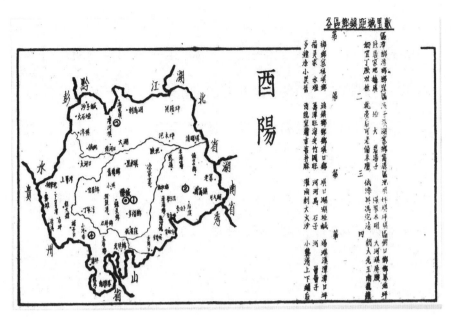

酉阳（1939年）

来源：《重庆历史地图集》第 1 卷古地图，《重庆历史地图集》编纂委员会编著，北京：中国地图出版社，2013 年 6 月第 1 版，第 355 页。

清顺治十六年（1659 年），酉阳宣慰司隶下川东道。清康熙八年（1669 年），裁下川东道为川东兵备道，酉阳宣慰司又改隶之。清雍正十三年（1735 年），改土归流，废酉阳宣慰司为酉阳县，隶黔彭直隶厅。清乾隆元年（1736 年），升酉阳县为酉阳直隶州，实行以州代县。时酉阳州辖酉阳、秀山、黔江、彭水 4 县。同年，废黔彭厅，酉阳州改隶四川省。

1913 年，酉阳州改为酉阳县，隶川东道。1935 年，酉阳为第八行政督察专员公署所在地，辖酉阳、秀山、黔江、彭水、丰都、涪陵、石柱、南川、长寿、武隆 10 县。

1950 年 2 月，成立酉阳专员公署，辖酉阳、秀山、黔江 3 县。1952 年专署撤销，酉阳县改隶涪陵专区。1983 年 11 月 11 日，成立酉阳土家族苗族自治县，其隶属未变。

1988 年 5 月，改隶黔江地区。1996 年，重庆市受四川省委托代管万县市、涪陵地区和黔江地区，酉阳土家族苗族自治县隶属于重庆市黔江地区。1997 年 3 月，重庆直辖，酉阳土家族苗族自治县正式隶属于重庆直辖市黔江地区。1998 年 2 月，隶属于重庆市黔江开发区。2000 年 7 月，酉阳土家族苗族自治县直隶于重庆直辖市。

四川省各道府直隶厅州图·酉阳州三属图（清末）

来源：《重庆古旧地图研究》下卷，蓝勇主编，重庆：西南师范大学出版社，2013 年 6 月第 1 版，第 665 页。

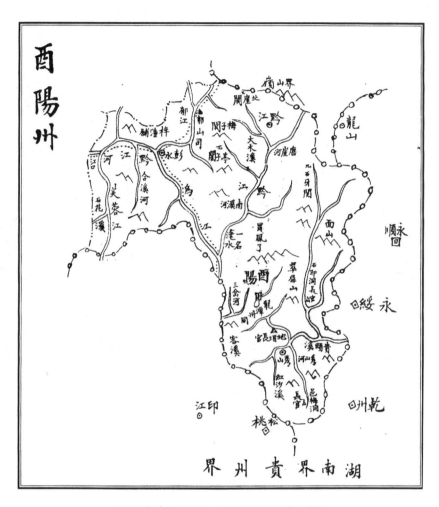

四川省府州县图·酉阳州图（清末）

来源:《重庆古旧地图研究》下卷,蓝勇主编,重庆:西南师范大学出版社,2013 年 6 月第 1 版,第 666 页。

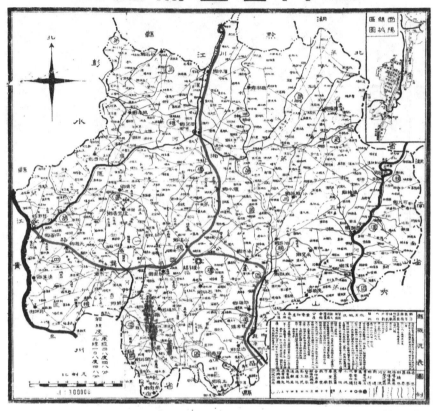

四川省酉阳县图（1945年）
Youyang County（1945）

四川省酉阳县图（1945年）

来源：《重庆历史地图集》第1卷古地图，《重庆历史地图集》编纂委员会编著，北京：中国地图出版社，2013年6月第1版，第267页。

酉阳州图（清道光年）

来源:《重庆历史地图集》第1卷古地图,《重庆历史地图集》编纂委员会编著,北京:中国地图出版社,
2013年6月第1版,第304页。

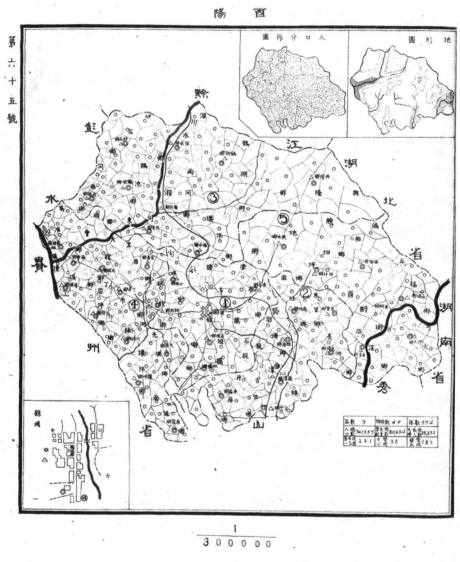

酉阳（1941年）

来源：《重庆历史地图集》第1卷古地图，《重庆历史地图集》编纂委员会编著，北京：中国地图出版社，2013年6月第1版，第377页。

目 录

桃花源记

东晋　陶渊明

　　晋太元中，武陵人捕鱼为业。缘溪行，忘路之远近。忽逢桃花林，夹岸数百步，中无杂树，芳草鲜美，落英缤纷，渔人甚异之。复前行，欲穷其林。

　　林尽水源，便得一山，山有小口，仿佛若有光。便舍船，从口入。初极狭，才通人。复行数十步，豁然开朗。土地平旷，屋舍俨然，有良田美池桑竹之属。阡陌交通，鸡犬相闻。其中往来种作，男女衣着，悉如外人。黄发垂髫，并怡然自乐。

　　见渔人，乃大惊，问所从来。具答之。便要还家，设酒杀鸡作食。村中闻有此人，咸来问讯。自云先世避秦时乱，率妻子邑人来此绝境，不复出焉，遂与外人间隔。问今是何世，乃不知有汉，无论魏晋。此人一一为具言所闻，皆叹惋。余人各复延至其家，皆出酒食。停数日，辞去。此中人语云："不足为外人道也。"

　　既出，得其船，便扶向路，处处志之。及郡下，诣太守，说如此。太守即遣人随其往，寻向所志，遂迷，不复得路。

　　南阳刘子骥，高尚士也，闻之，欣然规往。未果，寻病终，后遂无问津者。

桃花源诗

东晋　陶渊明

嬴氏乱天纪，贤者避其世。
黄绮之商山，伊人亦云逝。
往迹浸复湮，来径遂芜废。
相命肆农耕，日入从所憩。
桑竹垂余荫，菽稷随时艺；
春蚕收长丝，秋熟靡王税。
荒路暖交通，鸡犬互鸣吠。

俎豆犹古法，衣裳无新制。

童孺纵行歌，班白欢游诣。

草荣识节和，木衰知风厉。

虽无纪历志，四时自成岁。

怡然有馀乐，于何劳智慧？

奇踪隐五百，一朝敞神界。

淳薄既异源，旋复还幽蔽。

借问游方士，焉测尘嚣外。

愿言蹑清风，高举寻吾契。

作者简介：

陶渊明（352 或 365—427 年），字元亮，又名潜，私谥"靖节"，世称靖节先生。浔阳柴桑人。东晋末至南朝宋初期伟大的诗人、辞赋家。曾任江州祭酒、建威参军、镇军参军、彭泽县令等职，最末一次出仕为彭泽县令，八十多天便弃职而去，从此归隐田园。他是中国第一位田园诗人，被称为"古今隐逸诗人之宗"，有《陶渊明集》。

徐报使来止得一相见诗

南北朝　庾信

一面还千里，相思那得论。
更寻终不见，无异桃花源。

咏画屏风（其五）

南北朝　庾信

逍遥游桂苑，寂绝到桃源。
狭石分花径，长桥映水门。

管声惊百鸟，人衣香一园。

定知欢未足，横琴坐石根。

奉报赵王惠酒诗^①

南北朝　庾信

梁王修竹园，冠盖风尘喧。

行人忽枉道，直进桃花源。

稚子还羞出，惊妻倒闭门。

始闻传上命，定是赐中樽。

野炉然树叶，山杯捧竹根。

风池还更暖，寒谷遂长暄。

未知稻粱雁，何时能报恩。

拟咏怀诗·怀抱独惛惛

南北朝　庾信

怀抱独惛惛。平生何所论。由来千种意。并是桃花源。

穀皮两书帙。壶卢一酒樽。自知费天下。也复何足言。

作者简介：

庾信（513—581年）字子山，小字兰成，北周时期人。南阳新野（今属河南）人。他以聪颖的资质，在梁这个南朝文学的全盛时代积累了很高的文学素养，又来到北方，其沉痛的生活经历丰富了创作的内容，并融合北方文化，形成了自己诗文的独特面貌。

---

①《诗纪》云。一作奉报赐酒。

山斋诗

南北朝　徐陵

桃源惊往客。

鹤峤断来宾。

复有风云处。

萧条无俗人。

山寒微有雪。

石路本无尘。

竹径蒙笼巧。

茅斋结构新。

烧香披道记。

悬镜厌山神。

砌水何年溜。

檐桐几度春。

云霞一已绝。

宁辨汉将秦。

作者简介：

徐陵（507—583 年），字孝穆，东海郡郯县（今山东郯城）人，出身东海徐氏，南朝著名诗人和文学家，戎昭将军、太子左卫率徐摛之子。

早年即以诗文闻名。八岁能撰文，十二岁通《庄子》《老子》。长大后，博涉史籍，有口才。梁武帝萧衍时期，任东宫学士，常出入禁闼，为当时宫体诗人，与庾信齐名，并称"徐庾"。入陈后，历任尚书左仆射、中书监等职，继续宫体诗创作，诗文皆以轻靡绮艳见称。

至德元年（583 年）去世，时年七十七，赠镇右将军、特进、侍中、左光禄大夫、鼓吹、建昌县侯如故，谥号为章。今存《徐孝穆集》六卷和《玉台新咏》十卷。

和岁首寒望诗

南北朝　宗懔

旅骑出平原，钲铙遍野喧。
接里开都邑，连车驻小门。
稻车回故坞，猎马转新村。
古碑空戴石，山龛未上幡。
所言春不至，未有桃花源。

作者简介：

宗懔（约500—约563年），北周文学家。字元懔，祖籍南阳涅阳（今河南省邓县东北），世居江陵（今湖北省江陵县）。少好读书，昼夜不倦，言谈常援引古事，乡里称为"小儿学士"。南朝梁普通六年（525年），举秀才。萧绎镇荆州，刘之遴荐为记室。曾奉命作《龙川庙碑》，一夜即成，为萧绎所叹美。后历任临汝、建成、广晋三县令。萧绎即帝位，升任尚书侍郎，封信安县侯，累迁至吏部尚书。魏军破江陵，与王褒等同入长安。宇文泰以其名重南土，甚相礼遇。周孝闵帝即位，任车骑大将军、仪同三司。有文集二十卷行于世。

游仙四首（其三）

唐代　王绩

结衣寻野路，负杖入山门。
道士言无宅，仙人更有村。
斜溪横桂渚，小径入桃源。
玉床尘稍冷，金炉火尚温。
心疑游北极，望似陟西昆。
逆愁归旧里，萧条访子孙。

作者简介：

王绩（约589—644年），字无功，号东皋子，古绛州龙门县（今山西万荣县通化镇）人，唐代诗人。隋末举孝廉，除秘书正字。不乐在朝，辞疾，复授扬州六合丞。时天下大乱，弃官还乡。唐武德中，诏以前朝官待诏门下省。贞观初，以疾罢归河渚间，躬耕东皋，自号"东皋子"。性简傲，嗜酒，能饮五斗，自作《五斗先生传》，撰《酒经》《酒谱》。其诗近而不浅，质而不俗，真率疏放，有旷怀高致，直追魏晋高风。律体滥觞于六朝，而成型于隋唐之际，无功实为先声。

同辛簿简仰酬思玄上人林泉四首

（其一）

唐代　骆宾王

闻君招隐地，仿佛武陵春。缉芰知还楚，披榛似避秦。
崩查年祀积，幽草岁时新。一谢沧浪水，安知有逸人。

作者简介：

骆宾王（约640—约684年），字观光，汉族，婺州义乌（今浙江义乌）人，唐代诗人，与王勃、杨炯、卢照邻合称"初唐四杰"。又与富嘉谟并称"富骆"。高宗永徽中，为道王李元庆府属，历武功、长安主簿。仪凤三年（678年），入为侍御史，因事下狱，次年遇赦。调露二年，除临海丞，不得志，辞官。骆宾王于武则天光宅元年，为起兵扬州反武则天的徐敬业作《代李敬业讨武曌檄》，敬业败，亡命不知所之，或云被杀，或云为僧。骆宾王以辞采华胆，格律谨严著称。长篇如《帝京篇》，五七言参差转换，讽时与自伤兼而有之；小诗如《于易水送人》，二十字中，悲凉慷慨，余情不绝。

送司马先生

唐代　李峤

蓬阁桃源两处分，人间海上不相闻。

一朝琴里悲黄鹤，何日山头望白云。

作者简介：

李峤（644—713年），字巨山，赵州赞皇（今属河北）人，唐代诗人。出身赵郡李氏东祖房，早年进士及第，历任安定小尉、长安尉、监察御史、给事中、润州司马、凤阁舍人、麟台少监等职。武周时期，依附张易之兄弟。中宗年间，依附韦皇后和梁王武三思，官至中书令、特进，封为赵国公。唐睿宗时，贬为怀州刺史，以年老致仕。唐玄宗时，再贬滁州别驾，迁庐州别驾。开元二年（714年）病逝于庐州，终年七十岁。

李峤生前以文辞著称，与苏味道并称"苏李"，又与苏味道、杜审言、崔融合称"文章四友"，晚年成为"文章宿老"。先后历仕五朝，趋炎附势，史家评价以贬义居多。

出境游山二首（其一）

唐代　王勃

源水终无路，山阿若有人。驱羊先动石，走兔欲投巾。

洞晚秋泉冷，岩朝古树新。峰斜连鸟翅，磴叠上鱼鳞。

化鹤千龄早，元龟六代春。浮云今可驾，沧海自成尘。

作者简介：

王勃（约650—约676年），字子安，汉族，唐代诗人。古绛州龙门（今山西河津）人，出身儒学世家，与杨炯、卢照邻、骆宾王并称为"初唐四杰"，王勃为四杰之首。王勃自幼聪敏好学，据《旧唐书》记载，他六岁即能写文章，文笔流畅，被赞为"神童"。九岁时，读颜师古注《汉书》，作《指瑕》十卷以纠正其错。十六岁时，应幽素科试及第，授职朝散郎。因做《斗鸡檄》被赶出沛王府。之后，王勃历时三年游览巴蜀山川景物，创作了大量诗文。返回长安后，求补得虢州参军。在参军任上，因私杀官奴二次被贬。上元三年（676年）八月，自交趾探望父亲返回时，不幸渡海溺水，惊悸而死。王勃在诗歌体裁上擅长五律和五绝，代表作品有《送杜少府之任蜀州》，主要文学成就是骈文，无论是数量还是质量上，都是上乘之作，代表作品有《滕王阁序》等。

三月曲水宴得尊字

唐代　卢照邻

风烟彭泽里，山水仲长园。由来弃铜墨，本自重琴尊。
高情邈不嗣，雅道今复存。有美光时彦，养德坐山樊。
门开芳杜径，室距桃花源。公子黄金勒，仙人紫气轩。
长怀去城市，高咏狎兰荪。连沙飞白鹭，孤屿啸玄猿。
日影岩前落，云花江上翻。兴阑车马散，林塘夕鸟喧。

过东山谷口

唐代　卢照邻

不知名利险，辛苦滞皇州。始觉飞尘倦，归来事绿畴。
桃源迷处所，桂树可淹留。迹异人间俗，禽同海上鸥。
古苔依井被，新乳傍崖流。野老堪成鹤，山神或化鸠。
泉鸣碧涧底，花落紫岩幽。日暮餐龟壳，开寒御鹿裘。
不辨秦将汉，宁知春与秋。多谢青溪客，去去赤松游。

作者简介：

卢照邻（生卒年不详），字升之，自号幽忧子，汉族，幽州范阳

（今河北省定兴县）人，初唐诗人。

卢照邻出身望族，曾为王府典签，又出任益州新都（今四川成都附近）尉，在文学上，他与王勃、杨炯、骆宾王以文词齐名，世称"王杨卢骆"，号为"初唐四杰"。有七卷本的《卢升之集》、明张燮辑注的《幽忧子集》存世。

卢照邻尤工诗歌骈文，以歌行体为佳，不少佳句传颂不绝，如"得成比目何辞死，愿作鸳鸯不羡仙"等，更被后人誉为经典。

入少密溪

唐代　沈佺期

云峰苔壁绕溪斜，江路香风夹岸花。树密不言通鸟道，
鸡鸣始觉有人家。人家更在深岩口，涧水周流宅前后。
游鱼瞥瞥双钓童，伐木丁丁一樵叟。自言避喧非避秦，
薜衣耕凿帝尧人。相留且待鸡黍熟，夕卧深山萝月春。

作者简介：

沈佺期（约656—约715年），字云卿，相州内黄（今安阳市内黄县）人，唐代诗人。与宋之问齐名，称"沈宋"。善属文，尤长七言之作。擢进士第。长安中，累迁通事舍人，预修《三教珠英》，转考功郎给事中。坐交张易之，流驩州。稍迁台州录事参军。神龙中，召见，拜起居郎，修文馆直学士，历中书舍人，太子少詹事。开元初卒。建安后，讫江左，诗律屡变，至沈约、庾信，以音韵相婉附，属对精密，及佺期与宋之问，尤加靡丽。回忌声病，约句准篇，如锦绣成文，学者宗之，号为沈宋。语曰：苏李居前，沈宋比肩。集十卷，今编诗三卷。

岳阳石门墨山二山相连
有禅堂观天下绝境

唐代　张说

困轮江上山，近在华容县。常涉巴丘首，天晴遥可见。
佳游屡前诺，芳月怨幽眷。及此符守移，欢言临道便。
既携赏心客，复有送行掾。竹径入阴窅，松萝上空蒨。
草共林一色，云与峰万变。探窥石门断，缘越沙涧转。
两山势争雄，峰嵲相顾眄。药妙灵仙宝，境华岩壑选。
清都西渊绝，金地东敞宴。池果接园畦，风烟迩台殿。
高寻去石顶，旷览天宇遍。千山纷满目，百川豁对面。
骑来云气迎，人去鸟声恋。长揖桃源士，举世同企羡。

作者简介：

张说（yuè）（667—730 年），字道济，一字说之，河南洛阳人，唐朝政治家、军事家、文学家。张说早年参加制科考试，策论为天下第一，历任太子校书、左补阙、右史、内供奉、凤阁舍人，参与编修《三教珠英》，因不肯诬陷魏元忠，被流放钦州。后来，张说返回朝中，任兵部员外郎，累迁工部侍郎、兵部侍郎、中书侍郎，加弘文馆学士。

与生公寻幽居处

唐代　张九龄

同方久厌俗，相与事遐讨。
及此云山去，窅然岩径好。
疑入武陵源，如逢汉阴老。
清谐欣有得，幽闲欻盈抱。
我本玉阶侍，偶访金仙道。

兹焉求卜筑，所过皆神造。

岁晚林始敷，日晏崖方杲。

不种缘岭竹，岂植临潭草。

即途可淹留，随日成龌龊。

期为静者说，曾是终焉保。

今为简书畏，只令归思浩。

作者简介：

张九龄（678—740年），字子寿，一名博物，谥文献。汉族，唐朝韶州曲江（今广东省韶关市）人，世称"张曲江"或"文献公"。唐玄宗开元年间任尚书丞相，诗人。西汉留侯张良之后，西晋开国功勋壮武郡公张华十四世孙。七岁知属文，唐中宗景龙初年进士，始调校书郎。玄宗即位，迁右补阙。唐玄宗开元时历官中书侍郎、同中书门下平章事、中书令。母丧夺哀，拜同平章事。是唐代有名的贤相；举止优雅，风度不凡。自张九龄去世后，唐玄宗对宰相推荐之士，总要问"风度得如九龄否？"因此，张九龄一直为后世人所崇敬、仰慕。

春日与王右丞过新昌里访吕逸人不遇

唐代　裴迪

恨不逢君出荷蓑，青松白屋更无他。

陶令五男曾不有，蒋生三径枉相过。

芙蓉曲沼春流满，薜荔成帷晚霭多。

闻说桃源好迷客，不如高卧眄庭柯。

崔九欲往南山马上口号与别

唐代　裴迪

归山深浅去，须尽丘壑美。
莫学武陵人，暂游桃源里。

作者简介：

　　裴迪（生卒年不详），字、号均不详，唐代诗人，关中（今属陕西）人。官蜀州刺史及尚书省郎。其一生以诗文见称，是盛唐著名的山水田园诗人之一。

武陵开元观黄炼师院三首（其一）

唐代　王昌龄

松间白发黄尊师，童子烧香禹步时。
欲访桃源入溪路，忽闻鸡犬使人疑。

武陵开元观黄炼师院三首（其二）

唐代　王昌龄

先贤盛说桃花源，尘忝何堪武陵郡。
闻道秦时避地人，至今不与人通问。

武陵开元观黄炼师院三首（其三）

唐代　王昌龄

山观空虚清静门，从官役吏扰尘喧。
暂因问俗到真境，便欲投诚依道源。

作者简介：

王昌龄（698—756年），字少伯，河东晋阳（今山西太原）人。盛唐著名边塞诗人，后人誉为"七绝圣手"。早年贫贱，困于农耕，而立之年，始中进士。初任秘书省校书郎，又中博学宏辞，授汜水尉，因事贬岭南。与李白、高适、王维、王之涣、岑参等交厚。开元末返长安，改授江宁丞。被谤谪龙标尉。安史乱起，为刺史闾丘所杀。其诗以七绝见长，尤以登第之前赴西北边塞所作边塞诗最著，有"诗家夫子王江宁"之誉（亦有"诗家天子王江宁"的说法）。

同熊少府题卢主簿茅斋
（庐兼有人伦）

唐代　高适

虚院野情在，茅斋秋兴存。孝廉趋下位，才子出高门。
乃继幽人静，能令学者尊。江山归谢客，神鬼下刘根。
阶树时攀折，窗书任讨论。自堪成独往，何必武陵源。

作者简介：

高适（约704—约765年），字达夫、仲武，汉族，唐朝渤海郡（今河北景县）人，后迁居宋州宋城（今河南商丘睢阳）。唐代著名的边塞诗人，曾任刑部侍郎、散骑常侍、渤海县侯，世称高常侍。

高适与岑参并称"高岑"，有《高常侍集》等传世，其诗笔力雄健，气势奔放，洋溢着盛唐时期所特有的奋发进取、蓬勃向上的时代精神。开封禹王台五贤祠即专为高适、李白、杜甫、何景明、李梦阳而立。后人又把高适、岑参、王昌龄、王之涣合称"边塞四诗人"。

人日登高

唐代　乔侃

仆本多悲者，年来不悟春。
登高一游目，始觉柳条新。
杜陵犹识汉，桃源不辨秦。
暂若升云雾，还似出嚣尘。
赖得烟霞气，淹留攀桂人。

作者简介：

乔侃（生卒年不详）（一作偘），同州冯翊人，乔知之之弟，约唐武后天授元年（690年）在世。与兄知之弟备并以文词知名。开元初（713年）为兖州都督。

武陵桃源送人

唐代　包融

武陵川径入幽遐，中有鸡犬秦人家。
先时见者为谁耶？源水今流桃复花。

赋得岸花临水发

唐代　包融

笑笑傍溪花，丛丛逐岸斜。

朝开川上日，夜发浦中霞。

照灼如临镜，丰茸胜浣纱。

春来武陵道，几树落仙家？

作者简介：

包融（生卒年不详），唐诗人，开元初，与贺知章、张旭、张若虚皆有名，号"吴中四士"。张九龄引为怀州司马，迁集贤直学士、大理司直。子何、佶，世称二包，各有集。融诗今存八首。

奉和幸上官昭容院献诗四首（其一）

唐代　郑愔

地轴楼居远，天台阙路赊。何如游帝宅，即此对仙家。

座拂金壶电，池摇玉酒霞。无云秦汉隔，别访武陵花。

作者简介：

郑愔（？—710年），唐诗人。字文靖，河北沧县（属沧州）人。卒于唐睿宗景云元年。十七岁举进士。武后时，张易之兄弟荐为殿中侍御史，张易之下台后，被贬为宣州司户。唐中宗时，任中书舍人，太常少卿，与崔日用、冉祖雍等佞附武三思，人称"崔、冉、郑，辞书时政"。

寻许山人亭子

唐代 奚贾

桃源若远近，渔子棹轻舟。川路行难尽，人家到渐幽。
山禽拂席起，溪水入庭流。君是何年隐，如今成白头。

作者简介：

奚贾（生卒年不详），富春人。

赠毛仙翁

唐代 张仲方

毛仙翁，毛仙翁，容貌常如二八童。
几岁头梳云鬓绿，无时面带桃花红。
眼前人世阅沧海，肘后药成辞月宫。
方口秀眉编贝齿，了然炅炅双瞳子。
芝椿禀气本坚强，龟鹤计年应不死。
四海五山长独游，矜贫傲富欺王侯。
灵通指下砖甓化，瑞气炉中金玉流。
定是烟霞列仙侣，暂来尘俗救危苦。
紫霞妖女琼华飞，秘法虔心传付与。
阴功足，阴功成，羽驾何年归上清。
待我休官了婚嫁，桃源洞里觅仙兄。

作者简介：

张仲方（生卒年不详），韶州始兴人。祖九皋，广州刺史、殿中监、岭南节度使。父抗，赠右仆射。仲方伯祖始兴文献公九龄，开元朝名相。仲方，贞元中进士擢第，宏辞登科，释褐集贤校理，丁母忧免。服阕，补秘书省正字，调授咸阳尉。出为邠州从事，入朝历侍御史、仓部员外郎。

题上清张真人画阴厓长啸图

唐代　王翰

穹厓壁立三千尺，万梃苍官并厓立。

半空垂瀑似飞龙，怪石秋阴护苔色。

水边鹄立是神仙，意欲飞空陵紫烟。

白云不隔华阳洞，绿波远入桃花源。

羽衣翩翩无觅处，万壑千岩锁烟雾。

龙吟凤嗷下青冥，天风振落三花树。

上清宫中仙子家，兴来绕笔飞烟霞。

苏门一啸闻千古，但恨不得随仙槎。

作者简介：

　　王翰（687—726 年），字子羽，并州晋阳（今山西太原市）人，唐代边塞诗人。与王昌龄同时期，王翰这样一个有才气的诗人，其集不传。其诗载于《全唐诗》的，仅有 14 首。登进士第，举直言极谏，调昌乐尉。复举超拔群类，召为秘书正字。擢通事舍人、驾部员外。出为汝州长史，改仙州别驾。

南还舟中寄袁太祝

唐代　孟浩然

沿溯非便习，风波厌苦辛。忽闻迁谷鸟，来报五陵春。

岭北回征帆，巴东问故人。桃源何处是，游子正迷津。

山中逢道士云公

唐代　孟浩然

春余草木繁，耕种满田园。
酌酒聊自劝，农夫安与言。
忽闻荆山子，时出桃花源。
采樵过北谷，卖药来西村。
村烟日云夕，榛路有归客。
杖策前相逢，依然是畴昔。
邂逅欢觏止，殷勤叙离隔。
谓予搏扶桑，轻举振六翮。
奈何偶昌运，独见遗草泽。
既笑接舆狂，仍怜孔丘厄。
物情趋势利，吾道贵闲寂。
偃息西山下，门庭罕人迹。
何时还清溪，从尔炼丹液。

送袁太祝尉豫章

唐代　孟浩然

何幸遇休明，观光来上京。相逢武陵客，独送豫章行。
随牒牵黄绶，离群会墨卿。江南佳丽地，山水旧难名。

高阳池送朱二

唐代　孟浩然

当昔襄阳雄盛时，山公常醉习家池。
池边钓女日相随，妆成照影竟来窥。

澄波澹澹芙蓉发，绿岸参参杨柳垂。

一朝物变人亦非，四面荒凉人住稀。

意气豪华何处在，空余草露湿罗衣。

此地朝来饯行者，翻向此中牧征马。

征马分飞日渐斜，见此空为人所嗟。

殷勤为访桃源路，予亦归来松子家。

作者简介：

孟浩然（689—740年），名浩，字浩然，号孟山人，襄州襄阳（今湖北襄阳）人，唐代著名的山水田园派诗人，世称"孟襄阳"。因他未曾入仕，又称之为"孟山人"。

孟浩然生当盛唐，早年有志用世，在历经仕途困顿、痛苦失望后，尚能自重，不媚俗世，修道归隐终身。曾隐居鹿门山。40岁时，游长安，应进士举不第。曾在太学赋诗，名动公卿，一座倾服，为之搁笔。开元二十五年（737年）张九龄招致幕府，后隐居。孟诗绝大部分为五言短篇，多写山水田园和隐居的逸兴以及羁旅行役的心情。其中虽不无愤世嫉俗之词，而更多属于诗人的自我表现。

孟浩然的诗在艺术上有独特的造诣，后人把孟浩然与盛唐另一山水诗人王维并称为"王孟"，有《孟浩然集》三卷传世。

桃源 （其一）

唐代　李白

昔日狂秦事可嗟，直驱鸡犬入桃花。

至今不出烟溪口，万古潺湲二水斜。

桃源（其二）

唐代 李白

露暗烟浓草色新，一番流水满溪春。

可怜渔父重来访，只见桃花不见人。

和卢侍御通塘曲

唐代 李白

君夸通塘好，通塘胜耶溪。

通塘在何处，远在寻阳西。

青萝袅袅挂烟树，白鹇处处聚沙堤。

石门中断平湖出，百丈金潭照云日。

何处沧浪垂钓翁，鼓枻渔歌趣非一。

相逢不相识，出没绕通塘。

浦边清水明素足，别有浣沙吴女郎。

行尽绿潭潭转幽，疑是武陵春碧流。

秦人鸡犬桃花里，将比通塘渠见羞。

通塘不忍别，十去九迟回。

偶逢佳境心已醉，忽有一鸟从天来。

月出青山送行子，四边苦竹秋声起。

长吟白雪望星河，双垂两足扬素波。

梁鸿德耀会稽日，宁知此中乐事多。

博平郑太守自庐山千里相寻入江夏北市门见访却之武陵立马赠别

唐代　李白

大梁贵公子，气盖苍梧云。若无三千客，谁道信陵君。

救赵复存魏，英威天下闻。邯郸能屈节，访博从毛薛。

夷门得隐沦，而与侯生亲。仍要鼓刀者，乃是袖槌人。

好士不尽心，何能保其身。多君重然诺，意气遥相托。

五马入市门，金鞍照城郭。都忘虎竹贵，且与荷衣乐。

去去桃花源，何时见归轩。相思无终极，肠断朗江猿。

酬王补阙惠翼庄庙宋丞泚赠别

唐代　李白

学道三千春，自言羲和人。轩盖宛若梦，云松长相亲。

偶将二公合，复与三山邻。喜结海上契，自为天外宾。

鸾翮我先铩，龙性君莫驯。朴散不尚古，时讹皆失真。

勿踏荒溪坡，揭来浩然津。薜带何辞楚，桃源堪避秦。

世迫且离别，心在期隐沦。酬赠非炯诫，永言铭佩绅。

当涂赵炎少府粉图山水歌

唐代　李白

峨眉高出西极天，罗浮直与南溟连。

名公绎思挥彩笔，驱山走海置眼前。

满堂空翠如可扫，赤城霞气苍梧烟。

洞庭潇湘意渺绵，三江七泽情洄沿。

惊涛汹涌向何处，孤舟一去迷归年。

征帆不动亦不旋，飘如随风落天边。

心摇目断兴难尽，几时可到三山巅。

西峰峥嵘喷流泉，横石蹙水波潺湲。

东崖合沓蔽轻雾，深林杂树空芊绵。

此中冥昧失昼夜，隐几寂听无鸣蝉。

长松之下列羽客，对坐不语南昌仙。

南昌仙人赵夫子，妙年历落青云士。

讼庭无事罗众宾，杳然如在丹青里。

五色粉图安足珍，真仙可以全吾身。

若待功成拂衣去，武陵桃花笑杀人。

答杜秀才五松见赠①

唐代　李白

昔献长杨赋，天开云雨欢。

当时待诏承明里，皆道扬雄才可观。

敕赐飞龙二天马，黄金络头白玉鞍。

浮云蔽日去不返，总为秋风摧紫兰。

角巾东出商山道，采秀行歌咏芝草。

路逢园绮笑向人，两君解来一何好。

闻道金陵龙虎盘，还同谢朓望长安。

千峰夹水向秋浦，五松名山当夏寒。

铜井炎炉歊九天，赫如铸鼎荆山前。

陶公矍铄呵赤电，回禄睢盯扬紫烟。

此中岂是久留处，便欲烧丹从列仙。

爱听松风且高卧，飕飕吹尽炎氛过。

登崖独立望九州，阳春欲奏谁相和。

闻君往年游锦城，章仇尚书倒屣迎。

---

① 五松：指五松山，在南陵铜坑西五六里。

飞笺络绎奏明主，天书降问回恩荣。

肮脏不能就珪组，至今空扬高蹈名。

夫子工文绝世奇，五松新作天下推。

吾非谢尚邀彦伯，异代风流各一时，一时相逢乐在今。

袖拂白云开素琴，弹为三峡流泉音。

从兹一别武陵去，去后桃花春水深。

赠从弟南平太守之遥二首（其二）

唐代　李白

东平与南平，今古两步兵。

素心爱美酒，不是顾专城。

谪官桃源去，寻花几处行。

秦人如旧识，出户笑相迎。

之广陵宿常二南郭幽居

唐代　李白

绿水接柴门，有如桃花源。

忘忧或假草，满院罗丛萱。

暝色湖上来，微雨飞南轩。

故人宿茅宇，夕鸟栖杨园。

还惜诗酒别，深为江海言。

明朝广陵道，独忆此倾樽。

古风（其三十一）

唐代　李白

郑客西入关，行行未能已。
白马华山君，相逢平原里。
璧遗镐池君，明年祖龙死。
秦人相谓曰，吾属可去矣。
一往桃花源，千春隔流水。

闻丹丘子于城北营石门幽居中有高凤遗迹仆离

唐代　李白

春华沧江月，秋色碧海云。离居盈寒暑，对此长思君。
思君楚水南，望君淮山北。梦魂虽飞来，会面不可得。
畴昔在嵩阳，同食卧羲皇。绿萝笑簪绂，丹壑贱岩廊。
晚途各分析，乘兴任所适。仆在雁门关，君为峨眉客。
心悬万里外，影滞两乡隔。长剑复归来，相逢洛阳陌。
陌上何喧喧，都令心意烦。迷津觉路失，托势随风翻。
以兹谢朝列，长啸归故园。故园恣闲逸，求古散缥帙。
久欲入名山，婚娶殊未毕。人生信多故，世事岂惟一。
念此忧如焚，怅然若有失。闻君卧石门，宿昔契弥敦。
方从桂树隐，不羡桃花源。高风起遐旷，幽人迹复存。
松风清瑶瑟，溪月湛芳樽。安居偶佳赏，丹心期此论。

作者简介：

李白（701—762年），字太白，号青莲居士，又号"谪仙人"。唐代伟大的浪漫主义诗人，被后人尊称为"诗仙"，与杜甫并称为"李杜"。

桃源行

唐代　王维

渔舟逐水爱山春，两岸桃花夹古津。

坐看红树不知远，行尽青溪不见人。

山口潜行始隈隩，山开旷望旋平陆。

遥看一处攒云树，近入千家散花竹。

樵客初传汉姓名，居人未改秦衣服。

居人共住武陵源，还从物外起田园。

月明松下房栊静，日出云中鸡犬喧。

惊闻俗客争来集，竞引还家问都邑。

平明闾巷扫花开，薄暮渔樵乘水入。

初因避地去人间，及至成仙遂不还。

峡里谁知有人事，世中遥望空云山。

不疑灵境难闻见，尘心未尽思乡县。

出洞无论隔山水，辞家终拟长游衍。

自谓经过旧不迷，安知峰壑今来变。

当时只记入山深，青溪几度到云林。

春来遍是桃花水，不辨仙源何处寻。

送钱少府还蓝田

唐代　王维

草色日向好，桃源人去稀。手持平子赋，目送老莱衣。

每候山樱发，时同海燕归。今年寒食酒，应是返柴扉。

和宋中丞夏日游福贤观天长寺寺即陈左相宅所施之作

唐代　王维

已相殷王国，空余尚父谿。钓矶开月殿，筑道出云梯。
积水浮香象，深山鸣白鸡。虚空陈伎乐，衣服制虹霓。
墨点三千界，丹飞六一泥。桃源勿遽返，再访恐君迷。

春日与裴迪过新昌里访吕逸人不遇

唐代　王维

桃源一向绝风尘，柳市南头访隐沦。
到门不敢题凡鸟，看竹何须问主人。
城上青山如屋里，东家流水入西邻。
闭户著书多岁月，种松皆老作龙鳞。

田园乐七首（其三）

唐代　王维

采菱渡头风急，策杖林西日斜。
杏树坛边渔父，桃花源里人家。

菩提寺禁口号又示裴迪

唐代　王维

安得舍罗网，拂衣辞世喧。

悠然策藜杖，归向桃花源。

作者简介：

王维（701—761年，一说699—761年），唐朝河东蒲州（今山西运城）人，祖籍山西祁县，唐朝著名诗人、画家，字摩诘，号摩诘居士。开元十九年（731年），王维状元及第。历官右拾遗、监察御史、河西节度使判官。唐玄宗天宝年间，王维拜吏部郎中、给事中。安禄山攻陷长安时，王维被迫受伪职。长安收复后，被责授太子中允。唐肃宗乾元年间任尚书右丞，故世称"王右丞"。

王维参禅悟理，学庄信道，精通诗、书、画、音乐等，以诗名盛于开元、天宝间，尤长五言，多咏山水田园，与孟浩然合称"王孟"，有"诗佛"之称。书画特臻其妙，后人推其为南宗山水画之祖。苏轼评价其："味摩诘之诗，诗中有画；观摩诘之画，画中有诗。"存诗400余首，代表诗作有《相思》《山居秋暝》等。著作有《王右丞集》《画学秘诀》。

送韦司直西行（此公深入道门）

唐代　李嘉祐

不耻青袍故，尤宜白发新。心朝玉皇帝，貌似紫阳人。

湘浦眠销日，桃源醉度春。能文兼证道，庄叟是前身。

送韦邕少府归钟山

唐代　李嘉祐

祈门官罢后，负笈向桃源。万卷长开帙，千峰不闭门。
绿杨垂野渡，黄鸟傍山村。念尔能高枕，丹墀会一论。

作者简介：

李嘉祐（生卒年不详），字从一，赵州（今河北省赵县）人。天宝七年（748 年）进士，授秘书正字。李嘉祐是中唐肃、代宗两朝时期的才子，是继郑虔之后向台州传播盛唐文化的第二位著名文人，位居刺史。

初黄绶赴蓝田县作

唐代　钱起

蟠木无匠伯，终年弃山樊。苦心非良知，安得入君门。
忽忝英达顾，宁窥造化恩。萤光起腐草，云翼腾沉鲲。
片石世何用，良工心所存。一叨尉京甸，三省惭黎元。
贤尹正趋府，仆夫俨归轩。眼中县胥色，耳里苍生言。
居人散山水，即景真桃源。鹿聚入田径，鸡鸣隔岭村。
餐和俗久清，到邑政空论。且嘉讼庭寂，前阶满芳荪。

寻华山云台观道士

唐代　钱起

秋日西山明，胜趣引孤策。
桃源数曲尽，洞口两岸坼。
还从罔象来，忽得仙灵宅。

霓裳谁之子，霞酌能止客。
残阳在翠微，携手更登历。
林行拂烟雨，溪望乱金碧。
飞鸟下天窗，袅松际云壁。
稍寻玄踪远，宛入寥天寂。
愿言葛仙翁，终年炼玉液。

岁暇题茅茨

唐代　钱起

谷口逃名客，归来遂野心。薄田供岁酒，乔木待新禽。
溪路春云重，山厨夜火深。桃源应渐好，仙客许相寻。

蓝田溪杂咏二十二首·洞仙谣（一作伺山径）

唐代　钱起

几转到青山，数重度流水。
秦人入云去，知向桃源里。

送毕侍御谪居

唐代　钱起

崇兰香死玉簪折，志士吞声甘徇节。
忠荩不为明主知，悲来莫向时人说。
沧浪之水见心清，楚客辞天泪满缨。

百鸟喧喧噪一鹗，上林高枝亦难托。
宁嗟人世弃虞翻，且喜江山得康乐。
自怜黄绶老婴身，妻子朝来劝隐沦。
桃花洞里举家去，此别相思复几春。

题嵩阳焦道士石壁

唐代　钱起

三峰花畔碧堂悬，锦里真人此得仙。
玉体才飞西蜀雨，霓裳欲向大罗天。
彩云不散烧丹灶，白鹿时藏种玉田。
幸入桃源因去世，方期丹诀一延年。

作者简介：

钱起（生卒年不详），字仲文，吴兴（今浙江湖州市）人，唐代诗人。早年数次赴试落第，唐天宝十年（751年）进士，大书法家怀素和尚之叔。曾任考功郎中，故世称"钱考功"。代宗大历中为翰林学士。他是大历十才子之一，也是其中杰出者。又与郎士元齐名，当时称为"前有沈宋，后有钱郎"。

送陆秀才归觐省

唐代　戎昱

武陵何处在，南指楚云阴。花萼连枝近，桃源去路深。
啼莺徒寂寂，征马已骎骎。堤上千年柳，条条挂我心。

送吉州阎使君入道二首 （其二）

唐代 戎昱

庐陵太守近骖官，霞帔初朝五帝坛。
风过鬼神延受箓，夜深龙虎卫烧丹。
冰容入镜纤埃静，玉液添瓶漱齿寒。
莫遣桃花迷客路，千山万水访君难。

作者简介：

戎昱（744—800 年），唐代诗人。荆州（今湖北江陵）人，郡望扶风（今属陕西）。少年举进士落第，游名都山川，后中进士。宝应元年（762 年），从滑州、洛阳西行，经华阴，遇见王季友，同赋《苦哉行》。大历二年（767 年）秋回故乡，在荆南节度使卫伯玉幕府中任从事。后流寓湖南，为潭州刺史崔瓘、桂州刺史李昌巎幕僚。建中三年（782 年）居长安，任侍御史。翌年贬为辰州刺史。后又任虔州刺史。晚年在湖南零陵任职，流寓桂州而终。中唐前期比较注重反映现实的诗人之一。名作《苦哉行》描绘了战争给人民带来的沉重灾难。羁旅游宦、感伤身世的作品以《桂州腊夜》较有名。

玉真公主山居

唐代 储光羲

山北天泉苑，山西凤女家。
不言沁园好，独隐武陵花。

作者简介：

储光羲（约 706—763 年），唐代官员，润州延陵人，祖籍兖州。田园山水诗派代表诗人之一。开元十四年（726 年）举进士，授冯翊县尉，转汜水、安宣、下邽等地县尉。因仕途失意，遂隐居终南山。

不寐

瞿塘夜水黑，城内改更筹。翳翳月沉雾，辉辉星近楼。

气衰甘少寐，心弱恨和愁。多垒满山谷，桃源无处求。

岳麓山道林二寺行

唐代　杜甫

玉泉之南麓山殊，道林林壑争盘纡。

寺门高开洞庭野，殿脚插入赤沙湖。

五月寒风冷佛骨，六时天乐朝香炉。

地灵步步雪山草，僧宝人人沧海珠。

塔劫宫墙壮丽敌，香厨松道清凉俱。

莲花交响共命鸟，金榜双回三足乌。

方丈涉海费时节，悬圃寻河知有无。

暮年且喜经行近，春日兼蒙暄暖扶。

飘然斑白身奚适，傍此烟霞茅可诛。

桃源人家易制度，橘洲田土仍膏腴。

潭府邑中甚淳古，太守庭内不喧呼。

昔遭衰世皆晦迹，今幸乐国养微躯。

依止老宿亦未晚，富贵功名焉足图。

久为野客寻幽惯，细学何颙免兴孤。

一重一掩吾肺腑，山鸟山花吾友于。

宋公放逐曾题壁，物色分留与老夫。

32　诗词桃花源　　　　　　　　SHICI TAOHUAYUAN

巫峡敞庐奉赠侍御四舅别之澧朗

唐代 杜甫

江城秋日落，山鬼闭门中。

行李淹吾舅，诛茅问老翁。

赤眉犹世乱，青眼只途穷。

传语桃源客，人今出处同。

春日江村五首 (其一)

唐代 杜甫

农务村村急，春流岸岸深。乾坤万里眼，时序百年心。

茅屋还堪赋，桃源自可寻。艰难贱生理，飘泊到如今。

赤谷西崦人家

唐代 杜甫

跻险不自喧，出郊已清目。溪回日气暖，径转山田熟。

鸟雀依茅茨，藩篱带松菊。如行武陵暮，欲问桃花宿。

作者简介：

杜甫（712—770 年），字子美，自号少陵野老，世称"杜工部""杜少陵"等，汉族，河南府巩县（今河南省巩义市）人，唐代伟大的现实主义诗人，杜甫被世人尊为"诗圣"，其诗被称为"诗史"。他的 1400 余首诗被保留了下来，诗艺精湛，在中国古典诗歌中备受推崇，影响深远。

蒙山作

唐代　萧颖士

东蒙镇海沂，合沓余百里。
清秋净氛霭，崖崿隐天起。
于役劳往还，息徒暂攀跻。
将穷绝迹处，偶得冥心理。
云气杂虹霓，松声乱风水。
微明绿林际，杳窱丹洞里。
仙鸟时可闻，羽人邈难视。
此焉多深邃，贤达昔所止。
子尚捐俗纷，季随蹑遐轨。
蕴真道弥旷，怀古情未已。
白鹿凡几游，黄精复奚似。
顾予尚牵缠，家业重书史。
少学务从师，壮年贵趋仕。
方驰桂林誉，未暇桃源美。
岁暮期再寻，幽哉羡门子。

作者简介：

萧颖士（717—768 年），字茂挺，颍州汝阴（今安徽阜阳）人，郡望南兰陵（今江苏常州）。唐朝文人、名士。萧高才博学，著有《萧茂挺集》。门人共谥“文元先生”。工于书法，长于古籀文体，时人论其“殷、颜、柳、陆，李、萧、邵、赵，以能全其交也”。工古文辞，语言朴实；诗多清凄之言。家富藏书，玄宗时，家居洛阳，已有书数千卷。安禄山谋反后，他把藏书转移到石洞坚壁，独身走山南。其文多已散佚，有《萧梁史话》《游梁新集》及文集 10 余卷，明人辑录有《萧茂挺文集》1 卷，《全唐诗》收其诗 20 首，收其文 2 卷。

自商山宿隐居（一作灵一诗）

唐代　苏广文

闻道桃源堪避秦，寻幽数日不逢人。
烟霞洞里无鸡犬，风雨林中有鬼神。
黄公石上三芝秀，陶令门前五柳春。
醉卧白云闲入梦，不知何物是吾身。

作者简介：

苏广文（生卒年不详），唐代诗人，蓝田（今属陕西省）人。玄宗开元初户部尚书苏珦孙，开元末为弘文馆学生。开元二十九年（741年），书《苏咸墓志》。事迹见《千唐志斋藏志》所收《苏咸墓志》，参《元和姓纂》卷三。《全唐诗》存诗三首。

春日闲居三首（其一）

唐代　秦系

一似桃源隐，将令过客迷。碍冠门柳长，惊梦院莺啼。
浇药泉流细，围棋日影低。举家无外事，共爱草萋萋。

作者简介：

秦系（约720—810年）字公绪，越州会稽人。系著有诗集一卷，《新唐书艺文志》传于世。

伤春怀归

唐代　独孤及

谁谓乡可望，望在天地涯。但有时命同，万里共岁华。
昨夜南山雨，殷雷坼萌芽。源桃不余欺，先发秦人家。
寂寂户外掩，迟迟春日斜。源桃默无言，秦人独长嗟。
不惜中肠苦，但言会合赊。思归吾谁诉，笑向南枝花。

送别荆南张判官

唐代　独孤及

輶车骆马往从谁，梦浦兰台日更迟。
欲识桃花最多处，前程问取武陵儿。

作者简介：

独孤及（725—777 年），唐朝散文家，字至之，河南洛阳人。
天宝末，以道举高第，补华阴尉。代宗召为左拾遗，俄改太常博士。
迁礼部员外郎，历濠、舒二州刺史，以治课加检校司封郎中，赐金
紫。徙常州，卒谥曰宪。集三十卷，内诗三卷，今编诗二卷。

和袁郎中破贼后军行过
剡中山水谨上太尉

唐代　刘长卿

剡路除荆棘，王师罢鼓鼙。农归沧海畔，围解赤城西。
赦罪春阳发，收兵太白低。远峰来马首，横笛入猿啼。
兰渚催新幄，桃源识故蹊。已闻开阁待，谁许卧东溪。

奉陪萧使君入鲍达洞寻灵山寺

唐代 刘长卿

山居秋更鲜，秋江相映碧。独临沧洲路，如待挂帆客。
遂使康乐侯，披榛著双屐。入云开岭道，永日寻泉脉。
古寺隐青冥，空中寒磬夕。苍苔绝行径，飞鸟无去迹。
树杪下归人，水声过幽石。任情趣逾远，移步奇屡易。
萝木静蒙蒙，风烟深寂寂。徘徊未能去，畏共桃源隔。

奉陪郑中丞自宣州解印，
与诸侄宴馀干后溪

唐代 刘长卿

迹远亲鱼鸟，功成厌鼓鼙。林中阮生集，池上谢公题。
户牖垂藤合，藩篱插槿齐。夕阳山向背，春草水东西。
度雨诸峰出，看花几路迷。何劳问秦汉，更入武陵溪。

寻张逸人山居

唐代 刘长卿

危石才通鸟道，空山更有人家。
桃源定在深处，涧水浮来落花。

会救后酬主簿所问

唐代 刘长卿

江南海北长相忆，浅水深山独掩扉。
重见太平身已老，桃源久住不能归。

湘中纪行十首·云母溪

唐代 刘长卿

云母映溪水，溪流知几春。深藏武陵客，时过洞庭人。
白发惭皎镜，清光媚斋沦。寥寥古松下，岁晚挂头巾。

湘中纪行十首·石围峰
（一作石菌山）

唐代 刘长卿

前山带秋色，独往秋江晚。叠嶂入云多，孤峰去人远。
夤缘不可到，苍翠空在眼。渡口问渔家，桃源路深浅。

自紫阳观至华阳洞，
宿侯尊师草堂，简同游李延年

唐代 刘长卿

石门媚烟景，句曲盘江甸。南向佳气浓，数峰遥隐见。
渐临华阳口，云路入葱蒨。七曜悬洞宫，五云抱仙殿。

银函竟谁发，金液徒堪荐。千载空桃花，秦人深不见。
东溪喜相遇，贞白如会面。青鸟来去闲，红霞朝夕变。
一从换仙骨，万里乘飞电。萝月延步虚，松花醉闲宴。
幽人即长往，茂宰应交战。明发归琴堂，知君懒为县。

送台州李使君，兼寄题国清寺

唐代　刘长卿

露冕新承明主恩，山城别是武陵源。
花间五马时行县，山外千峰常在门。
晴江洲渚带春草，古寺杉松深暮猿。
知到应真飞锡处，因君一想已忘言。

送常十九归嵩少故林

唐代　刘长卿

迢迢此恨杳无涯，楚泽嵩丘千里赊。
歧路别时惊一叶，云林归处忆三花。
秋天苍翠寒飞雁，古堞萧条晚噪鸦。
他日山中逢胜事，桃源洞里几人家。

过郑山人所居

唐代　刘长卿

一迳人寻谷口村，春山犬吠武陵源。
青苔满地无行处，深笑桃花独闭门。

作者简介：

刘长卿（约 726—786 年），字文房。汉族，宣城（今属安徽）人，郡望河间（今属河北）。唐代著名诗人，擅五律，工五言。官至监察御史。与诗仙李白交厚，有《唐刘随州诗集》传世，其诗五卷入《全唐诗》。

兵后西日溪行

唐代　皎然

一从清气上为天，仙叟何年见乾海。
黄河几度浊复清，此水如今未曾改。
西寻仙人渚，误入桃花穴。
风吹花片使我迷，时时问山惊踏雪。
石梁丹灶意更奇，春草不生多故辙。
我来隐道非隐身，如今世上无风尘。
路是武陵路，人非秦代人。
饭松得高侣，濯足偶清津。
数片昔贤磐石在，几回并坐戴纶巾。

晚春寻桃源观

唐代　皎然

武陵何处访仙乡，古观云根路已荒。
细草拥坛人迹绝，落花沈涧水流香。
山深有雨寒犹在，松老无风韵亦长。
全觉此身离俗境，玄机亦可照迷方。

西白溪期裴方舟不至

唐代 皎然

望君不见复何情，野草闲云处处生。
应向秦时武陵路，花间寂历一人行。

作者简介：

皎然（730—799 年），俗姓谢，字清昼，湖州（浙江吴兴）人，是中国山水诗创始人谢灵运的十世孙，唐代著名诗人、茶僧，吴兴杼山妙喜寺主持，在文学、佛学、茶学等方面颇有造诣。与颜真卿、灵澈、陆羽等和诗，现存皎然 470 首诗，多为送别酬答之作，情调闲适，语言简淡。皎然的诗歌理论著作《诗式》。

桂阳北岭偶过野人所居，聊书即事呈王永州邕李道州圻

唐代 戴叔伦

犬吠空山响，林深一径存。隔云寻板屋，渡水到柴门。
日昼风烟静，花明草树繁。乍疑秦世客，渐识楚人言。
不记逃乡里，居然长子孙。种田烧险谷，汲井凿高原。
畦叶藏春雉，庭柯宿旅猿。岭阴无瘴疠，地隙有兰荪。
内户均皮席，枯瓢沃野餐。远心知自负，幽赏讵能论。
转步重崖合，瞻途落照昏。他时愿携手，莫比武陵源。

汉宫人入道

唐代　戴叔伦

萧萧白发出宫门，羽服星冠道意存。
霄汉九重辞凤阙，云山何处访桃源。
瑶池醉月劳仙梦，玉辇乘春却帝恩。
回首吹箫天上伴，上阳花落共谁言。

赠韩道士（一作张似诗）

唐代　戴叔伦

日暮秋风吹野花，上清归客意无涯。
桃源寂寂烟霞闭，天路悠悠星汉斜。
还似世人生白发，定知仙骨变黄芽。
东城南陌频相见，应是壶中别有家。

过友人隐居

唐代　戴叔伦

潇洒绝尘喧，清溪流绕门。
水声鸣石濑，萝影到林轩。
地静留眠鹿，庭虚下饮猿。
春花正夹岸，何必问桃源。

作者简介：

戴叔伦（约 732—约 789 年），唐代诗人，字幼公（一作次公），润州金坛（今属江苏）人。年轻时师事萧颖士。曾任新城令、东阳令、抚州刺史、容管经略使。晚年上表自请为道士。其诗多表现隐逸生活和闲适情调，但《女耕田行》《屯田词》等篇也反映了人民生活的艰苦。论诗主张"诗家之景，如蓝田日暖，良玉生烟，可望而不可置于眉睫之前"。其诗体裁皆有所涉猎。今存诗二卷，多混入宋元明人作品，需要仔细辨伪。

同吉中孚梦桃源

唐代　卢纶

春雨夜不散，梦中山亦阴。
云中碧潭水，路暗红花林。
花水自深浅，无人知古今。
夜静春梦长，梦逐仙山客。
园林满芝术，鸡犬傍篱栅。
几处花下人，看予笑头白。

送吉中孚校书归楚州旧山（中孚自仙官入仕）

唐代　卢纶

青袍芸阁郎，谈笑挹侯王。旧箓藏云穴，新诗满帝乡。
名高闲不得，到处人争识。谁知冰雪颜，已杂风尘色。
此去复如何，东皋岐路多。藉芳临紫陌，回首忆沧波。
年来倦萧索，但说淮南乐。并楫湖上游，连樯月中泊。
沿溜入阊门，千灯夜市喧。喜逢邻舍伴，遥语同乡园。
下淮风自急，树杪分郊邑。送客随岸行，离人出帆立。
渔村绕水田，澹澹隔晴烟。欲就林中醉，先期石上眠。
林昏天未曙，但向云边去。暗入无路山，心知有花处。
登高日转明，下望见春城。洞里草空长，冢边人自耕。
寥寥行异境，过尽千峰影。露色凝古坛，泉声落寒井。

仙成不可期，多别自堪悲。为问桃源客，何人见乱时。

作者简介：

卢纶（739—799 年），字允言，河中蒲州（今山西永济县）人。唐代诗人，大历十才子之一。唐玄宗天宝末年举进士，遇乱不第；唐代宗朝又应举，屡试不第。大历六年，经宰相元载举荐，授阌乡尉；后由宰相王缙荐为集贤学士，秘书省校书郎，升监察御史。出为陕州户曹、河南密县令。之后元载、王缙获罪，遭到牵连。唐德宗朝，复为昭应县令，出任河中元帅浑瑊府判官，官至检校户部郎中。不久去世。著有《卢户部诗集》。

题茅山仙台药院

唐代　刘言史

扰扰浮生外，华阳一洞春。
道书金字小，仙圃玉苗新。
芝草迎飞燕，桃花笑俗人。
楼台争耸汉，鸡犬亦嫌秦。
愿得青芽散，长年驻此身。

作者简介：

刘言史，唐代诗人，藏书家，赵州邯郸人。约公元 742 年至 813 年间，约自唐玄宗天宝元年至宪宗元和八年间在世。少尚气节，不举进士。与李贺同时，工诗，美丽恢赡，自贺外世莫能比。亦与孟郊友善。初客镇襄，尝造节度使王武俊。武俊好词艺，特加敬异。尝从武俊猎，有双鸭起蒲稗间，一矢联之，遂于马上草射鸭歌以献。武俊表请封官，诏授枣强令，辞疾不授。人因称为刘枣强。李夷简节度汉南，与言史少同游习，因以襄阳綦器千具赂武俊，请言史为幕宾。由是日与宴谈，歌诗唱答。卒后，葬于襄阳。孟郊作歌哭之。言史著有歌诗六卷，《新唐书艺文志》传于世。曾旅游金陵、潇湘、岭南等地。王武俊任成德军节度使时，颇好文学，为之请官，诏授枣强县令，世称"刘枣强"，但未就任。

怀武陵因寄幕中韩先辈何从事

唐代 齐己

武陵嘉致迹多幽，每见图经恨白头。
溪浪碧通何处去，桃花红过郡前流。
常闻相幕鸳鸿兴，日向神仙洞府游。
凿井耕田人在否，如今天子正征搜。

送人游武陵湘中

唐代 齐己

为子歌行乐，西南入武陵。
风烟无战士，宾榻有吟僧。
山绕军城叠，江临寺阁层。
遍寻幽胜了，湘水泛清澄。

作者简介：

齐己（约 860—约 937 年），唐诗僧，本姓胡，名得生，潭州益阳（今属湖南宁乡）人。齐己的一生经历了唐朝和五代中的三个朝代。成年后，齐己出外游学，云游期间曾自号"衡岳沙弥"。登岳阳，望洞庭，又过长安，遍览终南山、华山等风景名胜，还到过江西等地。这段游学生活丰富了他的写作素材。且他的不少名作佳作是在外游历时写的。齐己云游天下的时候，曾拿他的诗作《早梅》向诗人郑谷请教。诗句是："万木冻欲折，孤根暖独回。前村深雪里，昨夜数枝开。风递幽香出，禽窥素艳来。明年犹应律，先发映春台。"郑谷阅读后，笑着说："数枝"非早，不如"一枝"更佳。齐己听后，对郑谷肃然起敬，顶地膜拜。此后，人们便称郑谷为齐己的"一字之师"。齐己游历天下回到长沙时，他的名声已经显赫天下，湖南节帅幕府中的诗人徐东野曾评价他说："我辈所作，皆拘于一途，非所谓通方之士。若齐己，才高思远，无所不通，殆难及矣。"921 年，齐己在去四川途中路过荆州，被荆州节帅高季兴挽留，安置在龙兴寺，并任命为僧正。齐己在荆州，虽然月俸丰厚，但是他并不喜好钱财，于是写作了《渚宫莫问篇》十五章，以表明他的高洁志向。齐己在荆州期间写了许多诗，七十六岁圆寂于江陵。死后以《白莲集》传于世。

咏史诗·武陵溪

唐代　胡曾

一溪春水彻云根，流出桃花片片新。
若到长生是虚语，洞中争得有秦人。

作者简介：

胡曾（生卒年不详），号秋田，唐邵州邵阳（今属湖南省）人，以关心民生疾苦、针砭暴政权臣而著称。唐懿宗成通年间（860—874 年）中进士，曾任汉南节度使从事等职。咸通、乾符时，先后为剑南西川节度使路岩、高骈掌书记。晚年终老故土。工诗。《咏史诗》七绝一百五十首，评叙历史人物及历史故事。

寻纪道士偶会诸叟

唐代　李益

山阴寻道士，映竹羽衣新。侍坐双童子，陪游五老人。
水花松下静，坛草雪中春。见说桃源洞，如今犹避秦。

作者简介：

李益（约 750—约 830 年），唐代诗人，字君虞，陇西姑臧（今甘肃武威）人，后迁河南洛阳。大历四年（769 年）进士，初任郑县尉，久不得升迁，建中四年（783 年）登书判拔萃科。因仕途失意，后弃官在燕赵一带漫游。以边塞诗作名世，擅长绝句，尤其工于七绝。

题陆鸿渐上饶新开山舍

唐代 孟郊

惊彼武陵状，移归此岩边。开亭拟贮云，凿石先得泉。

啸竹引清吹，吟花成新篇。乃知高洁情，摆落区中缘。

作者简介：

孟郊（751—815 年），唐代著名诗人，字东野，汉族，湖州武康（今浙江德清县）人，祖籍平昌（今山东德州临邑县），先世居汝州（今属河南汝州），少年时期隐居嵩山。

孟郊两试进士不第，四十六岁时才中进士，曾任溧阳县尉。由于不能舒展他的抱负，遂放迹林泉间，徘徊赋诗。以至公务多废，县令乃以假尉代之。后因河南尹郑余庆之荐，任职河南（河南府今洛阳），晚年生活，多在洛阳度过。宪宗元和九年，郑余庆再度招他往兴元府任参军，乃偕妻往赴，行至阌乡县（今河南灵宝），暴疾而卒，葬洛阳东。张籍私谥为"贞曜先生"。

孟郊仕历简单，清寒终身，为人耿介倔强，死后曾由郑余庆买棺殓葬。故诗也多写世态炎凉，民间苦难。孟郊现存诗歌 574 多首，以短篇的五言古诗最多，代表作有《游子吟》。有"诗囚"之称，又与贾岛齐名，人称"郊寒岛瘦"。

春斋夜雨忆郭通微

唐代 武元衡

桃源在在阻风尘，世事悠悠又遇春。

雨滴闲阶清夜久，焚香偏忆白云人。

桃源行送友

唐代　武元衡

武陵川径入幽遐，中有鸡犬秦人家，家傍流水多桃花。
桃花两边种来久，流水一通何时有。
垂条落蕊暗春风，夹岸芳菲至山口。
岁岁年年能寂寥，林下青苔日为厚。
时有仙鸟来衔花，曾无世人此携手。
可怜不知若为名，君往从之多所更。
古驿荒桥平路尽，崩湍怪石小溪行。
相见维舟登览处，红堤绿岸宛然成。
多君此去从仙隐，令人晚节悔营营。

同苗郎中送严侍御赴黔中，因访仙源之事

唐代　武元衡

武陵源在朗江东，流水飞花仙洞中。
莫问阮郎千古事，绿杨深处翠霞空。

送严侍御

唐代　武元衡

巴橄故人去，苍苍枫树林。云山千里合，雾雨四时阴。
峡路猿声断，桃源犬吠深。不须贪胜赏，汉节待南侵。

作者简介：

武元衡（758—815 年），唐代诗人、政治家，字伯苍。缑氏（今河南偃师东南）人。武则天曾侄孙。建中四年，登进士第，累辟使府，至监察御史，后改华原县令。德宗知其才，召授比部员外郎。岁内，三迁至右司郎中，寻擢御史中丞。顺宗立，罢为右庶子。宪宗即位，复前官，进户部侍郎。元和二年，拜门下侍郎平章事，寻出为剑南节度使。元和八年，征还秉政，早朝被平卢节度使李师道遣刺客刺死。赠司徒，谥忠愍。《临淮集》十卷，今编诗二卷。

桃源篇

唐代　权德舆

小年尝读桃源记，忽睹良工施绘事。

岩径初欣缭绕通，溪风转觉芬芳异。

一路鲜云杂彩霞，渔舟远远逐桃花。

渐入空蒙迷鸟道，宁知掩映有人家。

庞眉秀骨争迎客，凿井耕田人世隔。

不知汉代有衣冠，犹说秦家变阡陌。

石髓云英甘且香，仙翁留饭出青囊。

相逢自是松乔侣，良会应殊刘阮郎。

内子闲吟倚瑶瑟，玩此沈沈销永日。

忽闻丽曲金玉声，便使老夫思阁笔。

作者简介：

权德舆（759—818 年），字载之，天水略阳（今甘肃省秦安县）人。唐朝宰相、文学家，前秦司徒权翼之后，起居舍人权皋之子。

权德舆少有才气，以文章驰名，曾受地方节度使杜佑、裴胄的征辟。得到唐德宗提拔，历任太常博士、左补阙兼知制诰、中书舍人，迁礼部侍郎，负责贡举。唐宪宗时，累迁礼部尚书、同中书门下平章事，成为宰相。因事罢相，历任东都留守、太常卿、检校刑部尚书、山南西道节度使等职。

元和十三年（818 年），权德舆去世，享年六十岁，追赠左仆
射，谥号为文。权德舆知制诰九年，三知贡举，位历卿相，在贞元、
元和年间名重一时。

假日寻花

唐代　窦群

武陵缘源不可到，河阳带县讵堪夸。
枝枝如雪南关外，一日休闲尽属花。

作者简介：

窦群（763—814 年），字丹列。兄弟皆擢进士第，独群以处士
客于毗陵。韦夏卿荐之，为左拾遗，转膳部员外郎，兼侍御史，知
杂事。出为唐州刺史，武元衡、李吉甫共引之，召拜吏部郎中。元
衡辅政，复荐为中丞。后出为湖南观察使，改黔中，坐事，贬开州
刺史。稍迁容管经略使，召还卒。诗二十三首。

寄武陵李少府

唐代　韩翃

小县春山口，公孙吏隐时。楚歌催晚醉，蛮语入新诗。
桂水遥相忆，花源暗有期。郢门千里外，莫怪尺书迟。

作者简介：

韩翃（生卒年不详），字君平，南阳（今河南南阳）人，唐代诗
人。是"大历十才子"之一。天宝十三年（754 年）考中进士，宝
应年间在淄青节度使侯希逸幕府中任从事，后随侯希逸回朝，闲居
长安十年。建中年间，因作一首《寒食》为唐德宗所赏识，因而被

提拔为中书舍人。韩翃的诗笔法轻巧，写景别致，在当时传诵很广泛。著有《韩君平诗集》。

袁十五远访山门

唐代　刘商

僻居谋道不谋身，避病桃源不避秦。
远入青山何所见，寒花满径白头人。

题水洞二首

唐代　刘商

桃花流出武陵洞，梦想仙家云树春。
今看水入洞中去，却是桃花源里人。

长看岩穴泉流出，忽听悬泉入洞声。
莫摘山花抛水上，花浮出洞世人惊。

作者简介：

刘商（生卒年不详），字子夏，徐州彭城县人。唐代诗人、画家。大历（766—779 年）年间进士。能文善画，诗以乐府见长。官虞部员外郎。后出为汴州观察判观察判官。后辞官从事自己喜欢的诗画创作事业，刘商的诗歌作品很多，代表作有《琴曲歌辞·胡笳十八拍》。《唐才子传》卷四说他"拟蔡琰《胡笳曲》，脍炙当时"。《全唐诗》收录有刘商的很多诗歌。

桃源图

唐代　韩愈

神仙有无何渺茫，桃源之说诚荒唐。

流水盘回山百转，生绡数幅垂中堂。

武陵太守好事者，题封远寄南宫下。

南宫先生忻得之，波涛入笔驱文辞。

文工画妙各臻极，异境恍惚移于斯。

架岩凿谷开宫室，接屋连墙千万日。

嬴颠刘蹶了不闻，地坼天分非所恤。

种桃处处惟开花，川原近远蒸红霞。

初来犹自念乡邑，岁久此地还成家。

渔舟之子来何所，物色相猜更问语。

大蛇中断丧前王，群马南渡开新主。

听终辞绝共凄然，自说经今六百年。

当时万事皆眼见，不知几许犹流传。

争持酒食来相馈，礼数不同樽俎异。

月明伴宿玉堂空，骨冷魂清无梦寐。

夜半金鸡啁哳鸣，火轮飞出客心惊。

人间有累不可住，依然离别难为情。

船开棹进一回顾，万里苍苍烟水暮。

世俗宁知伪与真，至今传者武陵人。

同窦、韦寻刘尊师不遇

唐代　韩愈

秦客何年驻，仙源此地深。还随蹑凫骑，来访驭风襟。

院闭青霞入，松高老鹤寻。犹疑隐形坐，敢起窃桃心。

游青龙寺赠崔大补阙①

唐代　韩愈

秋灰初吹季月管，日出卯南晖景短。

友生招我佛寺行，正值万株红叶满。

光华闪壁见神鬼，赫赫炎官张火伞。

然云烧树火实骈，金乌下啄赪虬卵。

魂翻眼倒忘处所，赤气冲融无间断。

有如流传上古时，九轮照烛乾坤旱。

二三道士席其间，灵液屡进玻黎碗。

忽惊颜色变韶稚，却信灵仙非怪诞。

桃源迷路竟茫茫，枣下悲歌徒纂纂。

前年岭隅乡思发，踯躅成山开不算。

去岁羁帆湘水明，霜枫千里随归伴。

猿呼鼯啸鹧鸪啼，恻耳酸肠难濯浣。

思君携手安能得，今者相从敢辞懒。

由来钝騃寡参寻，况是儒官饱闲散。

惟君与我同怀抱，锄去陵谷置平坦。

年少得途未要忙，时清谏疏尤宜罕。

何人有酒身无事，谁家多竹门可款。

须知节候即风寒，幸及亭午犹妍暖。

南山逼冬转清瘦，刻画圭角出崖窾。

当忧复被冰雪埋，汲汲来窥戒迟缓。

作者简介：

韩愈（768—824 年），字退之，河南河阳（今河南省孟州市）人，自称"祖籍昌黎郡"，世称"韩昌黎""昌黎先生"。唐代中期大臣，文学家、思想家、政治家，秘书郎韩仲卿之子。元和十二年（817 年），出任宰相裴度行军司马，从平"淮西之乱"。直言谏迎佛骨，贬为潮州刺史。宦海沉浮，累迁吏部侍郎，人称"韩吏部"。长

---

① 寺在京城南门之东。

庆四年（824 年），韩愈病逝，年五十七，追赠礼部尚书，谥号为"文"，故称"韩文公"。元丰元年（1078 年），追封昌黎郡伯，并从祀孔庙。韩愈作为唐代古文运动的倡导者，名列"唐宋八大家"之首，有"文章巨公"和"百代文宗"之名。与柳宗元并称"韩柳"，与柳宗元、欧阳修和苏轼并称"千古文章四大家"。倡导"文道合一""气盛言宜""务去陈言""文从字顺"等写作理论，对后人具有指导意义。著有《韩昌黎集》等。

赠毛仙翁

唐代　沈传师

安期何事出云烟，为把仙方与世传。
只向人间称百岁，谁知洞里过千年。
青牛到日迎方朔，丹灶开时共稚川。
更说桃源更深处，异花长占四时天。

作者简介：

沈传师（769—827 年），吴县（今江苏苏州）人。唐书法家。字子言。唐德宗贞元（785—805 年）末举进士，历太子校书郎、翰林学士、中书舍人、湖南观察使。宝历元年（825 年）入拜尚书右丞、吏部侍郎。工正、行、草，皆有楷法。朱长文《续书断》把他和欧阳询、虞世南、褚遂良、柳公权等并列为妙品。

送友人归武陵溪

唐代　张蠙

闻近桃源住，无村不是花。
戍旗招海客，庙鼓集江鸦。
别岛垂橙实，间田长荻芽。

游秦未得意，即看更离家。

作者简介：

张蠙（生卒年不详），字象文，清河人。生而颖秀，幼能为诗登单于台，有"白日地中出，黄河天上来"名，由是知名。家贫累下第，留滞长安。乾宁二年（895 年）登进士第。唐懿宗咸通（860—874 年）年间，与许棠、张乔、郑谷等合称"咸通十哲"。授校书郎，调栎阳尉，迁犀浦令。王建建蜀国，拜膳部员外郎。后为金堂令。

月夜泛舟

唐代　法振

西塞长云尽，南湖片月斜。
漾舟人不见，卧入武陵花。

作者简介：

法振（一作震，亦作贞）的本姓、里居、生卒年及生平事迹均不详，约唐德宗建中中在世。

桃源行

唐代　刘禹锡

渔舟何招招，浮在武陵水。
拖纶掷饵信流去，误入桃源行数里。
清源寻尽花绵绵，踏花觅径至洞前。
洞门苍黑烟雾生，暗行数步逢虚明。
俗人毛骨惊仙子，争来致词何至此。
须臾皆破冰雪颜，笑言委曲问人间。

因嗟隐身来种玉，不知人世如风烛。

筵羞石髓劝客餐，灯爇松脂留客宿。

鸡声犬声遥相闻，晓色葱笼开五云。

渔人振衣起出户，满庭无路花纷纷。

翻然恐失乡县处，一息不肯桃源住。

桃花满溪水似镜，尘心如垢洗不去。

仙家一出寻无踪，至今流水山重重。

伤桃源薛道士

唐代　刘禹锡

坛边松在鹤巢空，白鹿闲行旧径中。

手植红桃千树发，满山无主任春风。

游桃源一百韵

唐代　刘禹锡

沅江清悠悠，连山郁岑寂。

回流抱绝巘，皎镜含虚碧。

昏旦递明媚，烟岚分委积。

香蔓垂绿潭，暴龙照孤碛。

渊明著前志，子骥思远蹠。

寂寂无何乡，密尔天地隔。

金行太元岁，渔者偶探赜。

寻花得幽踪，窥洞穿暗隙。

依微闻鸡犬，豁达值阡陌。

居人互将迎，笑语如平昔。

广乐虽交奏，海禽心不怿。

挥手一来归，故溪无处觅。

绵绵五百载，市朝几迁革。
有路在壶中，无人知地脉。
皇家感至道，圣祚自天锡。
金阙传本枝，玉函留宝历。
禁山开秘宇，复户洁灵宅。
蕊检香氛氲，醮坛烟幂幂。
我来尘外躅，莹若朝星析。
崖转对翠屏，水穷留画鹢。
三休俯乔木，千级扳峭壁。
旭日闻撞钟，彩云迎蹑屐。
遂登最高顶，纵目还楚泽。
平湖见草青，远岸连霞赤。
幽寻如梦想，绵思属空阒。
夤缘且忘疲，耽玩近成癖。
清猿伺晓发，瑶草凌寒坼。
祥禽舞葱茏，珠树摇玓瓅。
羽人顾我笑，劝我税归轭。
霓裳何飘飖，童颜洁白皙。
重岩是藩屏，驯鹿受羁靮。
楼居弥清霄，萝茑成翠帟。
仙翁遗竹杖，王母留桃核。
姹女飞丹砂，青童护金液。
宝气浮鼎耳，神光生剑脊。
虚无天乐来，傫窣鬼兵役。
丹丘肃朝礼，玉札工紬绎。
枕中淮南方，床下阜乡舄。
明灯坐遥夜，幽籁听渐沥。
因话近世仙，耸然心神惕。
乃言瞿氏子，骨状非凡格。
往事黄先生，群儿多侮剧。
警然不屑意，元气贮肝膈。
往往游不归，洞中观博弈。
言高未易信，犹复加诃责。

一旦前致辞，自云仙期迫。

言师有道骨，前事常被谪。

如今三山上，名字在真籍。

悠然谢主人，后岁当来觌。

言毕依庭树，如烟去无迹。

观者皆失次，惊追纷络绎。

日暮山径穷，松风自萧槭。

适逢修蛇见，瞋目光激射。

如严三清居，不使恣搜索。

唯馀步纲势，八趾在沙砾。

至今东北隅，表以坛上石。

列仙徒有名，世人非目击。

如何庭庑际，白日振飞翮。

洞天岂幽远，得道如咫尺。

一气无死生，三光自迁易。

因思人间世，前路何狭窄。

瞥然此生中，善祝期满百。

大方播群类，秀气肖翁辟。

性静本同和，物牵成阻厄。

是非斗方寸，荤血昏精魄。

遂令多夭伤，犹喜见斑白。

喧喧车马驰，苒苒桑榆夕。

共安缇绣荣，不悟泥途适。

纷吾本孤贱，世业在逢掖。

九流宗指归，百氏旁捃摭。

公卿偶慰荐，乡曲缪推择。

居安白社贫，至傲玄缥帙。

功名希自取，簪组俟扬历。

书府蚤怀铅，射宫曾发的。

起草香生帐，坐曹乌集柏。

赐燕聆箫韶，侍祠阅琮璧。

尝闻履忠信，可以行蛮貊。

自述希古心，忘恃干时画。

巧言忽成锦，苦志徒食蘖。

平地生峰峦，深心有矛戟。

层波一震荡，弱植忽沦溺。

北渚吊灵均，长岑思亭伯。

祸来昧几兆，事去空叹息。

尘累与时深，流年随漏滴。

才能疑木雁，报施迷夷跖。

楚奏絷钟仪，商歌劳宁戚。

禀生非悬解，对镜方感激。

自从婴网罗，每事问龟策。

王正降雷雨，环玦赐迁斥。

倘伏夷平人，誓将依羽客。

买山构精舍，领徒开讲席。

冀无身外忧，自有闲中益。

道芽期日就，尘虑乃冰释。

且欲遗姓名，安能慕竹帛。

长生尚学致，一溉岂虚掷。

芝术资糇粮，烟霞拂巾帻。

黄石履看堕，洪崖肩可拍。

聊复嗟蜉蝣，何烦哀蚍蜥。

青囊既深味，琼葩亦屡摘。

纵无西山资，犹免长戚戚。

八月十五夜桃源玩月

唐代　刘禹锡

尘中见月心亦闲，况是清秋仙府间。

凝光悠悠寒露坠，此时立在最高山。

碧虚无云风不起，山上长松山下水。

群动悠然一顾中，天高地平千万里。

少君引我升玉坛，礼空遥请真仙官。

云拼欲下星斗动，天乐一声肌骨寒。

金霞昕昕渐东上，轮欹影促犹频望。

绝景良时难再并，他年此日应惆怅。

武陵书怀五十韵

唐代　刘禹锡

西汉开支郡，南朝号戚藩。

四封当列宿，百雉俯清沅。

高岸朝霞合，惊湍激箭奔。

积阴春暗度，将霁雾先昏。

俗尚东皇祀，谣传义帝冤。

桃花迷隐迹，楝叶慰忠魂。

户算资渔猎，乡豪恃子孙。

照山畬火动，踏月俚歌喧。

拥楫舟为市，连甍竹覆轩。

披沙金粟见，拾羽翠翘翻。

茗折苍溪秀，蘋生枉渚暄。

禽惊格磔起，鱼戏噞喁繁。

沈约台榭故，李衡墟落存。

湘灵悲鼓瑟，泉客泣酬恩。

露变蒹葭浦，星悬橘柚村。

虎咆空野震，鼍作满川浑。

邻里皆迁客，儿童习左言。

炎天无冽井，霜月见芳荪。

清白家传远，诗书志所敦。

列科叨甲乙，从宦出丘樊。

结友心多契，驰声气尚吞。

士安曾重赋，元礼许登门。

草檄嫖姚幕，巡兵戊己屯。

筑台先自隗，送客独留髡。

遂结王畿绶，来观衢室樽。

莺飞入鹰隼，鱼目俪玙璠。

晓烛罗驰道，朝阳辟帝阍。

王正会夷夏，月朔盛旗幡。

独立当瑶阙，传呵步紫垣。

按章清犴狱，视祭洁蘋蘩。

御历昌期远，传家宝祚蕃。

铄文光夏启，神教畏轩辕。

内禅因天性，雄图授化元。

继明悬日月，出震统乾坤。

大孝三朝备，洪恩九族惇。

百川宗渤澥，五岳辅昆仑。

何幸逢休运，微班识至尊。

校缗资笮榷，复土奉山园。

一失贵人意，徒闻太学论。

直庐辞锦帐，远守愧朱幡。

巢幕方犹燕，抢榆尚笑鲲。

遭回过荆楚，流落感凉温。

旅望花无色，愁心醉不惛。

春江千里草，暮雨一声猿。

问卜安冥数，看方理病源。

带赊衣改制，尘涩剑成痕。

三秀悲中散，二毛伤虎贲。

来忧御魑魅，归愿牧鸡豚。

就日秦京远，临风楚奏烦。

南登无灞岸，旦夕上高原。

作者简介：

刘禹锡（772—842年），字梦得，汉族，彭城（今徐州）人，祖籍洛阳，唐朝文学家，哲学家，自称是汉中山靖王后裔，曾任监察御史，是王叔文政治改革集团的一员。唐代中晚期著名诗人，有"诗豪"之称。他的家庭是一个世代以儒学相传的书香门第。政治上主张革新，是王叔文派政治革新活动的中心人物之一。后来永贞革新失败被贬为朗州（今湖南常德）司马。据湖南常德历史学家、收藏家周新国先生考证，刘禹锡被贬为朗州司马期间写了著名的《汉寿城春望》。

夏夜上谷宿开元寺

唐代　贾岛

诗成一夜月中题，便卧松风到曙鸡。
带月时闻山鸟语，郡城知近武陵溪。

作者简介：

贾岛（779—843 年），字浪（阆）仙，又名瘦岛，唐代诗人。汉族，唐朝河北道幽州范阳县（今河北省涿州市）人。早年出家为僧，号无本。自号"碣石山人"。据说在长安（今陕西西安）的时候，因当时有令禁止和尚午后外出，贾岛做诗发牢骚，被韩愈发现才华，并成为"苦吟诗人"。后来受教于韩愈，并还俗参加科举，但累举不中第。唐文宗的时候被排挤，贬做长江（今四川蓬溪县）主簿。唐武宗会昌年初由普州司仓参军改任司户，未任病逝。

桃源词二首（其一）

唐代　施肩吾

天天花里千家住，总为当时隐暴秦。
归去不论无旧识，子孙今亦是他人。

桃源词二首（其二）

唐代　施肩吾

秦世老翁归汉世，还同白鹤返辽城。

纵令记得山川路，莫问当时州县名。

作者简介：

施肩吾（780—861年），唐宪宗元和十五年（820年）进士，唐睦州分水县桐岘乡（贤德乡）人，字希圣，号东斋，入道后称栖真子。

酬王秀才桃花园见寄

唐代　杜牧

桃满西园淑景催，几多红艳浅深开。

此花不逐溪流出，晋客无因入洞来。

作者简介：

杜牧（803—约852年），字牧之，号樊川居士，京兆万年（今陕西西安）人。杜牧是唐代杰出的诗人、散文家，是宰相杜佑之孙，杜从郁之子。唐文宗大和二年26岁中进士，授弘文馆校书郎。后赴江西观察使幕，转淮南节度使幕，又入观察使幕，理人国史馆修撰，膳部、比部、司勋员外郎，黄州、池州、睦州刺史等职。

因晚年居长安南樊川别墅，故后世称"杜樊川"，著有《樊川文集》。杜牧的诗歌以七言绝句著称，内容以咏史抒怀为主，其诗英发俊爽，多切经世之物，在晚唐成就颇高。杜牧人称"小杜"，以别于杜甫，"大杜"。与李商隐并称"小李杜"。

桃花溪

唐代　张旭

隐隐飞桥隔野烟，石矶西畔问渔船。
桃花尽日随流水，洞在清溪何处边。

作者简介：

张旭（约 685—约 759 年），唐代书法家。字伯高，吴（今江苏苏州）人。初为常熟尉，后迁金吾长吏。草书与李白诗、裴旻剑舞合称"三绝"。嗜酒，每醉后号呼狂走，索笔挥洒，或以头濡墨而书，时号"张颠"。又能诗文，与贺知章、张若虚、包融合称"吴中四士"，诗文收入《全唐诗》《全唐文》。

桃源

唐代　李群玉

我到瞿真上升处，山川四望使人愁。
紫雪白鹤去不返，唯有桃花溪水流。

恼从兄

唐代　李群玉

芳草萋萋新燕飞，芷汀南望雁书稀。
武陵洞里寻春客，已被桃花迷不归。

自澧浦东游江表，途出巴丘，投员外从公虞

唐代　李群玉

短翮后飞者，前攀鸾鹤翔。力微应万里，矫首空苍苍。
谁昔探花源，考槃西岳阳。高风动商洛，绮皓无馨香。
一朝下蒲轮，清辉照岩廊。孤醒立众醉，古道何由昌。
经术震浮荡，国风扫齐梁。文襟即玄圃，笔下成琳琅。
霞水散吟啸，松筠奉琴觞。冰壶避皎洁，武库羞锋铓。
小子书代耕，束发颇自强。艰哉水投石，壮志空摧藏。
十年侣龟鱼，垂头在沅湘。巴歌掩白雪，鲍肆埋兰芳。
骚雅道未丧，何忧名不彰。饥寒束困厄，默塞飞星霜。
百志不成一，东波掷年光。尘生脱粟甑，万里违高堂。
中夜恨火来，焚烧九回肠。平明梁山泪，缘枕沾匡床。
依泊洞庭波，木叶忽已黄。哀砧捣秋色，晓月啼寒螀。
复此棹孤舟，云涛浩茫茫。朱门待媒势，短褐谁揄扬。
仰羡野陂兔，无心忧稻粱。不如天边雁，南北皆成行。
男儿白日间，变化未可量。所希困辱地，剪拂成腾骧。
咋笔话肝肺，咏兹枯鱼章。何由首西路，目断白云乡。

赠花

唐代　李群玉

酒为看花酝，花须趁酒红。莫令芳树晚，使我绿尊空。
金谷园无主，桃源路不通。纵非乘露折，长短尽随风。

作者简介：

李群玉（808—862 年），字文山，唐代澧州人。澧县仙眠洲有古迹"水竹居"，旧志记为"李群玉读书处"。李群玉极有诗才，他

"居住沅湘，崇师屈宋"，诗写得十分好。《湖南通志·李群玉传》称其诗"诗笔妍丽，才力遒健"。关于他的生平，据《全唐诗·李群玉小传》载，早年杜牧游澧时，劝他参加科举考试，并作诗《送李群玉赴举》，但他"一上而止"。后来，宰相裴休视察湖南，郑重邀请李群玉再作诗词。他"徒步负琴，远至辇下"，进京向皇帝奉献自己的诗歌"三百篇"。唐宣宗"遍览"其诗，称赞"所进诗歌，异常高雅"，并赐以"锦彩器物""授弘文馆校书郎"。三年后辞官回归故里，死后追赐进士及第。

南溪书院

唐代 杨发

茅屋住来久，山深不置门。草生垂井口，花发接篱根。
入院将雏鸟，攀萝抱子猿。曾逢异人说，风景似桃源。

作者简介：

杨发（生卒年不详），字至之，先为同州冯翊人，父遗直始家于苏州，约唐武宗会昌中在世。工于诗。太和四年（830年）登进士第。历太常少卿，出为苏州刺史。后为岭南节度，严于治军。军人遂怨起为乱，囚发于邮舍。坐贬婺州刺史，卒于任。发为诗清新浏亮，传世颇多。唐代著名诗人。

寺中赏花应制

唐代 广宣

东风万里送香来，上界千花向日开。
却笑霞楼紫芝侣，桃源深洞访仙才。

作者简介：

广宣（生卒年不详），本姓廖氏，蜀中人。约唐宪宗元和末在世，与令狐楚、刘禹锡最善。元和长庆二朝，并为内供奉，赐居安国寺红楼院。广宣工诗，有《红楼集》。

赠长安小主人

唐代　李涉

上清真子玉童颜，花态娇羞月思闲。

仙路迷人应有术，桃源不必在深山。

作者简介：

李涉（约 806 年在世），唐代诗人。字不详，自号清溪子，洛（今河南洛阳）人。早岁客梁园，逢兵乱，避地南方，与弟李渤同隐庐山香炉峰下。后出山作幕僚。宪宗时，曾任太子通事舍人。不久，贬为峡州（今湖北宜昌）司仓参军，在峡中蹭蹬十年，遇赦放还，复归洛阳，隐于少室。文宗大和（827—835 年）中，任国子博士，世称"李博士"。著有《李涉诗》一卷。存词六首。

如梦令·曾宴桃源深洞

唐代　李存勖

曾宴桃源深洞，一曲舞鸾歌凤。长记别伊时，和泪出门相送。如梦，如梦，残月落花烟重。

作者简介：

李存勖（885—926 年），后唐庄宗，本姓朱邪，字亚子，应州金城县（今山西省应县）人，沙陀族。五代时期后唐开国皇帝，后唐太祖李克用之子。

和项斯游头陀寺上方

唐代　欧阳衮

步入桃源里，晴花更满枝。峰回山意旷，林杳竹光迟。
远寺寻龙藏，名香发雁池。间能将远语，况及上阳时。

作者简介：

欧阳衮（生卒年不详）字希甫，福州闽县人，约唐文宗开成中在世。曾与项斯倡和。登宝历元年（825年）进士第。历官侍御史。衮著有文集二卷，《新唐书艺文志》传于世。

和袭美醉中先起次韵

唐代　张贲

何事桃源路忽迷，惟留云雨怨空闺。
仙郎共许多情调，莫遣重歌浊水泥。

作者简介：

张贲（生卒年不详），字润卿，南阳人。登大中进士第，尝隐于茅山，后寓吴中，与皮日休、陆龟蒙游。唐末，为广文博士。贲所作诗，今存十六首。

东海

唐代　汪遵

漾舟雪浪映花颜，徐福携将竟不还。
同作危时避秦客，此行何似武陵滩。

短歌吟

唐代　汪遵

箭飞乌兔竞东西，贵贱贤愚不梦齐。

匣里有琴樽有酒，人间便是武陵溪。

作者简介：

　　汪遵（一作王遵）（生卒及字号均不详），宣州泾县人（《唐诗纪事》作宣城人，此从《唐才子传》）。初为小吏。家贫，借人书，昼夜苦读。工为绝诗。与许棠同乡。咸通七年（866年）擢进士第。后五年，棠始亦及第。遵诗有集《唐才子传》传世。他的诗绝大部分是怀古诗，有的是对历史上卓越人物的歌颂；有的是借历史人物的遭遇来抒发自己怀才不遇的情绪；有的是歌颂历史上的兴亡故事来警告当时的统治者；有的直接反映当时的现实生活，这些诗都有一定的思想意义。

南谿书斋

唐代　于鹄

茅屋往来久，山深不置门。

草生垂井口，花落拥篱根。

入院将雏鸟，寻萝抱子猿。

曾逢异人说，风景似桃源。

作者简介：

　　于鹄（生卒及字号均不详），唐代诗人。代宗大历、德宗间中间久居长安，应举不第，后隐居汉阳。贞元中历佐山南东道、荆南节度使幕。其诗语言朴实生动，清新可人；题材方面多描写隐逸生活，宣扬禅心道风的作品。代表作有《巴女谣》《江南曲》《题邻居》《塞上曲》《悼孩子》《长安游》《惜花》《南谿书斋》《题美人》等，其中以《巴女谣》和《江南曲》两首诗流传最广。

桃源

唐代　章碣

绝壁相敧是洞门，昔人从此入仙源。

数株花下逢珠翠，半曲歌中老子孙。

别后自疑园吏梦，归来谁信钓翁言。

山前空有无情水，犹绕当时碧树村。

作者简介：

章碣（836—905年），字丽山，汉族，唐代诗人，睦州桐庐人，章孝标之子，乾符三年（876年）登进士。乾符中，侍郎高湘自长沙携邵安石（广东连县人）来京，高湘主持考试，邵安石及第。章碣赋《东都望幸》诗讽刺之："懒修珠翠上高台，眉目连娟恨不开，纵使东巡也无益，君王自领美人来。"表达了对科场制度的不平，广为人们传诵。著有《章碣集》等。

丁未岁归王官谷

唐代　司空图

家山牢落战尘西，匹马偷归路已迷。

冢上卷旗人簇立，花边移寨鸟惊啼。

本来薄俗轻文字，却致中原动鼓鼙。

将取一壶闲日月，长歌深入武陵溪。

春山

唐代　司空图

可是武陵溪，春芳著路迷。
花明催曙早，云腻惹空低。

武陵路

唐代　司空图

橘岸舟间罾网挂，茶坡日暖鹧鸪啼。
女郎指点行人笑，知向花间路已迷。

作者简介：

　　司空图（837—908 年），河中虞乡（今山西运城永济）人。晚唐诗人、诗论家。字表圣，自号知非子，又号耐辱居士。祖籍临淮（今安徽泗县东南）。唐懿宗咸通十年（869 年）应试，擢进士上第，天复四年（904 年），朱全忠召为礼部尚书，司空图佯装老朽不任事，被放还。后梁开平二年（908 年），唐哀帝被弑，他绝食而死，终年七十二岁。司空图成就主要在诗论，《二十四诗品》为不朽之作。《全唐诗》收诗三卷。

王逸人隐居

唐代　崔涂

一径入千岑，幽人许重寻。不逢秦世乱，未觉武陵深。
石转生寒色，云归带夕阴。却愁危坐久，看尽暝栖禽。

作者简介：

崔涂（生卒年不详），字礼山，善音律，尤善长笛，《唐才子传》说是江南人，1978 年版人民文学出版社《唐诗选》以其"旧业临秋水，何人在钓矶"及"试向富春江畔过，故园犹合有池台"句，推为今浙江桐庐、建德一带人。唐末诗人，生卒年、生平均不详。唐僖宗光启四年（888 年）进士，壮客巴蜀，老游龙山，故也多写旅愁之作。其《春夕旅怀》颇为传诵。《全唐诗》存其诗一卷。他写的最有名的一首诗是《除夜有怀》。

小游仙诗九十八首（其二）十三

唐代　曹唐

玉皇赐妾紫衣裳，教向桃源嫁阮郎。
烂煮琼花劝君吃，恐君毛鬓暗成霜。

作者简介：

曹唐（生卒年不详），唐代诗人，字尧宾，桂州（今广西桂林）人。初为道士，后举进士不第。咸通（860—874 年）中，为使府从事。

题桃源处士山居留寄

唐代　刘沧

白云深处葺茅庐，退隐衡门与俗疏。
一洞晓烟流水上，满庭春露落花初。
间看竹屿吟新月，特酌山醪读古书。
穷达尽为身外事，浩然元气乐樵渔。

作者简介：

刘沧（生卒年不详），字蕴灵，汶阳（今山东宁阳）人。刘沧比杜牧、许浑年辈略晚，约唐懿宗咸通中前后在世。体貌魁梧，尚气节，善饮酒，好谈古今，令人终日倾听不倦。大中八年（854年），刘沧与李频同榜登进士第。调华原尉，迁龙门令。沧著有诗集一卷（《新唐书艺文志》）传于世。据《唐才子传》，刘沧屡举进士不第，得第时已白发苍苍。

阳羡杂咏十九首·桃花谷

唐代　陆希声

君阳山下足春风，满谷仙桃照水红。
何必武陵源上去，涧边好过落花中。

作者简介：

陆希声（生卒年不详），字鸿磬，自号君阳遁叟（一称君阳道人），唐代苏州府吴县人氏。博学善属文，昭宗（888年至904年）时召为给事中，历同中书门下平章事，以太子太师罢。六世祖陆元方在武周时期，两度出任宰相。家世有书名，六世伯父柬之以草书高天下。五世祖陆象先为唐睿宗时宰相，爵位兖国公。其高祖父陆景融曾任工部尚书，博学工书，至希声一出，遂能复振家法。其曾祖陆涓为唐朝诗人，曾任阳翟令，其祖父陆孟儒官至苏州司士参军。其父陆翱为唐朝诗人，《全唐诗》录存其诗二首。

题桃源

唐代　李弘皋

山翠参差水渺茫，秦人昔在楚封疆。
当时避世乾坤窄，此地安家日月长。

草色几经坛杏老。岩花犹带涧桃香。

他年倘遂平生志，来著霞衣侍玉皇。

作者简介：

李弘皋（？—951年），五代十国时南楚国官员、学士，官至尚书左仆射，御史大夫，上柱国。

春夕寓兴

唐代　刘兼

忘忧何必在庭萱，是事悠悠竟可宽。

酒病未能辞锦里，春狂又拟入桃源。

风吹杨柳丝千缕，月照梨花雪万团。

闲泥金徽度芳夕，幽泉石上自潺湲。

作者简介：

刘兼，约960年在世，字不详，长安人。

寻桃源

唐代　张乔

武林春草齐，花影隔澄溪。

路远无人去，山空有鸟啼。

水垂青霭断，松偃绿萝低。

世上迷途客，经兹尽不迷。

作者简介：

张乔（生卒年不详），池州（今安徽省池州市贵池区）人，懿宗咸通年间进士，当时与许棠、郑谷、张宾等东南才子合称"咸通十哲"。

赠王道士

唐代　于邺

日日市朝路，何时无苦辛。

不随丹灶客，终作白头人。

浮世度千载，桃源方一春。

归来华表上，应笑北邙尘。

作者简介：

　　于邺（生卒年不详），字武陵，会昌时人。其诗题材上以写景送别的为主，同时寄寓浓浓的乡思友情；诗风如羌管芦笛，悠扬沉郁。佳作很多，有《赠卖松人》《早春山行》《送郯县董明府之任》《洛阳道》《客中》《寄北客》等。

倒次元韵

唐代　吴融

南陌来寻伴，东城去卜邻。生憎无赖客，死忆有情人。

似束腰支细，如描发彩匀。黄鹂裁帽贵，紫燕刻钗珍。

身近从淄右，家元接观津。雨台谁属楚，花洞不知秦。

泪滴空床冷，妆浓满镜春。枕凉欹琥珀，簟洁展麒麟。

茂苑廊千步，昭阳扇九轮。阳城迷处笑，京兆画时嚬。

鱼子封笺短，蝇头学字真。易判期已远，难讳事还新。

艇子愁冲夜，骊驹怕拂晨。如何断歧路，免得见行尘。

偶书

唐代 吴融

青牛关畔寄孤村，山当屏风石当门。
芳树绿阴连蔽芾，长河飞浪接昆仑。
苕田绿后蛙争聚，麦垄黄时雀更喧。
只此无心便无事，避人何必武陵源。

山居即事四首 （其四）

唐代 吴融

无邻无里不成村，水曲云重掩石门。
何用深求避秦客，吾家便是武陵源。

花村六韵

唐代 吴融

地胜非离郭，花深故号村。已怜梁雪重，仍愧楚云繁。
山近当吟冷，泉高入梦喧。依稀小有洞，邂逅武陵源。
月好频移座，风轻莫闭门。流莺更多思，百啭待黄昏。

作者简介：

吴融（850—903 年），字子华，越州山阴（今浙江绍兴）人。唐代诗人。生于唐宣宗大中四年（850 年），卒于唐昭宗天复三年（903 年），享年五十四岁。他生当晚唐后期，一个较前期更为混乱、矛盾、黑暗的时代，他死后三年，曾经盛极一时的大唐帝国也就走入历史了，因此，吴融可以说是整个大唐帝国走向灭亡的见证者之一。

千叶桃花

唐代　杨凭

千叶桃花胜百花，孤荣春晚驻年华。
若教避俗秦人见，知向河源旧侣夸。

作者简介：

杨凭（生卒年不详），唐代人，字虚受，一字嗣仁，虢州弘农人。善诗文，与弟凝、凌并有重名。大历中，俱登第。时称"三杨"。后入拜京兆尹，为御史中丞李夷简所劾，贬临贺尉。官终太子詹事。

归山居寄钱起

唐代　李端

怅望青山下，回头泪满巾。故乡多古树，落日少行人。
发鬓将回色，簪缨未到身。谁知武陵路，亦有汉家臣。

闻吉道士还俗因而有赠

唐代　李端

闻有华阳客，儒裳谒紫微。旧山连药卖，孤鹤带云归。
柳市名犹在，桃源梦已稀。还乡见鸥鸟，应愧背船飞。

送郭参军赴绛州

唐代　李端

登车君莫望，故绛柳条春。蒲泽逢胡雁，桃源见晋人。
佐军鬓尚短，掷地思还新。小谢常携手，因之醉路尘。

送马尊师（一作送侯道士）

唐代　李端

南入商山松路深，石床溪水昼阴阴。
云中采药随青节，洞里耕田映绿林。
直上烟霞空举手，回经丘垄自伤心。
武陵花木应长在，愿与渔人更一寻。

作者简介：

李端（生卒年不详），字正己，赵州（今河北赵县）人，唐代诗人。少居庐山，师诗僧皎然。大历五年进士。曾任秘书省校书郎、杭州司马。晚年辞官隐居湖南衡山，自号衡岳幽人。今存《李端诗集》三卷。其诗多为应酬之作，多表现消极避世思想，个别作品对社会现实亦有所反映，一些写闺情的诗也清婉可诵，其风格与司空曙相似。李端是大历十才子之一。今存《李端诗集》三卷。

宿日观东房诗

唐代　李质

曾入桃溪路，仙源信少双。洞霞飘素练，藓壁画阴窗。
古木愁撑月，危峰欲堕江。自吟空向寂，谁共倒秋缸。

作者简介：

李质（？—823 年），唐代人。始为汴州节度使牙将，尝以计诛李齐，迎韩充镇汴。终金吾将军。

桃源洞

唐代　胡曾

一溪春水彻云根，流去桃花片片新。
若道长生是虚语，洞中争得有秦人。

作者简介：

胡曾（音层）（生卒年不详），唐邵州邵阳人，号秋田。懿宗咸通中举进士不第。以关心民生疾苦、针砭暴政权臣而著称。《唐才子传》称赞他"天分高爽，意度不凡"。初累举不第，曾在其《下第》诗中抱怨道："上林新桂年年发，不许平人折一枝。"咸通中，始中进士。尝为汉南节度从事。高骈镇蜀，辟为书记。曾居军幕，每览古今兴废陈迹，慷慨怀古，作咏史诗三卷（《唐才子传》作一卷，此从全唐诗）。

胡曾以《咏史诗》著称，共 150 首，皆七绝。每首以地名为题，评咏当地历史人物和历史事件，如《南阳》咏诸葛亮结庐躬耕，《东海》咏秦始皇求仙，《姑苏台》咏吴王夫差荒淫失国。《咏史诗》共3 卷，《四部丛刊三编》本有胡曾同时人邵阳陈盖作注及京兆米崇吉评注。另有《安定集》10 卷，今佚。《全唐诗》共录为 1 卷，仅存数首。事迹见《唐才子传》，王重民《补唐书胡曾传》（《中华文史论丛》，1980 年第 2 辑）。

桃花溪

唐代　吕岩

东风昨夜落奇葩，散作春江万顷霞。
从此渔郎得消息，溯流直是到仙家。

作者简介：

吕岩（生卒年不详），也叫做吕洞宾。唐末、五代著名道士。号纯阳子，自称回道人。世称吕祖或纯阳祖师，为民间神话故事八仙之一。宋代记载，称他为"关中逸人"或"关右人"，元代以后比较一致的说法，则为河中府蒲坂县永乐镇（今属山西芮城）人，或称世传为东平（治在今山东东平）人。

游仙窟诗　游后园

唐代　张文成

昔时过小苑，今朝戏后园。
两岁梅花匝，三春柳色繁。
水明鱼影静，林翠鸟歌喧。
何须杏树岭，即是桃花源。

作者简介：

张文成（约660—741年），自号浮休子，唐深州陆泽人。他于高宗李治调露年登进士第，当时著名文人骞味道读了他的试卷，叹为"天下无双"，被任为岐王府参军。此后又应"下笔成章""才高位下""词标文苑"等八科考试，每次都列入甲等。其间参加四次书判考选，所拟的判辞都被评为第一名，当时有名的文章高手、水部员外郎员半千称他有如成色最好的青铜钱，万选万中，他因此在士林中赢得了"青钱学士"的雅称。这个雅号后代成为典故，成了才学高超、屡试屡中者的代称。武后时，擢任御史。张文成著有《才名论》一卷（郗昂注。一作张说撰，潘询注），《龙筋凤髓判》十卷，《朝野金裁》三十卷，《游仙窟》一卷，《新唐书志》或《唐才子传》并行于世。

桃源

唐代　李皋

当时避地乾坤窄，此地安家日月长。
草色几经坛杏改，浪花犹带洞庭香。

作者简介：

李皋（734—793年），字子兰，唐宗室，出曹王房。玄宗天宝十一载（752年）封嗣曹王。三迁至秘书少监。肃宗上元二年（761年）出为温州长史，改处州别驾，皆摄州事。代宗大历间，两任衡州刺史。德宗时，先后任湖南观察使及江西、荆南、山南东道节度使，所至有善政。卒谥成。

桃源观

宋代　张咏

檐下山光砌下苔，人间重遇眼重开。
旧林诸子休移诮，已许孤云作计回。

作者简介：

张咏（946—1015年）濮州鄄城人，字复之，号乖崖。太宗太平兴国五年进士。历太常博士、枢密直学士等职。出知益州，参与镇压李顺起事，对蜀民实行怀柔政策，恩威并用。真宗立，入拜御史中丞。又出知杭州、永兴军、益州、升州，所至有政绩。累进礼部尚书，上疏极论丁谓、王钦若大兴土木，致国库空虚，请斩之以谢天下。旋遭排挤出知陈州。卒谥忠定。平生以刚方自任，为政尚严猛，好慷慨大言。与寇准最善，每面折其过，虽贵不改。有《乖崖集》。

题桃花源

宋代　龚桂馨

碧树花开醉晚春，灵槎几度泛天津。
可怜太守仙缘薄，不是衣冠不属秦。

作者简介：

龚桂馨，宋代，生平不详。

桃源

宋代　梅询

武陵风景都然改，谷口桃花镇长在。
自从改赐鼎州名，转觉桃源仙气灵。

作者简介：

梅询（964—1041年），字昌言，宣州宣城（今属安徽省）人，原籍吴兴（今浙江湖州）。宣城梅氏第三世孙。端拱二年（989年）进士，授利丰监判官。宋真宗咸平三年（1000年），梅询作为进士考官受到召见，谈论天下大事，极合真宗之意，把他视作奇才，升任集贤院，梅询也以真宗为知己。当时契丹屡次侵犯河北，首领李继迁又强攻灵州，边事危急。梅询上书献策：将朔方授予吐蕃首领潘罗支，令其从后方牵制，使"蛮夷攻蛮夷"。梅询还主动请缨，说："苟活灵州而罢西兵，何惜一梅询！"真宗大为赞赏其忠心。梅询后来担任太常丞、三司户部判官，常谈战事，结纳豪杰。夏子乔征讨西夏，梅询作诗相送。

桃源图

宋代　冯信可

桃源东回溪转长，桃花开时春日光。
幽禽出树乱红落，游鱼吹花流水香。
山人正住溪之浒，屋角花开自成坞。
寻源未许武陵人，隐者但作桃花主。
拄杖穿花来水头，禽鱼亦解识风流。
往来况有樵云叟，何惜衔杯同唱酬。
一尊如出桃花色，花落尊中已无迹。
醉乡泠泠白日闲，黄尘滚滚青山隔。
明年此日桃花开，何人净扫溪阴苔。
我亦天台约刘阮，春风一棹酒船来。

作者简介：

　　冯信可（985—1075 年），字损之，长乐（今福建福州）人，后徙居眉州彭山（今属四川）。举不第，退而讲学。神宗熙宁八年卒，年九十一。所著歌诗若干卷藏于家，今不传。《净德集》卷二六有《冯先生墓志铭》。

桃花源诗

宋代　梅尧臣

鹿为马，龙为蛇，凤皇避罗麟避罝。
天下逃难不知数，入海居岩皆是家。
武陵源中深隐人，共将鸡犬栽桃花。
花开记春不记岁，金椎自劫博浪沙。
亦殊商颜采芝草，唯与少长亲胡麻。
岂意异时渔者入，各各因问人闲赊。
秦已非秦孰为汉，奚论魏晋如割瓜。

英雄灭尽有石阙，智惠屏去无年华。

俗骨思归一相送，慎勿与世言云霞。

出洞沿溪梦寐觉，物景都失同回槎。

心寄草树欲复往，山幽水乱寻无涯。

依韵和唐彦猷华亭十咏·华亭谷

宋代　梅尧臣

断岸三百里，萦带松江流。

深非桃花源，自有渔者舟。

闲意见水鸟，日共泛舠筹。

何当骑鲸鱼，一去几千秋。

作者简介：

梅尧臣（1002—1060 年），字圣俞，北宋著名现实主义诗人。汉族，宣州宣城（今属安徽）人。宣城古称宛陵，世称"宛陵先生"。初试不第，以荫补河南主簿。50 岁后，于皇祐三年（1051 年）始得宋仁宗召试，赐同进士出身，为太常博士。以欧阳修荐，为国子监直讲，累迁尚书都官员外郎，故世称"梅直讲""梅都官"。曾参与编撰《新唐书》，并为《孙子兵法》作注，所注为孙子十家著（或十一家著）之一。有《宛陵先生集》60 卷。词存二首。

秦人洞

宋代　潘兴嗣

秦人当日避风烟，自种桑麻老洞天。

绿竹横溪鸡犬静，不知门外汉山川。

作者简介：

潘兴嗣（生卒年不详），兴化军莆田人，居新建，字延之，号清逸居士。少孤，笃学，与王安石、曾巩、王回、袁陟俱友善。以荫授将作监主簿。调德化尉，以不愿俯仰上官，弃官归。筑室豫章城南，著书吟诗自娱。神宗熙宁初召为筠州推官，辞不就。卒年八十七。有文集及《诗话》。

桃源二客行

宋代　张方平

刘郎阮郎丹篆客，桃花源中有旧宅。
闲寻流水过碧溪，忽闻鸡犬见人迹。
琼台瑶榭知何所，紫云深处开珠户。
鹤驾龙𫐐彩仗来，鸾歌凤舞霞觞举。
世缘未断尘心狂，苦厌仙家日月长。
洞门一闭恍如梦，归路古木何荒凉。

作者简介：

张方平（1007—1091 年），字安道，号乐全居士，应天宋城（今河南商丘）人。仁宗景祐元年（1034 年），举茂材异等，为校书郎，知昆山县。又举贤良方正，迁着作佐郎、通判睦州。召直集贤院，俄知谏院。历知制诰，权知开封府，御史中丞，三司使。加端明殿学士、判太常寺。坐事出知滁州，顷之，知江宁府，入判流内铨。以侍讲学士知滑州，徙益州。复以三司使召，迁尚书左丞、知南京。未几，以工部尚书帅秦州。英宗立，迁礼部尚书，知郓州，还为翰林学士承旨。神宗即位，除参知政事，与王安石政见不合，又转徙中外，以太子少师致仕。哲宗元祐六年卒，年八十五。赠司空，谥文定。有《乐全集》四十卷。事见《东坡后集》卷一七《张文定公墓志铭》。《宋史》卷三一八有传。张方平诗四卷，以影印清文渊阁《四库全书》本《乐全集》为底本，校以清吴兴陶氏抄本（简称陶本，藏北京图书馆），清抄本（藏北京图书馆），清抄季锡畴校本（简称季本）。又据《栾城集》等辑得集外诗，附于卷末。

祠部王郎中送山水枕屏作

宋代　刘敞

枕上万峰合，苍苍惊梦魂。

如浮武林水，卧向桃花源。

杖屦几时士，茅茨何处村。

悠然独往意，欲问复忘言。

作者简介：

刘敞（1019—1068 年），北宋史学家、经学家、散文家。字原父，一作原甫，临江新喻（今江西新余）人。庆历六年与弟刘攽同科进士，以大理评事通判蔡州，后官至集贤院学士。与梅尧臣、欧阳修交往较多。为人耿直，立朝敢言，为政有绩，出使有功。刘敞学识渊博，欧阳修说他"自六经百氏古今传记，下至天文、地理、卜医、数术、浮图、老庄之说，无所不通；其为文章尤敏赡"，与弟刘攽合称为北宋"二刘"，著有《公是集》。

送周寺丞知落南

宋代　司马光

大华指商於，中间百里余。

稍行山驿远，渐与世尘疏。

楚塞参差接，秦民错杂居。

惜哉非肯綮，不足试投虚。

作者简介：

司马光（1019—1086 年），字君实，号迂叟，陕州夏县涑水乡（今山西省夏县）人，世称涑水先生。北宋政治家、史学家、文学家，自称西晋安平献王司马孚之后代。

宋仁宗宝元元年（1038 年），进士及第，累迁龙图阁直学士。宋神宗时，反对王安石变法，离开朝廷十五年，主持编纂了编年体通史《资治通鉴》。历仕仁宗、英宗、神宗、哲宗四朝，官至尚书左仆射兼门下侍郎。元祐元年（1086 年）去世，追赠太师、温国公，谥号文正。名列"元祐党人"，配享宋哲宗庙廷，图形昭勋阁；从祀于孔庙，称"先儒司马子"；从祀历代帝王庙。

其为人温良谦恭、刚正不阿；做事用功，刻苦勤奋。以"日力不足，继之以夜"自诩，堪称儒学教化下的典范。生平著作甚多，主要有《温国文正司马公文集》《稽古录》《涑水记闻》《潜虚》等。

桃源行

宋代　汪藻

祖龙门外神传璧，方士犹言仙可得。

东行欲与羡门亲，咫尺蓬莱沧海隔。

那知平地有青春，只属寻常避世人。

关中日月空万古，花下山川长一身。

中原别后无消息，闻说胡尘因感昔。

谁教晋鼎判东西，却愧秦城恨南北。

人间万事愈可怜，此地当时亦偶然。

何事区区汉天子，种桃辛苦望长年。

作者简介：

汪藻（1079—1154 年），字彦章，饶州德兴（今属江西）人。崇宁五年（1106 年）进士。高宗朝，累官中书舍人，兼直学士院，擢给事中，迁兵部侍郎，拜翰林学士。博览群书，工骈文。有《浮溪集》，词存四首。

桃花源

宋代　曾巩

来时秋不见桃花，空树寒泉泻石涯。

争得时人见鸾凤，不教身去忆烟霞。

作者简介：

曾巩（1019—1083 年），字子固，汉族，建昌军南丰（今江西省南丰县）人，后居临川，北宋散文家、史学家、政治家。

曾巩出身儒学世家，祖父曾致尧、父亲曾易占皆为北宋名臣。曾巩天资聪慧，记忆力超群，幼时读诗书，脱口能吟诵，年十二即能为文。嘉祐二年（1057 年），进士及第，任太平州司法参军，以明习律令，量刑适当而闻名。熙宁二年（1069 年），任《宋英宗实录》检讨，不久被外放越州通判。熙宁五年后，历任齐州、襄州、洪州、福州、明州、亳州、沧州等知州。元丰四年（1081 年），以史学才能被委任史官修撰，管勾编修院，判太常寺兼礼仪事。元丰五年（1082 年），卒于江宁府（今江苏南京），追谥为“文定”。

曾巩为政廉洁奉公，勤于政事，关心民生疾苦，与曾肇、曾布、曾纡、曾纮、曾协、曾敦并称“南丰七曾”。曾巩文学成就突出，其文“古雅、平正、冲和”，位列“唐宋八大家”，世称“南丰先生”。

桃源行

宋代　王淮

武陵十里桃花水，遥接仙家洞天里。

桃花不隐洞中春，引得渔郎来问津。

洞中墙屋开村落，石田沙田足耕凿。

阴连绿树昼昏昏，鸣鸡吠犬东西门。

渔郎相见惊相语，共问今朝是谁主。

秦家虐焰逐飞烟，司马独主江南天。

尊前论罢长叹息，醉掩松窗卧苔石。

明朝出洞归故乡，回首万壑云茫茫。

山中此景知无有，千载词人说盈口。

我欲携书上钓船，洞口去觅桃花源。

作者简介：

王淮（1126—1189年），字季海，金华城区人。南宋名相。绍兴十五年（1145年）考中进士，授临海尉。历任监察御史、右正言、秘书少监兼恭王府直讲、太常少卿、中书舍人。官至左丞相，封鲁国公。淳熙十六年（1189年）卒，赠少师，谥文定。

桃源道上

宋代　唐庚

朝持汉使节，暮作楚囚奔。

路入离骚国，江通款乃村。

垣墙知地湿，草木验冬温。

寂寞桃源路，行人秪断魂。

作者简介：

唐庚（1070—1120年），北宋诗人。字子西，人称“鲁国先生”。眉州丹棱（今属四川省眉山市丹棱县）唐河乡人。哲宗绍圣（1094省）进士（清光绪《丹棱县志》卷六），徽宗大观中为宗子博士。经宰相张商英推荐，授提举京畿常平。商英罢相，庚亦被贬，谪居惠州。后遇赦北归，复官承议郎，提举上清太平宫。后于返蜀道中病逝。

游沃洲山

宋代　陈东之

我本名山人，屡作名山兴。

天台一住三十年，尽日扪萝陟云磴。

上揽四万八千太之高秋，参差明河两肩并。

下瞰三百六十度之朝暾，灭没飞烟八荒净。

或随仙气得丹床，双阙夜深看斗柄。

今年积雨天地晴，一策快作西南征。

沃洲最佳天姥胜，连山直下秋峥嵘。

竹萌修纤会稽箭，芝茎菌蠢商山英。

秋阳不碎空翠影，绝壑倒泻银河声。

山腰细路如丝直，三两渔樵行落日。

炊烟暝色小茅屋，松子秋声断崖石。

溪流饭屑胡麻香，土软春膏霜术白。

送书松际有猿公，问酒磵阴多木客。

青冥楼阁仙人家，郁蓝流光泻晴碧。

霓旌队下鹤万群，绛节朝回云五色。

人间但有桃花源，桃花春香流水浑。

三生凡骨不得到，两耳夜半空听猿。

李白寻真不得返，支遁卜筑远费钱。

至今山灵护光怪，石萝山薜余秋妍。

陈郎故宅更深闃，鸡犬林塘隔尘世。

清秋著屐一登之，路僻夕阴门半闭。

盘陀石在长楠阴，脱略尘缨换秋意。

晴窗示我两山图，老眼摩挲观一二。

便挥健笔写我诗，惜哉赏音今绝稀。

谪仙一去五百载，人间山水无清辉。

旧时仙人白云唱，怪我白首归何时。

我生白首历浩劫，眼中亿万虫沙春梦非。

陈郎挽我十日住，掉头不顾自有南山期。

餐霞绝粒炼精魄，长生之学非荒嬉。

三千年前有宿约，来已不早归不迟。

长揖群仙谢儿辈，倒挟万里冥鸿飞。

作者简介：

陈东之（生卒年不详），理宗时新昌（今属浙江）人。

渔家傲·隔岸桃花红未半

宋代　王安石

隔岸桃花红未半。枝头已有蜂儿乱。惆怅武陵人不管。清梦断。亭亭伫立春宵短。

桃源行

宋代　王安石

望夷宫中鹿为马，秦人半死长城下。

避时不独商山翁，亦有桃源种桃者。

此来种桃经几春，采花食实枝为薪。

儿孙生长与世隔，虽有父子无君臣。

渔郎漾舟迷远近，花间相见因相问。

世上那知古有秦，山中岂料今为晋。

闻道长安吹战尘，春风回首一沾巾。

重华一去宁复得，天下纷纷经几秦。

作者简介：

王安石（1021—1086年），字介甫，号半山，谥文，封荆国公。世人又称王荆公。汉族，北宋抚州临川人（今江西省抚州市临川区邓家巷人），中国北宋著名政治家、思想家、文学家、改革家，唐宋八大家之一。欧阳修称赞王安石："翰林风月三千首，吏部文章二百年。老去自怜心尚在，后来谁与子争先。"传世文集有《王临川集》《临川集拾遗》等。其诗文各体兼擅，词虽不多，但亦擅长，且有名作《桂枝香》等。而王荆公最得世人哄传之诗句莫过于《泊船瓜洲》中的"春风又绿江南岸，明月何时照我还"。

武 陵

宋代　黄庭坚

武陵樵客出桃源，自许重游不作难。
却觅洞门烟锁断，归舟风月夜深寒。

题归去来图二首（其二）

宋代　黄庭坚

人间处处犹崔子，岂忍更令三径荒。
谁与老翁同避世，桃花源里捕鱼郎。

作者简介：

黄庭坚（1045—1105 年），字鲁直，乳名绳权，号清风阁、山谷道人、山谷老人、涪翁、涪皤、摩围老人、黔安居士、八桂老人，世称黄山谷、黄太史、黄文节、豫章先生。宋江南西路洪州府分宁（今江西省九江市修水县）人。祖籍浙江省金华市。北宋诗人黄庶之子，南宋中奉大夫黄相之父。北宋大孝子，《二十四孝》中"涤亲溺器"故事的主角。北宋著名文学家、书法家、江西诗派开山之祖。

和陶桃花源

宋代　苏轼

凡圣无异居，清浊共此世。
心闲偶自见，念起忽已逝。
欲知真一处，要使六用废。
桃源信不远，杖藜可小憩。
躬耕任地力，绝学抱天艺。
臂鸡有时鸣，尻驾无可税。
苓龟亦晨吸，杞狗或夜吠。
耘樵得甘芳，龁啮谢炮制。
子骥虽形隔，渊明已心诣。
高山不难越，浅水何足厉。
不如我仇池，高举复几岁。
从来一生死，近又等痴慧。
蒲涧安期境，罗浮稚川界。
梦往从之游，神交发吾蔽。
桃花满庭下，流水在户外。
却笑逃秦人，有畏非真契。

和桃源诗序

宋代　苏轼

　　世传桃源事，多过其实。考渊明所记，止言先世避秦乱来此，则渔人所见，似是其子孙，非秦人不死者也。又云杀鸡作食，岂有仙而杀者乎？

　　旧说南阳有菊水，水甘而芳，居民三十余家，饮其水皆寿，或至百二三十岁。蜀青城山老人村，有五世孙者。道极险远，生不识盐醯，而溪中多枸杞，根如龙蛇，饮其水，故寿。近岁道稍通，渐能致五味，而寿益衰，桃源盖此比也欤。使武陵太守得至焉，则已化为争夺之场久矣。常意天地间若此者甚众，不独桃源。

介亭饯杨杰次公

宋代　苏轼

篮舆西出登山门，嘉与我友寻仙村。
丹青明灭凤篁岭，环佩空响桃花源。
前朝欲上已蜡屐，黑云白雨如倾盆。
今晨积雾卷千里，岂畏触热生病根。
在家头陀无为子，久与青山为弟昆。
孤峰尽处亦何有，西湖镜天江抹坤。
临高挥手谢好住，清风万壑传其言。
风回响答君听取，我亦到处随君轩。

作者简介：

　　苏轼（1037—1101 年），字子瞻，又字和仲，号东坡居士，自号道人，世称苏仙。宋代重要的文学家，宋代文学最高成就的代表。汉族，北宋眉州眉山（今属四川省眉山市）人。宋仁宗嘉祐（1056—1063 年）年间进士。其诗题材广阔，清新豪健，善用夸张比喻，独具风格，与黄庭坚并称"苏黄"。词开豪放一派，与辛弃疾同是豪放派代表，并称"苏辛"。又工书画。有《东坡七集》《东坡易传》《东坡乐府》等。

题桃源图

宋代　胡仲弓

桃溪春水绿如苔，溪上红桃夹岸开。
乳燕掠将芳草去，子鱼衔出落花来。
田中黍稷随时艺，雨后桑麻绕舍栽。

此日逢人休问语，生涯闻已半蒿莱。

作者简介：

胡仲弓（生卒年不详），宋末元初诗人，字希圣。清源（今山西省清徐县）人。南宋末年登进士第，为会稽令。后被黜，浪迹江湖以终。工诗，有《苇航漫游稿》传世。

三月五日南京梢工来报船经金人残毁之后尚有书籍存者且以二诗为信忽睹高仲夷唱和诗不胜感叹辄用其韵识其事率同赋

宋代　晁说之

桃花源上避秦人，岂料渔舟见此身。
胡虏杀人掊玉帛，简编破椟委泥尘。
谁施骨肉死生惠，只有皇天后土仁。
可保斯文犹未堕，庙堂宜亦用儒臣。

作者简介：

晁说之（1059—1129 年），字以道，一字伯以，济州钜野（今山东巨野）人（《宋史·晁补之传》）。因慕司马光为人，自号景迂生。神宗元丰五年（1082 年）进士。哲宗元祐初，官兖州司法参军，绍圣时为宿州教授，元符中知磁州武安县。徽宗崇宁二年（1103 年），知定州无极县。后入党籍。大观、政和间临明州造船场，起通判郇州。宣和时知成州，未几致仕。钦宗即位，以著作郎召，除秘书少监、中书舍人，复以议论不合，落职。高宗立，召为侍读，后提举杭州洞霄宫。建炎三年卒，年七十一。有《嵩山文集》（又名《景迂生集》）二十卷。事见《嵩山文集》附录其孙子健所作文集后记，《晁氏世谱节录》，及集中有关诗文。晁说之诗，以四部丛刊续编影印旧钞本《嵩山文集》（集中"祯"字皆缺，注"今上御名"，当沿宋本之旧）为底本。校以文渊阁《四库全书》本（简称四库本）等。新辑集外诗，附于卷末。

临江仙·内乡寄嵩前故人

金末　元好问

昨夜半山亭下醉，洼尊今日留题。放船直到浙江西。冰壶天上下，云锦树高低。

世上红尘争白日，山中太古熙熙。外人初到故应迷。桃花三百里，浑是武陵溪。

作者简介：

元好问（1190—1257 年），字裕之，号遗山，世称遗山先生。太原秀容（今山西忻州）人。金末至大蒙古国时期著名文学家、历史学家。元好问是宋金对峙时期北方文学的主要代表、文坛盟主，又是金元之际在文学上承前启后的桥梁，被尊为"北方文雄""一代文宗"。他擅作诗、文、词、曲。其中以诗作成就最高，其"丧乱诗"尤为有名；其词为金代一朝之冠，可与两宋名家媲美；其散曲虽传世不多，但当时影响很大，有倡导之功。有《元遗山先生全集》《中州集》。

漂泊岳阳遇张中行因泛舟洞庭晚宿君山联句

宋代　丁开

元气无根株，地脉有断绝。
日月互吞吐，云雾自生灭。

楚妃结幽想，巴客答清唤。

宁知莽苍中，不假巨鳌力。

势阅南纪浮，思随西风发。

形影寄孤舟，吾道成鸠舌。

笑谈正凌傲，俯仰不逼侧。

每与景物会，未省欢娱毕。

叠翠晚惜惜，堕黄秋的的。

鱼龙负羸羸，独鸟去不息。

旷原眇周抱，异境超慌惚。

径度万顷空，忽得一拳碧。

稍稍鸡犬近，依依钟梵夕。

推门月微堕，煮茗香初歇。

衣裳识霜信，瓶钵了禅悦。

事定心源清，梦回斗柄直。

周游兴欲尽，长往计未决。

出门更回首，沙水荡虚白。

美哉神禹功，已矣三苗国。

山川长不朽，愚智俱可惜。

神交正冥冥，指点空历历。

慎勿语俗人，桃源恐相失。

作者简介：

丁开（生卒年不详），南宋谏官，负气敢言。字复见，长沙（今属湖南）人。理宗景定二年（1261年），湖南安抚使向士璧解潭州元兵围，贾似道嫉其功，讽御史劾罢，送漳州居住。开为此诣阙上疏，言向有大功，不宜因军府小费而推究。忤似道，羁管扬州，岁余卒。事见《谷音》卷下。

曹溪道中呈何公显

宋代 李弥逊

笋舆访古出秋原，山网重重护石田。

水接桃花源上路，人行巫女峡中天。

要令陶冶夸盘谷，何必丹青貌辋川。

寄语能诗何水部，笔端应许见云烟。

作者简介：

李弥逊（1085—1153 年）字似之，号筠西翁、筠溪居士、普现居士等，吴县（今江苏苏州）人。大观三年（1109 年）进士。高宗朝，试中书舍人，再试户部侍郎，以反对议和忤秦桧，乞归田。晚年隐连江（今属福建）西山。所作词多抒写乱世时的感慨，风格豪放，有《筠溪乐府》，存词 80 余首。

崧阳归隐图

金末元初 段成己

落落出世人，视世犹糠秕。

独唯爱山缘，一念未渠已。

尝行崧阳道，经觏略可纪。

有山皆屏颜，有水尽清沘。

寒藤络古木，奇花间芳枳。

风从四山下，红绿乱纷萋。

云日互蔽亏，百态呈怪诡。

微泉不知处，丛荟鸣宫徵。

山鸟忽惊飞，花落空岩里。

静闻鸡犬声，人家应在迩。

百年能几日，山间有馀晷。

孰知桃花源，不出武陵水。

回首视人间，嚣嚣足尘滓。
便拟结椽茆，悤悤迫行李。
一来汾沮洳，留滞绵几祀。
幽怀渺难忘，澹墨寄形似。
旧游一经眼，来往差可喜。
此心本无著，夫岂为物使。
昔从何而来，今从何而止。
脩然来往间，于是得之子。
幻影竟安用，我亦聊尔耳。
一笑两忘言，庭花萎阶圮。

作者简介：

段成己（1199—1279年），段克己弟。克己中举，无意仕途，终日纵酒自娱。成己及第，授宜阳主簿。金亡，成己与兄避居龙门山（今山西河津黄河边）。克己殁后，自龙门山徙居晋宁北郭，闭门读书，近四十年。元世祖忽必烈降诏征为平阳府儒学提举，坚拒不赴。至元十六年卒，年八十一。

春浦帆归图

金末元初　孟攀鳞

涵空水色碧于苔，照眼山光翠作堆。
疑是桃花源上客，轻舟天外得春来。

作者简介：

孟攀鳞（生卒年不详），字驾之，原名璘，谥文定，云内人。有政声，工书，擅文章。耶律楚材赞其“文章高出苏黄辈，英雄不效秦仪志”。其高祖孟唐牧，字尧臣，擢进士第，仕于辽。曾祖孟彦甫，字仲山。辽亡后，以“明法中选”，知西北路招讨司知事。善断狱。有廉誉。

秦人洞

宋代　谢枋得

来避秦人万事休，鸟啼花落几春秋。
洞门深锁无人到，山自青青水自流。

庆庵寺桃花

宋代　谢枋得

寻得桃源好避秦，桃红又是一年春。
花飞莫遣随流水，怕有渔郎来问津。

作者简介：

谢枋得（1226—1289年），南宋文学家。字君直，号叠山，弋阳（今属江西）人。宝祐四年（1256年）进士。德祐元年（1275年）为江东提刑，江西招谕使，知信州，率兵抗元。城陷后，流亡建阳，以卖卜教书度日。后元朝破其出仕，地方官强制送往大都（今北京），乃绝食而死。门人私谥文节。其诗伤时感旧，沉痛苍凉。编有《文章轨范》。原有集，已散佚，后人辑有《叠山集》。

广化遇雨

宋代　张耒

浮云蔽高峰，台殿延晚色。
风声转谷豪，雨脚射山白。
东楼瞰虚明，龙甲排松柏。
萧森异人境，坐视动神魄。
撞钟寺门掩，晚霁尚残滴。

相携下山去，尘静马无迹。

归来解鞍歇，新月如破壁。

但恐桃花源，回舟已青壁。

作者简介：

张耒（生卒年不详），北宋文学家，擅长诗词，为苏门四学士之一。《全宋词》《全宋诗》中有他的多篇作品。早年游学于陈，学官苏辙重爱，从学于苏轼，苏轼说他的文章类似苏辙，汪洋澹泊。其诗学白居易、张籍，如：《田家》《海州道中》《输麦行》多反映下层人民的生活以及自己的生活感受，风格平易晓畅。著作有《柯山集》五十卷、《拾遗》十二卷、《续拾遗》一卷。《宋史》卷四四四有传。

洞霄宫 （其二）

宋代　钱景谌

入谷初无路，山蹊九折回。

紫庭藏玉室，碧落抱琼台。

溪流人闲见，桃花源上开。

只应有仙骨，得到洞天来。

作者简介：

钱景谌（生卒年不详），钱塘（今浙江杭州）人。惟演孙。仁宗嘉祐间为殿直，登进士第。王安石提点开封府界时爵所属主簿，曾为所荐。安石执政，因政见不合，终身任外职。神宗熙宁末，曾从张景宪辟知瀛州。事见《闻见录》卷二一，《宋史》卷三一七有传。今录诗三首。

颂古五十七首（其四）

宋代　释道昌

迅雷不及掩耳，下桩要在急水。

水深桩脚若长，耳畔雷声四起。

拈起拄杖为他中下，上上人来放过不打。

秦人一入桃花源，子孙千世为神仙。

作者简介：

释道昌（1089—1171 年），号月堂，又号佛行，俗姓吴。雪之宝溪（今浙江吴兴）人。年十三祝发，逾二年谒妙湛于道场寺，悟彻。于是以遍参为志，游淮楚湖湘间，依长灵卓、保宁玑、圆悟勤诸大宗师。年二十三归省妙湛于净慈寺，俾掌藏为众说法。又补穹隆瑞光，迁育王。高宗建炎中退席。绍兴初居间中大吉，徙秀峰龟山，移金陵蒋山，奉旨擢径山灵隐。绍兴三十一年（1161 年），退藏灵泉。孝宗乾道二年（1164 年），主临安府净慈寺。七年卒，年八十三。为青原下十四世，雪峰妙湛思慧禅师法嗣。《嘉泰普灯录》卷一二、《五灯会元》卷一六有传。释道昌诗，据《嘉泰普灯录》等书所录，编为一卷。

乙卯秋奉送王周士龙阁自贬所归鼎州太夫人侍下

宋代　张元幹

语离三秋风，念子万里客。

我独忧患余，几为死生隔。

相逢忽眼明，照影俱头白。

兰若清夜长，连床话畴昔。

如何功名心，一旦乃冰释。

卖药真佯狂，穿云忘迁谪。

不然蔬笋肠，宁无瘴烟色。

良由火枣成，内景充尺宅。

下视陋九州，槐安等称国。

绝怜蛮触争，亦复弄兵革。

乱来更多事，老去觉世窄。

归欤桃花源，斑衣作儿剧。

此乐人所稀，今我那能得。

他时南山南，寄书北山北。

作者简介：

张元幹（1091—约1170年），字仲宗，号芦川居士、真隐山人，晚年自称芦川老隐。芦川永福人（今福建永泰嵩口镇月洲村人）。历任太学上舍生、陈留县丞。金兵围汴，秦桧当国时，入李纲麾下，坚决抗金，力谏死守。曾赋《贺新郎》词赠李纲，后秦桧闻此事，以他事追赴大理寺除名削籍。元干尔后漫游江浙等地，客死他乡，卒年约七十，归葬闽之螺山。张元干与张孝祥一起号称南宋初期"词坛双璧"。

代书寄吴仲权

宋代　赵蕃

长沙失会面，龙阳将叩门。

君行黄鹤楼，我乃桃花源。

裴回遂两月，问讯非一言。

时时得新作，日日思高轩。

宁知竟相失，有抱阙细论。

闻君方被荐，清庙陈玙璠。

而我政落南，空江撷兰荪。

虽云出处异，得以书疏存。

言之有不尽，笔兮还载援。

惟当道情愫，故尔略寒暄。

送梁仁伯赴江陵丞三首 (其三)

宋代　赵蕃

君搴澧之兰，我撷沅之茝。
邂逅桃花源，一笑若相待。
那知青草湖，追随复连载。
南浦问何边，冰溪复安在。

作者简介：

赵蕃（1143—1229 年），字昌父，号章泉，原籍郑州。理宗绍
定二年，以直秘阁致仕，不久卒。谥文节。

松雪 (其一)

宋代　韩淲

洞霄双径傍何村，松菊归来想自存。
官牒推移应一笑，桃花源上且寻论。

作者简介：

韩淲（1159—1224 年），南宋诗人。字仲止，一作子仲，号涧
泉，韩元吉之子。祖籍开封，南渡后隶籍信州上饶（今属江西）。从
仕后不久即归，有诗名，著有《涧泉集》。

寄友

宋代　释永颐

闻君萧散在田庐，想见琴书足自娱。
欲挈瓶盂就茅屋，桃源图上有僧无。

作者简介：

释永颐（生卒年不详），字山老，号云泉，钱塘（今浙江省杭州市）人。居唐栖寺。与江湖诗人周晋仙、周伯弨父子等多有唱和。理宗淳祐十年（1250年），上天竺佛光法师抗拒权贵侵占寺产，愤而渡江东归时，颐曾遗书慰问。有《云泉诗集》一卷传世。

桃源

宋代　古汴高士

山前溪是当时水，源上桃非旧日花。
多是渔郎露消息，洞门从此锁烟霞。

作者简介：

古汴高士，宋代诗人，生平不详。

桃源

宋代　李韦之

商山四老人，避世还出世。
桃源独终隐，坐看日月逝。

作者简介：

李韦之（生卒年不详），孝宗淳熙九年（1182 年）为邵州教授，尝序《邵阳志》（《舆地纪胜》卷五九《荆湖南路·宝庆府》）。

过分水岭

宋代　李洪

江南山尽处，开辟如石门。

下有琴筑声，哀湍激箭奔。

残雪护峰顶，篁竹如四垣。

老翁仅百岁，曝背抱儿孙。

问之不我应，嗒然而忘言。

疑尔秦人徒，此类桃花源。

寒日欲西颓，不容驻短辕。

驱车下山去，逼耳闻清猿。

回顾但烟霭，路绝无攀援。

他年傥再逢，共醉老瓦盆。

作者简介：

李洪（生卒年不详），（今江苏省扬州市）人，后寓居海盐（今浙江省海盐县），李正民之子。约宋孝宗乾道中在世。工诗。历知温州、滕州。其余事迹均不详。洪著有文集二十卷，今仅存芸庵类稿六卷，《四库总目》不及十之三四。其诗时露警秀，七律尤工。

澄虚亭

宋代　徐良佐

一溪水浸群峰绿，潋滟长湖澄数曲。

波光如练映危亭，倚槛最宜凝远目。

亭前日日舟人行，千里万里风帆轻。

长汀回首望不尽，接天岚气何其清。

隔溪南下干元路，古松峭拔藏禅宇。

余不祠前千尺潭，昔有灵龟曾左顾。

时迁岁改名独存，德清从此民俗淳。

山奇水秀冠南国，是处疑有桃花源。

过桥稍转十余步，家家相向开朱户。

大都川泽气多寒，时时猛点菰蒲雨。

晚来忽霁凉意新，一片两片归岩云。

惆怅王维不在世，把笔欲画今无人。

老夫歌诗久不作，对此吟情岂宜薄。

簿书推去试新吟，眼前好景难道着。

城中美酒斗十千，浦口鱼肥卖得钱。

夜深却羡渔翁乐，醉饱溪心明月眠。

作者简介：

徐良佐（生卒年不详），武进（今江苏常州）人。仁宗景祐五年（1038 年）进士。知德清县。事见《宋诗拾遗》卷二〇。

越中五咏

宋代　林槩

越绝烟光隐翠微，兰亭春色送行衣。

风清汉相鸣樵径，台古任公落钓矶。

绣被歌残人竟远，桃花源静客忘归。

凭君莫上秦山望，千古骊宫对夕晖。

作者简介：

林槩（生卒年不详），字端甫，福州福清（今属福建）人。仁宗景祐元年（1034 年）进士（《淳熙三山志》卷二六）。以秘书省校书郎知长兴县，后知连州。神宗元丰八年（1085 年），为通议大夫、兵部尚书（《续资治通鉴长编》卷三六二）。《宋史》卷四三二有传。
今录诗十首。

舟中即事

宋代　吴可

四顾彭蠡湖，独知庐阜尊。

叠嶂遍围绕，拱立犹儿孙。

扶筇望瀑布，玉虹走只园。

回步寻虚亭，余流漱瑶琨。

三峡夸幽险，下有万雷喧。

龙渊神物家，孰敢窥清浑。

归来有余思，妙音传梦魂。

易舟大孤傍，山川出笼樊。

生平数佳士，欢然笑语温。

殊乡爱远客，一见如弟昆。

直有卜邻意，便拟营柴门。

惜别屡往还，遗酒盈瓶盆。

回首幽居云，忽作聚墨昏。

冈峦互起伏，时为烟雾吞。

遥知急雨来，坐看风水奔。

浮家若漂泊，且系古柳根。

晚来喜新霁，遥岑淡余痕。

岸花自妍媚，始怪秋色繁。

近沙群鹭惊，炯如积雪翻。

林间问茅屋，欲与渔父言。

想像翠霭中，疑有桃花源。

津子请息肩，买醉溪上村。

我亦睡蓬底，辗转吟东屯。

痛彼日月远，念此骨肉存。

谁能致薪粲，庶几度寒暄。

避秦岂本志，多病不复论。

作者简介：

吴可（生卒年不详），字思道（元《至正金陵新志》作吴思道，此据《诗人玉屑》卷一），金陵（今江苏南京）人。官至团练使，曾谄附权宦梁师成（《浮溪文粹》附录孙觌《汪公墓志铭》）。徽宗宣和末师成败，黜致仕。宋室南渡后，流寓东南。吴可系武官，但潜心文翰，与李之仪交颇密，诗为苏轼、刘安世等人称誉。有《藏海居士集》《藏海诗话》，已佚。清四库馆臣据《永乐大典》辑为诗集二卷，诗话一卷。事见元《至正金陵新志》卷一三。吴可诗，以影印文渊阁《四库全书》本《藏海居士集》为底本。新辑集外诗附于卷末。

点绛唇·桃源

宋代　秦观

醉漾轻舟，信流引到花深处。尘缘相误。无计花间住。

烟水茫茫，千里斜阳暮。山无数。乱红如雨。不记来时路。

作者简介：

秦观（1049—1100 年），字太虚，又字少游，汉族，北宋高邮（今江苏省高邮市）人，别号邗沟居士、淮海居士，世称淮海先生。"苏门四学士"之一，被尊为婉约派一代词宗，官至太学博士，国史馆编修。代表作品：《鹊桥仙》《淮海集》《淮海居士长短句》。

秦观是北宋文学史上的一位重要作家，但在秦观现存的所有作品中，词只有三卷 100 多首，而诗有十四卷 430 多首，文则达三十卷共 250 多篇，诗文相加，其篇幅远远超过词若干倍。

寄邢和叔

宋代　陈师道

昔作梁宋游，幽忧废朝昏。

闭门无往还，不厌儿女喧。

隔墙闻剥啄，暮夜谁扣门。

知是邢夫子，低回过高轩。

愿为布衣交，不顾年德尊。

匆匆立谈罢，又见东南奔。

江湖多病后，仅免馂鱼鼋。

久废数行书，因人问寒暄。

但爱孤山西，松筠数家村。

便欲筑居室，插秧仍灌园。

生前不自爱，身后何足论。

草玄笑扬雄，赞易悲虞翻。

文章徒自苦，纸笔莫更存。

却寻南郭老，隐几学忘言。

他日宦游客，误入桃花源。

苇间见渔父，谁识王公孙。

作者简介：

陈师道（1053—1102 年），北宋官员、诗人。字履常，一字无己，号后山居士，汉族，彭城人。元祐初苏轼等荐其文行，起为徐州教授，历仕太学博士、颍州教授、秘书省正字。一生安贫乐道，闭门苦吟，有"闭门觅句陈无己"之称。陈师道为苏门六君子之一，江西诗派重要作家。亦能词，其词风格与诗相近，以拗峭惊警见长。但其诗、词存在着内容狭窄、词意艰涩之病。著有《后山先生集》，词有《后山词》。

游白云山海会寺

宋代　王之道

龙舒富山水，白云又其角。

七峰互回环，仰见天一握。

古木森建幢，苍藤大张幄。

初疑翠黛扫，颇类青玉琢。

飞泉何处来，其势自天落。

舂撞吼雷霆，激射纷雪雹。

田家承下流，伐石竞耕凿。

摇风麦初齐，泛水秧尚弱。

恍若桃花源，误入不容却。

况有古道场，碧瓦照丹臒。

楼台锁烟霞，松杉聚猿鹤。

我来孟夏初，征衫汗如濯。

行行不知劳，梯云上青廓。

入门寂无人，幽鸟自相乐。

登堂赵州出，此意亦不恶。

徐徐叩其端，善巧万金药。

销除爱欲恼，澡浣尘土浊。

山神似相留，入夜雨还作。

明朝出山去，欲去更盘礴。

何当赋归来，寄傲酬素约。

作者简介：

王之道（1093—1169 年），字彦猷，庐州濡须人。生于宋哲宗元祐八年，卒于孝宗乾道五年，年七十七岁。善文，明白晓畅，诗亦真朴有致。为人慷慨有气节。宣和六年（1124 年），与兄之义弟之深同登进士第。对策极言燕云用兵之非，以切直抑制下列。调历阳丞。绍兴和议初成，之道方通判滁州，力陈辱国非便。大忤秦桧意，谪监南雄盐税。坐是沦废者二十年。后累官湖南转运判官，以朝奉大夫致仕。之道著有相山集三十卷，《四库总目》相山词一卷，《文献通考》传于世。

桃源

宋代　释宗觉

深隐犹疑世上闻，桃花还泄洞中春。
当时不得渔人入。将谓人问几世秦。

作者简介：

释宗觉（生卒年不详），蜀僧（《舆地纪胜》卷六八）。明永乐《乐清县志》卷八有宗觉，字无象，号西坡，俗姓郑，乐清（今属浙江）人，住明庆院。徽宗宣和间为敌所迫，坠崖无伤。工诗文，有《箫峰集》，已佚。疑即其人。

翠云分韵得禅字

宋代　谢薖

杖履信所适，溪流忽潺潺。
行入武陵村，偶入桃花源。
划然见华屋，佛界开青莲。
匆匆伊蒲馔，一饷腹果然。
同游得吾党，旷达真能贤。
董何韵俱胜，欲拍诸阮肩。
两王亦豪举，一掷常万钱。
周郎秀眉宇，要是佳少年。
众中兀老子，少味亦寡言。
困眠借僧榻，自嘲边腹便。
平时所怀人，磊落星辰悬。
会合不易得，兹游岂非天。
重来恐寡伴，独访祖师禅。

作者简介：

谢薖（1074—1116 年），字幼盘，自号竹友居士。抚州临川（今江西抚州东馆镇）人。北宋著名诗人，江西诗派二十五法嗣之一。谢逸从弟，与兄齐名，同学于吕希哲，并称"临川二谢"。与饶节、汪革、谢逸并称为"江西诗派临川四才子"。

王提刑挽词

宋代　楼钥

伯仲三珠树，优为一世才。

人琴先起恨，金玉遂俱摧。

南阮方深痛，阿连尤可哀。

桃花源上路，老眼更堪开。

林和叔侍郎龟潭庄

宋代　楼钥

顷年曾记游花谿，宗枢潭府谿之湄。

徘徊其上叹秀爽，宜有英才瑞明时。

岩岩林公天与奇，劲气不为金石移。

少以六义鸣上庠，游宦所至英声驰。

澜翻荐口彻旒扆，通籍直上黄金闱。

出宰长城如卓鲁，至今遗爱人歌之。

入朝一冠御史豸，台纲振厉先光辉。

光宗圣度如天大，俾承旧制形宸奎。

言所当言公不屈，上喜抗直深倚毗。

历居三院上横榻，首尾独击及四期。

擢居小天不肯住，远指章贡把一麾。

政成召节不旋踵，神与清涨促公归。

代言批敕节弥励，藜藿不采非公谁。

竟以松班分制闽，海邦虽陋不鄙夷。

抚摩赤子厪一稔，功利及物难周知。

公方在台我立螭，台省相望心事齐。

皇上初政公赐环，我居青琐公紫薇。

时平论事同努力，寄名雷霆如恐迟。

我求外补径投间，公亦出关喜相随。

受廛亲见贤郡侯，攀辕卧辙同旄倪。

公时自谓二宜去，吏民犹诵三不欺。

棠阴蔽芾勿翦伐，万人来往城南堤。

书来不复说余事，颇言别墅躬鉏犁。

频年日涉愈成趣，去家三里共游嬉。

首崇御札极尊合，又以副墨登之碑。

非欲自诧稽古力，铺张圣德彰仁慈。

犹记殿上争挽衣，咫尺龙颜犯天威。

坐以汉法当粉斋，廷臣就列仍绅緌。

箧藏常裾不容毁，如以折槛存轩墀。

公严十袭我书榜，老臣追往空涕洟。

吾闻一潭浩深绿，上有怪石形如龟。

是为古丽最佳处，地藏天作公发挥。

大谿横贯地坦平，演迤明秀山四围。

十峰历历可名数，余如芙蓉耸天涯。

独此一山亘里许，中立壁峻难攀跻。

堂名娱老正东南，比汉二疏公庶几。

海棠炫昼绕栏槛，细声嫣红遍繁枝。

杂花满地秀而野，何殊迂叟居洛师。

千岁灵龟巢莲叶，祝公耆寿登庞眉。

桃花源杳号霞隐，木奴霜后黄金垂。

深可藏书旷可射，初篁细香临月池。

狎鸥渚边鸥为下，观鱼梁上鱼不疑。

悬崖石横笋斜出，拒霜为城媚清漪。

公既垂车弃轩冕，鸿飞冥冥不受羁。

超然但欲适吾意，抱瓮直欲心忘机。

我虽未到景略序，尽录无心图画为。
花朝月夕景何限，想见晴好雨亦宜。
落霞孤鹜映西日，多少空翠仍烟霏。
此虽见之咏不足，强欲著语是耶非。
两守宝婺行或止，无由往叩山中扉。
旧闻赵公访欧阳，千里命驾如吕稽。
清风明月两间人，万口犹传乐府诗。
我虽挂冠病双足，颂系一榻当炎曦。
荷公虽若鱼相忘，尺书时来自缄题。
屡索鄙书懒未暇，又恐境胜难为词。
兹来督我语益峻，远寄蜀绢栏乌丝。
为吾赠诗仍就写，欲待相好无时衰。
想像试作高堂赋，身知难往心欲飞。
才固不多老更尽，况此病瘁神亦疲。
不如及今为公作，语成不工不敢辞。
两家子弟向后日，庶几二老同襟期。

桃源图

宋代　楼钥

桃源初传武陵溪，靖节作记人不疑。
其先深避嬴政虐，嘉遁与世真相违。
尚不知汉况晋魏，子孙绵远无终期。
正如三韩有秦语，传为神仙愈难知。
桃林洞府渔人窥，别有天地均四时。
意必智者塞其蹊，不然将为世所羁。
后人想像作图画，但见童稚咸嬉嬉。
人家随处成井市，畎亩颇亦分塍畦。
井鬼下照坤之维，方士异人多崛奇。
筠笼二版坚如铁，能刻景物穷纤微。
净室给以酒盈斗，一昔图成了无亏。

同寮欲求第二本，版忽震裂人已非。

夷坚志怪言历历，何意今乃亲见之。

未知桃源有此否，此事茫昧不可稽。

初疑长房缩地脉，又似照影归摩尼。

巨丽写成阿房赋，牵连貌出连昌辞。

采女细数七十二，人言霓裳舞羽衣。

楼阁玲珑在缥缈，其间恐有太真妃。

刻画工巧世固鲜，磨以岁月或可为。

彩鸾唐韵已甚捷，未见神速能如斯。

尚有渔舟傍阶墀，咫尺安知前路迷。

天圣已踰三甲子，何人宝藏至今兹。

南丰丈人惠墨本，老眼增明失昏眵。

固知凡踪不可到，一梦游仙犹庶几。

秘之十袭何以报，赠子相好无衰时。

作者简介：

楼钥（1137—1213 年），南宋大臣、文学家。字大防，又字启伯，号攻媿主人，明州鄞县（今属浙江宁波）人。楼璩的三子，有兄长楼锡、楼钖，与袁方、袁燮师事王默、李鸿渐、李若讷、郑锷等人。隆兴元年（1163 年）进士及第。历官温州教授，起居郎兼中书舍人，大定九年（1169 年），随舅父贺正旦使汪大猷出使金朝。嘉定六年（1213 年）卒，谥宣献。袁燮写有行状。有子楼淳、楼蒙（早夭）、楼潚、楼治，皆以荫入仕。历官温州教授、乐清知县、翰林学士、吏部尚书兼翰林侍讲、资政殿学士、知太平州。乾道间，以书状官从舅父汪大猷使金，按日记叙途中所闻，成《北行日录》。

九日至苏家园

宋代　周紫芝

良辰不浪出，坐久无谁言。

闲携老铃去，旋觅登高樽。

悠然理孤策，徐行当华轩。

步穿貐貐径，来过鸡犬村。

炊烟起茅庐，衍沃多平原。

翳翳桑柘密，霭霭禾黍繁。

黄童与白叟，相携负朝暄。

我求方寸地，拟设常关门。

谁知南冈底，近有苏家园。

心知淳朴处，可避喧嚣烦。

归来得好语，高意谁当论。

他年刘子骥，定觅桃花源。

作者简介：

周紫芝（1082—1155年），南宋文学家。字少隐，号竹坡居士，宣城（今安徽宣城市）人。绍兴进士。高宗绍兴十五年，为礼、兵部架阁文字。高宗绍兴十七年（1147年）为右迪功郎敕令所删定官。历任枢密院编修官、右司员外郎。绍兴二十一年（1151年）出知兴国军（治今湖北阳新），后退隐庐山。交游的人物主要有李之仪、吕好问吕本中父子、葛立方以及秦桧等，曾向秦桧父子献谀诗。约卒于绍兴末年。著有《太仓稊米集》《竹坡诗话》《竹坡词》。有子周畴。

重阳日醉中戏集子美句遣兴（其二）

宋代　李纲

篱边老却陶潜菊，开花无数黄金钱。

且看欲尽花经眼，饮如长鲸吸百川。

只今漂泊干戈际，方外酒徒稀醉眠。

腐儒衰晚谬通籍，杜曲幸有桑麻田。

故畦遗穗已荡尽，中原君臣豺虎边。

安得务农息战斗，武陵欲问桃花源。

四月六日离容南陆行趋藤山路崎岖然夹道皆松阴山俺田家景扬类闽中殊可喜也赋古风一篇

宋代　李纲

孟夏草木长，清阴散扶疏。

葱笼竹树间，石磴蟠萦纡。

嗟我事行役，弥年困征途。

及兹理归鞍，敢复论崎岖。

深谷四无景，高岩倚天衢。

稍从平川行，遂得田家居。

篱落静窈窕，桑麻郁纷敷。

新秧绿映水，鸡犬鸣相呼。

中原暗锋镝，胡马方长驱。

此岂桃花源，幽深了如无。

逝将适闽岭，买田自耕锄。

结庐乱山中，聊以全妻孥。

桃源行

宋代　李纲

武陵溪水流潺潺，渔舟鼓枻迷溯沿。

溪穷路尽恍何处，桃花烂漫蒸川原。

花间邑屋自连接，云外鸡犬声相喧。

衣裳不同俎豆古，见客惊怪争来前。

杀鸡为黍持劝客，借问世上今何年。

自从秦乱避徭役，子孙居此因蝉联。

不知汉祖以剑起，况复魏晋称戈铤。

殷勤留客不肯住，落花流水空依然。

渊明作记真好事，世人粉饰言神仙。

我观闽境多如此，峻溪绝岭难攀缘。

其间往往有居者，自富水竹饶田园。

耄倪不复识官府，岂惮黠吏催租钱。

养生送死良自得，终岁饱食仍安眠。

何须更论神仙事，只此便是桃花源。

作者简介：

李纲（1083—1140 年），北宋末、南宋初抗金名臣，民族英雄。字伯纪，号梁溪先生，祖籍福建邵武，祖父一代迁居江苏无锡。宋徽宗政和二年（1112 年）进士，历官至太常少卿。宋钦宗时，授兵部侍郎、尚书右丞。靖康元年（1126 年）金兵入侵汴京时，任京城四壁守御使，团结军民，击退金兵。但不久即被投降派所排斥。宋高宗即位初，一度起用为相，曾力图革新内政，仅七十七天即遭罢免。绍兴二年（1132 年），复起用为湖南宣抚使兼知潭州，不久，又罢官。多次上疏，陈诉抗金大计，均未被采纳。绍兴十年（1140年）正月十五，病逝于仓前山椤严精舍寓所，赠少师。淳熙十六年（1189 年），特赠陇西郡开国公，谥忠定。李纲能诗文，写有不少爱国篇章。亦能词，其咏史之作，形象鲜明生动，风格沉雄劲健。著有《梁溪先生文集》《靖康传信录》《梁溪词》。

臞庵

宋代　吕本中

伊洛富山水，家有五亩园。

花竹绕瀍涧，不让桃花源。

清时足真赏，户门开层轩。

一朝胡尘暗，故家希复存。

莽苍走万里，始及吴市门。

庵庐据形胜，冰壶贮乾坤。

亭榭着仍稳，不见斧凿痕。

主人更超迈，云梦八九吞。

植杖邀我坐，笑语清而温。

坐令车马客，稍识山林尊。

十年老朝市，渐见两目昏。

求田与问舍，姑置不复论。

但愿从我公，不使世谛诨。

作者简介：

吕本中（1084—1145 年），字居仁，世称东莱先生，寿州人，诗人，词人，道学家。诗属江西派著有《春秋集解》《紫微诗话》《东莱先生诗集》等。词不传。赵万里《校辑宋金元人词》辑有《紫微词》，《全宋词》据之录词二十七首。吕本中诗数量较大，约一千二百七十首。

观孙司户画壁

宋代　释正宗

若人胸次间，能容书四库。

馀地著山川，得酒欲飞去。

摩挲雪色壁，吐作无声句。

寒屯水际云，瘦立烟中树。

虽非桃花源，亦自有佳处。

未休蜗角兵，欲问樵苏路。

只恐山中人，笑我来何暮。

作者简介：

释正宗（生卒年不详），字季渊，崇仁（今属江西）人。俗姓陈。出家后居梅山。吕本中、曾几寓临川时，与之有交（明弘治《抚州府志》卷二八）。有《愚丘诗集》已佚。事见清同治《崇仁县志》卷一〇。今录诗五首。

和陶桃花源

宋代 吴芾

我闻桃花源，其先是秦世。

当时避地人，岁久俱已逝。

其后长子孙，生理还不废。

种桃以自营，结茅以自憩。

有儿但发蒙，初不工六艺。

有田但收禾，了不输二税。

有鸡只晨号，有犬不夜吠。

渊明爱其真，为此成新制。

我久闻其风，褰裳思一诣。

所虑路难通，仍恐水难厉。

梦寐不能忘，抱恨知几岁。

所恨天见私，于此施嘉惠。

贻我万株桃，漫山迷眼界。

却胜武陵溪，草树相蒙蔽。

相去复不远，只在吾庐外。

人号小桃源，景物适相契。

作者简介：

吴芾（1104—1183 年），字明可，号湖山居士，浙江台州府（现今浙江省台州市仙居县田市吴桥村）人。绍兴二年（1132 年）进士，官秘书正字，因揭露秦桧卖国专权被罢官。后任监察御史，上疏宋高宗自爱自强、励精图治。

题黄稚川云巢

宋代 洪刍

云巢一上十五里，中有今世巢居子。

鸡鸣犬吠白云里，不知天际去此几。

平生深契鸟巢禅，翦茅盖头万事已。

宴坐经行飞鸟上，人间荣辱不到耳。

蜗牛两角竟何为，鹪鹩一枝端自喜。

我有一廛落城市，章服襄狙聊复尔。

武溪未访桃花源，脩江傥问桃花水。

会取樱桃洞前路，藜杖扶衰从此始。

作者简介：

　　洪刍（生卒年不详），字驹父，南昌（今属江西）人。与兄朋，弟炎、羽并称"四洪"。哲宗绍圣元年（1094年）进士。有《老圃集》一卷及《豫章职方乘》《后乘》等（《直斋书录解题》卷八、卷二〇），已佚。清四库馆臣据《永乐大典》辑为《老圃集》二卷，光绪二年朱氏惜分阴斋校刊本辑有补遗。洪刍诗，以影印文渊阁《四库全书》本为底本，校以鲍廷博批校清抄本（简称鲍校本，藏山东省图书馆），洪汝奎《晦木斋丛书》辑朱氏惜分阴斋本（简称朱本，藏江西省图书馆）。集外诗部分，重行搜辑，编为第三卷。

北园杂咏十首（其一）

宋代　陆游

西村林外起炊烟，南浦桥边系钓船。

乐岁家家俱自得，桃源未必是神仙。

石帆山下

宋代　陆游

久矣移家住鹿门，偶然信脚到桃源。

尚嫌名挂东林社，那问尘生北海樽。

才尽极知诗草草，睡多常觉气昏昏。
旧闻福地多灵药，安得高人与细论。

西村

宋代　陆游

乱山深处小桃源，往岁求浆忆叩门。
高柳簇桥初转马，数家临水自成村。
茂林风送幽禽语，坏壁苔侵醉墨痕。
一首清诗记今夕，细云新月耿黄昏。

湖村春兴

宋代　陆游

桑柘相望雨露新，桃源自隐不缘秦。
稻陂正满初投种，蚕子方生未忌人。
酒借鹅儿成浅色，鱼凭云母作修鳞。
赛神归晚比邻醉，一笑犹关老子身。

车中作

宋代　陆游

秋天近霜霰，吴地少风尘。
时驾小车出，始知闲客真。
新交孰倾盖，往事漫沾巾。
处处皆堪隐，桃源莫问津。

作者简介：

陆游（1125—1210 年），字务观，号放翁，汉族，越州山阴（今绍兴）人，南宋文学家、史学家、爱国诗人。

陆游生逢北宋灭亡之际，少年时即深受家庭爱国思想的熏陶。宋高宗时，参加礼部考试，因受秦桧排斥而仕途不畅。宋孝宗即位后，赐进士出身，历任福州宁德县主簿、敕令所删定官、隆兴府通判等职，因坚持抗金，屡遭主和派排斥。乾道七年（1171 年），应四川宣抚使王炎之邀，投身军旅，任职于南郑幕府。次年，幕府解散，陆游奉诏入蜀，与范成大相知。宋光宗继位后，升为礼部郎中兼实录院检讨官，不久即因"嘲咏风月"罢官归居故里。嘉泰二年（1202 年），宋宁宗诏陆游入京，主持编修孝宗、光宗《两朝实录》和《三朝史》，官至宝章阁待制。书成后，陆游长期蛰居山阴，嘉定二年（1210 年）与世长辞，留绝笔《示儿》。

桃源忆故人·越山青断西陵浦

宋代　吴文英

越山青断西陵浦。一片密阴疏雨。潮带旧愁生暮。曾折垂杨处。桃根桃叶当时渡。呜咽风前柔橹。燕子不留春住。空寄离樯语。

作者简介：

吴文英（约 1200—1260 年），字君特，号梦窗，晚年又号觉翁，四明（今浙江宁波）人。原出翁姓，后出嗣吴氏。与贾似道友善。有《梦窗词集》一部，存词三百四十余首，分四卷本与一卷本。其词作数量丰沃，风格雅致，多酬答、伤时与忆悼之作，号"词中李商隐"。而后世品评却甚有争论。

生查子

宋代　程垓

溪光曲曲村，花影重重树。
风物小桃源，春事还如许。
情知送客来，又作寻芳去。
可惜一春诗，总为闲愁赋。

作者简介：

程垓（生卒年不详），字正伯，眉山（今属四川）人。苏轼中表
程之才（字正辅）之孙。淳熙十三年（1186 年）游临安，陆游为其
所藏山谷帖作跋，未几归蜀。撰有帝王君臣论及时务利害策五十篇。
绍熙三年（1192 年），已五十许，杨万里荐以应贤良方正科。绍熙
五年（1194 年）乡人王称序其词，谓"程正伯以诗词名，乡之人所
知也。余顷岁游都下，数见朝士，往往亦称道正伯佳句"。冯煦《蒿
庵论词》："程正伯凄婉绵丽，与草窗所录《绝妙好词》家法相近。"
有《书舟词》（一作《书舟雅词》）一卷。

桃源行

宋代　胡宏

北归已过沅湘渡，骑马东风武陵路。
山花无限不关心，惟爱桃花古来树。
闻说桃花更有源，居人共得仙家趣。
之子渔舟安在哉，我欲乘之望源去。
江头相逢老渔父，烟水苍苍云日暮。
投竿拱手向我言，桃源之说非真然。
当时渔子渔得钱，买酒醉卧桃花边。
桃花风吹入梦里，自有人世相周旋。
酒醒惊怪告俦侣，远近接响俱相传。

靖节先生绝世人，奈何记伪不考真。

先生高步窘末代，雅志不肯为秦民。

故作斯文写幽意，要似寰海杂风尘。

不然川原远近蒸霞开，宜有一片随水从东来。

呜呼神明通八极，岂特秘尔桃源哉。

我闻是言发深省，勒马却辞渔父回。

及晨遍览三春色，莫便风雨空莓苔。

作者简介：

胡宏（1102—1161 年），字仁仲，号五峰，人称五峰先生，崇安（今福建崇安）人。胡安国之子，湖湘学派创立者。幼事杨时、侯仲良，以荫补承务郎。工笔札，其迹杂见凤墅续法帖中。主要著作有《知言》《皇王大纪》和《易外传》等。

过黄塘岭

宋代　朱熹

屈曲危塍转，沉阴山气昏。

蝉声高树暗，石濑浅流喧。

已过黄塘岭，欲觅桃花源。

无为此留滞，驱马踰山樊。

作者简介：

朱熹（1130—1200 年），字元晦，又字仲晦，号晦庵，晚称晦翁，谥文，世称朱文公。祖籍江南东路徽州府婺源县（今江西省婺源县），出生于南剑州尤溪（今属福建省尤溪县）。宋朝著名的理学家、思想家、哲学家、教育家、诗人，闽学派的代表人物，儒学集大成者，世尊称为朱子。朱熹是唯一非孔子亲传弟子而享祀孔庙，位列大成殿十二哲者中。朱熹是程颢、程颐的三传弟子李侗的学生，任江西南康、福建漳州知府、浙东巡抚，做官清正有为，振举书院建设。官拜焕章阁侍制兼侍讲，为宋宁宗皇帝讲学。

朱熹著述甚多，有《四书章句集注》《太极图说解》《通书解说》《周易读本》《楚辞集注》，后人辑有《朱子大全》《朱子集语象》等。其中《四书章句集注》成为钦定的教科书和科举考试的标准。

留题丹经卷后

宋代　史尧弼

武陵郡西桃花源，水盬山厓蛮区连。
秦人避秦久寓此，种桃千树春风前。
落红满地溪路断，鱼郎舍舟得洞天。
瑞光浮动见宫室，桑竹交映膏腴田。
苍崖老木含太古，民物朴野天理全。
男耕女织无租庸，鸡鸣犬吠通陌阡。
东家西家走相问，客来何许今何年。
历将时事为具言，二世不守嬴氏颠。
人心归汉沛公起，四百余载瞒窃焉。
迄今已复为晋有，尚何惧死长城边。
岂知世态多废兴，闻之抚髀皆喟然。
辞归未许留数日，陈列俎豆如宾筵。
生逢乐土自可乐，山林朝市非相悬。
明朝棹开落尘境，恍如梦破陵谷迁。
渊明一记故实在，世俗竟作神仙传。
裹粮问道不复往，大笑子骥真无缘。
我今置酒嶂峰巅，醉袖起舞凌风烟。
大还有诀谁所传，始自广成授黄帝。
帝龙上征老聃出，谷神立说洪其源。
阴符黄庭龙虎经，伯阳契易诚多端。
况复后学如牛毛，支分派别徒纷然。
先天一气谁真知，来如阳德升九渊。
疾雷破山坤轴裂，政要主者定力坚。
前弦之后后弦前，药物不可锱铢偏。

黑白相寻秘融结，仿佛有象形质圆。

周天运火循屯蒙，非同坡老烧凡铅。

无中生子夺造化，脱骨洗髓乘云輧。

鞭笞鸾凤隘八极，铜驼一笑三千年。

胡为知此不自炼，先儒尝戒偷生安。

人身生死犹昼夜，以道顺守全此天。

何须行怪出世法，屏弃骨肉潜荒山。

君臣父子与夫妇，兄弟朋友纲常间。

圣人设教若大路，反趋旁径迷榛菅。

方壶员峤渺何许，徒令世俗滋欺瞒。

房公便合扫尘壁，大书我诗为订顽。

作者简介:

史尧弼（生卒年不详），字唐英，世称莲峰先生，眉州（今四川眉山）人。幼年即以文学知名，年十四预眉州乡举，李焘第一，尧弼第二。高宗绍兴十一年（1141年）四川类试下第，遂东西游，入潭师张浚幕。明年，湖南漕试第一，是科张栻第二，遂与张栻交。二十七年第进士。仕历不详，寻卒。有《莲峰集》三十卷，已佚。清四库馆臣自《永乐大典》辑为十卷。事见本集卷首宋任清全序、《浩然斋雅谈》卷中。史尧弼诗，以影印文渊阁《四库全书·莲峰集》（诗二卷）为底本，酌校《永乐大典》残本。新辑集外诗一首附卷末。

赠方壶高士

宋代　白玉蟾

蓬莱三山压弱水，鸟飞不尽五云起。

紫麟晓舞丹丘云，白鹿夜啮黄芽蕊。

浩浩神风碧无涯，长空粘水三千里。

中有一洞名方壶，玉颜仙翁不知几。

上帝赐以英琼瑶，缝芝缉榍佩兰芷。

戏吹云和下朱尘，还炼五云长不死。

丹砂益驻长虹容，玉石弗砺愈白齿。

醉飞罡步蹑星辰，时把葫芦桔鬼神。

早曾探出天地根，寸田尺宅安昆仑。

安知我即刘晨孙，不复更觅桃花源。

或者即是刘阼身，岂复别寻会仙村。

一闭目顷游六合，坐里汗漫诣浑沦。

何必裹粮圆峤外，宁又远泛阆风津。

云屏烟障只笑傲，烟猿露鹤与相亲。

君不见刚风浩气截碧落，上严天关九屏恶，俯视万方万聚落。

丝长岁月能几时，米大功名安用为。

不将世界寄一粟，便请芥子纳须弥。

初从螺江问草扉，已判此身轻似叶。

及其流湘过衡岳，一笑江山阔如楪。

如今坐断烟霞窝，已诵东皇太乙歌。

不作竹宫桂馆梦，奈此四海黄冠何。

夜来坐我酌桂醲，不敢起舞宝云曲。

何年踏踏去方壶，我欲骑风后相逐。

作者简介：

白玉蟾（1134—1229 年），原名葛长庚，字白叟、如晦、以阅、众甫，号海琼子、海蟾、云外子、琼山道人、海南翁、武夷翁，世称紫清先生。北宋琼管安抚司琼山县五原都显屋上村人。

竹溪再和余亦再作（其一）

宋代　刘克庄

帝率耆英入社，攀留穷鬼忘年。

华胥国在吾宇，桃花源有别天。

题桃源图一首

宋代　刘克庄

但记嬴二世尔，岂知晋太康耶。

一境浑无租税，四时长有桃花。

作者简介：

刘克庄（1187—1269 年），南宋诗人、词人、诗论家。字潜夫，号后村居士。莆田（今属福建）人。初名灼，师事真德秀。以荫入仕，公元 1246 年（淳祐六年）赐进士出身。官至工部尚书兼侍读。诗词均擅，是南宋江湖诗人，辛派重要词人。早年与永嘉四灵派翁卷、赵师秀等人交往，诗歌创作受他们影响，学晚唐，刻琢精丽。后独辟蹊径，以诗讴歌现实，终于摆脱了四灵的影响，成就在其他江湖诗人之上。一生宦海浮沉，郁郁难伸，使他的词作风格沉痛激烈，豪迈激越，虽不及辛弃疾的英雄气概，却也自有一股抑塞磊落之气。著述宏富，今存有《后村先生大全集》，其中有诗 5000 多首，词 200 多首，诗话 4 集及许多散文。词集有《后村别调》。

题桃源图

宋代　钱选

始信桃源隔几秦，后来无复问津人。

武陵不是花开晚，流到人间却暮春。

作者简介：

钱选（1239—1299 年），宋末元初著名画家，与赵孟頫等合称为"吴兴八俊"。字舜举，号玉潭，又号巽峰，雪川翁，别号清癯老人、川翁、习懒翁等，湖州（今浙江吴兴）人。

南宋景定三年乡贡进士，入元不仕。工诗，善书画。画学极杂：山水师从赵令穰；人物师从李公麟；花鸟师赵昌；青绿山水师赵伯驹。人品及画品皆称誉当时。继承苏轼等人的文人画理论，提倡士气说，倡导戾家画。他提倡绘画中的"士气"，在画上题写诗文或跋语，萌芽了诗、书、画紧密结合的文人画的鲜明特色。

春事

宋代　于石

白了江梅柳又青，游丝千尺网红尘。
鹁鸠夫妇孤村雨，杜宇君臣故国春。
客里易添芳草思，樽前谁是去年人。
桃花源上空流水，安得渔郎一问津。

作者简介：

于石（1247—？）（生平据本集卷一《邻叟招饮》"三十将远游，海波忽扬尘"推定），字介翁，号紫岩，晚号两溪，兰溪（今属浙江）人。宋亡，隐居不仕，一意于诗，生前刊有集七卷，卒后散失，由门人吴师道就藏本及所藏续抄者选为《紫岩诗选》三卷。事见《吴礼部集》卷一七《于介翁诗选后题》，明万历《金华府志》卷一六、《宋季忠义录》卷一三有传。于石诗，以影印文渊阁《四库全书》本为底本，校以清朱彝尊钞本（简称朱本，藏北京大学图书馆）、清光绪于国华留耕堂刻傅增湘校本（简称傅校本，藏北京图书馆）。新辑集外诗附于卷末。

别卫山斋

宋代　陈深

何处桃花源，超然欲高举。
永怀尘外游，遐契烟中侣。
时从清夜阑，默探元化祖。

寻幽得佳胜，将期结茅宇。

任公五十犗，竭来向江渚。

投竿鱼不食，归兴浩莫御。

遥岑下落日，薄云阁清雨。

扬舣吴淞滨，褰裳采芳杜。

长歌去英淑，未卜重晤语。

相期会有时，散发卧云屿。

作者简介：

陈深（1259—1329 年），字子微，平江人。约生于宋理宗开庆中，卒于元文宗天膳二年以后，年在七十一岁以上。宋亡年，才弱冠笃志古举，闭门着书，元天历间奎章阁臣，以能书荐潜匿不出。所居曰宁极斋，亦曰清泉，因以为号。深著有诗一卷，《四库总目》又有读易编，读诗编，读春秋编等书。

桃源

宋代　关颐

流水洞门三数里，落花松迳几千年。

山南蜀国新开路，洞下秦人旧种田。

作者简介：

关颐（生卒年不详），宋代人，生平不详。

送常德教赵君

宋代　方回

岳阳州城危楼前，无地但有水与天。

一点之青惟君山，四顾汹涌心茫然。

吾尝北风吹湖船，飞过洞庭一日间。

高桅一昂摩日边，及其一低如沉渊。

灶不可炊薪不燃，跃出釜水如盆翻。

神惊魄褫乾坤颠，江豚出没蛟鼍掀。

小儿号啼大人眠，猫呕狗吐流腥涎。

饥僵渴仆三不餐，自晓至昏缩若拳。

始从武口入武川，然后相贺性命完。

龙阳县西百丈牵，古鼎大镇控群蛮。

丹砂水银充市廛，千机织锦绿红鲜。

北上江陵通襄樊，南接长沙衡岳连。

陶渊明记桃花源，访寻遗迹扬吾鞭。

长松巨柏万且千，近人不畏猨猱悬。

琴床药炉溅瀑泉，白发道士如神仙。

尺许大字铁屈盘，吾诗颇奇留刊镌。

此事一往四十年，至今夜犹梦湘沅。

隆准云孙腹便便，昔者金门班鹭鸳。

胡为近亦寒无毡，屑往芹宫专冷官。

略有廪粟有俸钱，饭虽不足聊粥饘。

风雅之后闻屈原，千古哀怨离骚传。

惟楚有材实多贤，幸为人师何憾旃。

坎流叵测行止难，或逆而溯顺而沿。

可不随机信天缘，竹枝歌声宫商宣。

木奴洲畔饶风烟，三年当有诗千篇。

作者简介：

方回（1227—1307 年），字万里，一字渊甫，号虚谷，别号紫阳山人，歙县（今属安徽）人。

武陵行

宋代　薛季宣

秦君植木咸阳市，秦民血作东流水。

秦风薄恶法秋荼，秦郊行人半无趾。

祖龙虎视吞六雄，漆城隐隐陵云起。

骊山罢休营阿房，匹夫奋臂为侯王。

重瞳隆准骋逐鹿，非冬积白何雪霜。

至人知几忍徒死，竞遵大路逃彼方。

从兹不复通上国，不知戈铤不见德。

耕田凿井自希夷，安居守分无余职。

抱孙养子乐天年，羲皇何远今其域。

自从别祖来避秦，无文不记几世人。

曹刘典午任强弱，历年六百何纷纭。

山中既绝中原路，从更百代犹无闻。

武陵野人事渔钓，独游沅溪忘故道。

溯流探得桃花源，舍舟洞口穷幽讨。

洞中逸民忻见之，共嗟遗事询其老。

为言上世绝尘由，杀鸡命酒争献酬。

具闻闾内战争事，始知违俗为优游。

鄙夫何知尚怀土，匆匆须别还中州。

尘心已萌淳朴散，桃源咫尺仙凡判。

还求不得日仙乡，宁知死生无少闲，相望如隔一世间。

到今沅山色苍苍，流水滔滔花泛泛。

作者简介：

薛季宣（1134—1173年），字士龙，号艮斋，学者称艮斋先生，永嘉（今浙江省温州市鹿城区）人，南宋哲学家，永嘉学派创始人。薛徽言之子。少时随伯父薛弼宦游各地。十七岁时，在岳父处读书，师事袁溉，得其所学，通礼、乐、兵、农，官至大理寺主簿。历仕鄂州武昌县令、大理寺主簿、大理正、知湖州，改常州，未赴而卒。反对空谈义理，注重研究田赋、兵制、地形、水利等实务，开创永嘉事功学派先志。著有《浪语集》《书古文训》等。

故文定墨池分得风字

宋代　孙素

吾爱胡夫子，抱道来逃空。
岂伊桃花源，有此山泉蒙。
奏疏沥肝胆，春秋开盲聋。
当年起草处，想见临池工。
愿为池上草，永怀君子风。

作者简介：

孙素（生卒年不详），字少初，丰城（今属江西）人。度宗咸淳末曾应礼部试，不第。年未五十卒。事见《吴文正集》卷一五《孙少初文集序》。

桃源行

宋代　释居简

种桃种得春一原，逃死逃得秦外天。
杀鸡为黍替草具，不识晋语犹秦言。
昨日相逢今日别，流水落花行路绝。
鸡黍更从仙隐设，疑是齐东野人说。
典午乱多仍治少，此事明明不分晓。
一秦才灭一秦生，避世避人还避秦。
忆昔怒驱丞相去，犹思上蔡东门兔。
纵有封君禄万钟，争如食邑桃千树。
空山惜日见日长，秦民怨日偕日亡。
恨身不为治时草，不恨祖龙长不老。

作者简介：

释居简（1164—1246 年），字敬叟。俗姓王（一说姓龙），潼川府通泉县（四川省射洪县南）人。宋代临济宗高僧。现存著作有《北涧文集》十卷、《北涧诗集》九卷、《北涧外集》一卷、《北涧和尚语录》一卷。其著作对日本的五山文学曾有很大的影响。

桃源

宋代　萧立之

桃源花发几番春，闻说渔郎此问津。
秦帝漫劳方士遣，神仙已是避秦人。

作者简介：

萧立之（1203—？），原名立等，字斯立，自号冰崖，宁都（今属江西省）人。理宗淳祐十年（1250年）进士，南昌推官，通判辰州。南宋危急时期，参与保卫本朝的战争；南宋亡后，对元代的统治极端憎恶，遂而归隐。诗为谢枋得所赏。作品大多爽快峭立，自成风格。有《冰崖诗集》二十六卷，已佚。明弘治十八年九世孙萧敏辑刊《冰崖公诗拾遗》三卷。萧立之诗，以《四部丛刊》影印明弘治十八年副本为底本。新辑集外诗附于卷末。

桃源三首（其一）

宋代　何梦桂

误逐桃花去访春，当年犹有种桃人。
相逢休问秦时事，世上兴亡又几春。

桃源三首 （其二）

宋代　何梦桂

洞里栽桃不记时，世间秦晋是邪非。

落花落地青春老，千载渔郎去不归。

桃源三首 （其三）

宋代　何梦桂

牧歌樵唱自朝昏，白首何曾出洞门。

一度草青添一岁，如今世代长儿孙。

作者简介：

何梦桂（1229—1303 年），字岩叟，别号潜斋，谥号文建，宋淳安文昌（今浙江省淳安县文昌镇文昌村）人。自幼从学于名师夏讷斋先生，深受教益。咸淳元年（1265 年）省试第一，举进士，廷试第三名（即"探花"）。其侄何景文，亦登同榜进士。宋度宗得知何梦桂与黄蜕、方逢辰同堂就读于石峡书院，故御书"一门登两第，百里足三元"的联句相赠。何梦桂初为台州军判官，历官太常博士，咸淳十年（1274 年）任监察御史。曾任大理寺卿。引疾去，筑室富昌（后改名文昌）小酉源，元至元中，御史程文海推荐，授江西儒学提举，屡召不赴。著书自娱，终老家中。学者称之为"潜斋先生"。梦桂精于易，所著有《易衍》《中庸致用》诸书，其《潜斋文集》十一卷，收入《四库全书》，《四库总目》并传于世。

题桃源（其一）

宋代　无名氏

忽入桃源景可猜，莫非道士亦曾栽。

舟行溯水沿溪进，花映清流夹岸开。

石洞有岐封碧草，洞门无俗长苍苔。

方知此景非人世，岩谷幽深少客来。

题桃源（其二）

宋代　无名氏

舍舟入洞夕阳斜，得见方村八九家。

林锁山环藏屋宇，鸡鸣犬吠隐烟霞。

宁知门有今朝客，可使灯开昨夜花。

共喜相邀询动止，呼童汲水煮仙茶。

题桃源（其三）

宋代　无名氏

远近人家尽见招，小童环立总垂髫。

玄冰满碗侵肌爽，绛雪堆盘入口消。

山内不知今晋代，座中犹自问秦朝。

夜深时向花前立，遥见双株合凤箫。

题桃源（其四）

宋代　无名氏

忆前复入武陵溪，野水微茫烟树迷。
岩闭不闻仙犬吠，山深惟听鹧鸪啼。
神仙悬隔今非昔，乌兔循环东复西。
应向洞中存隐迹，芳名留与后人题。

桃源忆故人（其一）

宋代　无名氏

园林万木凋零尽。惟是寒梅香喷。
不许雪霜欺损。迥有天然性。
南枝渐吐红苞嫩。冠绝夭桃繁杏。
不记故人音信。对影成离恨。

桃源忆故人（其二）

宋代　无名氏

江天雪意云飞重。却倚阑干初冻。
回傍小楼独拥。尽日无人共。
墙梅未落春先纵。欲寄一枝谁送。
月夜暗香浮动。似作离人梦。

桃源忆故人（其三）

宋代　无名氏

南枝向暖清香喷。谁付骚人词咏。
一种陇头春信。不借胭脂晕。
梢头谁把轻黄搵。浑似不忺施粉。
疑是寿阳孤冷。染得相思病。

桃源忆故人（其四）

宋代　无名氏

寒苞初吐黄金莹。色染蔷薇犹嫩。
枝上紫檀香喷。洒落饶风韵。
南枝一种同春信。何事不忺朱粉。
自称霓裳孤冷。怨感宫腰恨。

贺新郎（其二）　和翁处静桃源洞韵

宋代　吴潜

拍手阑干外。想回头、人非物是，不知何世。万事情知都是梦，
聊复推迁梦里。也幻出、云山烟水。白白红红虽褪尽，尽偬条、浪
蕊皆春意。时可醉，醉扶起。

瀛洲旧说神仙地。奈江南、猿啼鹤唳，怨怀如此。三五阿婆涂
抹遍，多少残樱剩李。又过雨、亭皋初霁。惭愧故人相问讯，但一
回、一见苍颜耳。谁念我，鹡鸰志。

作者简介：

吴潜（1195—1262 年），宋宣州宁国（今属安徽）人，字毅夫，

号履斋。宁宗嘉定十年（1217年）进士第一。历官江东安抚留守、淮东总领、兵部尚书、浙东安抚使。理宗淳祐中签书枢密院事兼权参知政事，又于淳祐十一年（1251年）、开庆元年（1259年）两度入相。被贾似道等人排挤，罢相，谪建昌军，徙潮州、循州，病卒。善诗词，多感怀之作。著有《履斋先生诗余》《论语士说》《许国公奏稿》《鸦涂集》等。

桃源洞

宋代　陈肃

轻烟绿满溪，天桃红夹岸。
春风吹百花，香逐春风散。
花落与花开，年光不知换。

作者简介：

陈肃（生卒年不详），字文端，鮀江（今广东省汕头）人。宋末因避乱迁居莲花山龙船岭下陶崮村，集生徒讲学。元至元初年，他以贤良应聘，被赐及第，代理潮州总管府事。当时潮州历受兵火战乱，人民困苦，他到任后对人民多加优抚，还主修文庙与济川桥（即湘子桥前身）。因有惠政，调升朝列大夫、广东宣慰司同知，后任湖广常德路总管。因政绩较为突出，转授湖南各路军民总管，继又升任枢密院同知。五十七岁卒于任上，士民怀念其德，尊为"潮州先贤"。遗著有《莲峰集》。

桃源洞（其一）

宋代　左纬

刘郎何用忆尘寰，旧路重寻事已难。
古意飘零无处觅，藤萦溪色上阑干。

桃源洞（其二）

宋代　左纬

浮杯石上坐多时，手弄沧浪客思迟。
片片落花收拾看，洞中疑有旧题诗。

桃源洞（其三）

宋代　左纬

青山簇簇水湾湾，洞户应将玉锁关。
饮罢出来红日晚，一声鸡犬悟人间。

作者简介：

左纬（？—约1142年），字经臣，号委羽居士，黄岩县（今浙江省台州市黄岩区）城东永宁山下人。少时以诗文闻名台州。早岁从事举子业，后以为此不足为学，弃去，终身未仕。诗学杜甫，重视"意理趣"三字。北宋绍圣三年（1096年），许景衡任黄岩县丞，两人结为知友，后与刘安上、周行己等赋诗唱和。政和年间，左纬百首诗作名满朝野。孙傅说："此非今人之诗也，若置之杜集，谁能辨别？"政和五年（1115年），编成《委羽居士集》，许景衡、黄裳作序："自唐天宝之后，不闻此作矣。""慕杜甫、王维之风甚严。"此集已佚。宣和三年（1121年）四月，方腊起义军吕师囊部攻占黄岩，左纬作《避寇七诗》，真德秀称赞可与杜甫《七歌》媲美。人称"文如韩退之，诗如杜子美"。卒后，右司谏陈公辅撰墓志，悼诗曰："有德传乡里，无金遗子孙。"民国时，王棻辑有《委羽居士集》一卷。事见宋《嘉定赤城志》卷三四。

桃源忆故人

宋代　马子严

几年闲作园林主。未向梅花著语。

雪后又开半树。风递幽香去。

作者简介：

马子严（生卒年不详），南宋文人，字庄父，自号古洲居士，建安（今福建省建瓯市）人。淳熙二年（1175年）进士，历铅山尉，恤民勤政。长于文词，为寺碑，隐然有排邪之意，为仓铭，蔼然有爱民之心（《嘉靖铅山县志》卷九）。能诗，尝与赵蕃等唱和，《诗人玉屑》卷一九引《玉林诗话》，谓《乌林行》"辞意精深，不减张籍、王建之乐府"。尝知岳阳，撰《岳阳志》二卷，不传（刘毓盘《古洲词辑本跋》）。其余事迹无考。据集中《金陵怀古》《咏琼花》诸作，知其足迹遍及大江南北。近人赵万里辑有《古洲词》二十九首。《全宋词》第三册录其词。《全宋诗》卷二六五〇录其诗五首。

桃源洞

宋代　毛渐

洞门流水日潺潺，桃坞依然枕水边。

春色年年花自好，游人谁复遇婵娟。

作者简介：

毛渐（1036—1094年），字正仲，江山人。北宋治平四年（1067年）进士。熙宁年间（1068—1077年）知宁乡、安化两县（今属湖南省）。以治理"五溪"（沅江五条支流）、开发湘西政绩卓著，召为司农丞，提举京西南路（今汉水流域）常平。元祐四年（1089年）任两浙路转运副使，值太湖沿岸洪水泛滥成灾，渐动员当地官民在长安镇至盐官间筑堤堰，变水患为水利，加授集贤院校理，任吏部右司郎中、陕西转运使等职。不久，任边镇元帅，领兵驻泾原，防御西夏，治军严谨。西夏进犯，毛渐出劲旅袭其后，攻破没烟寨。升直龙图阁。绍圣元年（1094年）调任渭州（今甘肃省平凉县）知州，未赴任即逝世，赠龙图阁待制。著《诗集》十卷及《地理五龙秘法》。

桃源行

宋代　姚勉

武陵溪边翁好渔，笭箵钓车日采鱼。
扁舟为家苇为屋，岂知世有神仙居。
晓来不记舟行路，忽在桃花深绝处。
红云杳霭望欲迷，绛雪缤纷落无数。
水源尽处便逢山，一径似通人往还。
穿花竟出洞谷口，别有天地如人间。
青山高下鳞鳞屋，秀野桑麻深泼绿。
春深耕罢犊牛眠，昼静人间鸡犬熟。
村中老幼皆相知，惊逢外人子为谁。
平生采鱼不到此，借问此是蓬莱非。
笑言此亦人间耳，闻有蓬莱何处是。
秦初避乱偶此来，今日已传秦几世。
渔家不识青史编，相传去秦六百年。
吁嗟已不闻汉魏，岂复知今晋太元。
当时只恐秦万世，携家挈邻相远避。
早知秦不五十年，安得种花来此地。
采药山人去不归，啖松女子今何之。
种桃著花尚未实，未必岁月多如斯。
家家置酒延鸡黍，便好卜邻花底住。
中心自喜口不言，后日重来今且去。
悽然辞别便登舟，依旧花间溪水流。
插竹谩标来处路，鸣榔无复旧时游。

顾家一念仙凡隔，如梦惊回寻不得。

当时不与俗吏知，或可重寻旧踪迹。

五胡云扰岂减秦，晋人合作桃源人。

渔郎出山自失计，秦人绝踪应未仁。

渔郎渔郎休太息，渔家自有神仙国。

鲙鲈沽酒醉芦花，此乐桃源人未识。

神仙有无何渺茫，退之此语诚非狂。

渊明作记亦直寄，便如东皋志醉乡。

秦风锇薄难与处，晋俗清虚何足数。

愿令天下尽桃源，不必武陵深处所。

作者简介:

姚勉（1216—1262 年），字述之，一字成之，新昌（今江西宜丰）人，一作高安（今属江西）人。宝祐元年（1253 年）进士第一，授平江节度判官。除秘书省校书郎、正字。以忤丁大全，罢归。吴潜入相，召为校书郎，辞，改秘书省正字，兼沂王府教授，寻迁校书郎。理宗过东宫，勉讲否卦，因指斥权奸，无所顾忌，忤贾似道，免归。景定三年（1262 年）卒，年四十七。《宋史翼》有传。有《雪坡文集》五十卷，《雪坡词》一卷。

桃花源别业重理旧稿戏题

宋代　耶律铸

无忧树下无怀氏，独醉园中独醉仙。

八斗待量珠玉价，等间不若一囊钱。

辞锋几挫毛元锐，心印都传楮守玄。

未碍刘郎长占断，桃花流水洞中天。

枕流亭

宋代　耶律铸

振濯尘缨奠枕流，桃花源上玉溪头。
春风来领长欢伯，和气追陪独醉侯。
童子只知除害马，庖丁原不见全牛。
痴仙事业依然在，甚识人间有棘猴。

桃花源上避秦人扇头

宋代　耶律铸

碧纱洞里桃花陌，只许刘郎擅好春。
一片兰台风外月，不知元属避秦人。

作者简介：

耶律铸（1221—1285 年），字成仲，元初大臣。著有《双溪醉隐集》。

渔隐图诗为程子纯赋

元代　杜本

山下白云缥缈，水边红树依稀。
信有桃源深处，渔人今亦忘归。

作者简介：

杜本（1276—1350 年），元清江人，字伯原，号清碧。博学，善属文。隐居武夷山中。文宗即位，闻其名，以币征之，不赴。顺帝时以隐士荐，召为翰林待制，奉议大夫，兼国史院编修官，称疾固辞。为人湛静寡欲，尤笃于义。天文、地理、律历、度数、无不通究，尤工于篆隶。有《四经表义》《清江碧嶂集》等。

王维辋川剑石叶石林作精舍置之弁山下今为沈玉泉所得醉后求见因赋此

元代 黄玠

有石有石美如铸，拂拭锋棱气犹怒。
何人鼓橐动雷风，剥削泥沙山骨露。
昔年曾看辋川图，此物题诗采菱渡。
桃花源里有人家，杏树坛边见渔父。
开元宰相太平日，爱是园池赏心具。
销沉紫气斗牛间，流落东西几朝暮。
石林使君先得之，万里相携若奇遇。
即今好事属君家，翠竹疏花倚阑处。
吴鸿无人扈稽死，纵是有灵飞不去。
嗟我安得力士赑屃如庚辰，一看公孙大娘浑脱舞。

作者简介：

黄玠（生卒年不详），元庆元定海人，字伯成，号弁山小隐。黄震曾孙。幼励志操，不随世俗，躬行力践，以圣贤自期。隐居教授，孝养双亲。晚年乐吴兴山水，卜居弁山。卒年八十。有《弁山集》《知非稿》等。

南山歌（赠方诚父判官）

元代　陈泰

岳麓山前一叶舟，夜看明月湘江流。

湘江月色流不尽，洞庭漠漠君山秋。

回舟唤美酒，醉看湖上楼。

华阳仙人吹铁篴，吹起白浪蛟龙愁。

明朝布帆向何处，直到南台山下住。

南台山窈窕，路近桃花源。

上有吟风之黄鹄，下有啼树之青猨。

君家别墅南山下，翠竹千亩如淇园。

昔君华省乘骢马，出掌银台重声价。

如何此际不相逢，岁晚论交孺子亭。

亭前秋月焟湖水，宛转南山如梦里。

复从此别心氤氲，西山望断南山云。

沧浪有约须乘兴，把酒南山更共君。

作者简介：

陈泰（生卒年不详），元长沙茶陵人，字志同，号所安。仁宗延祐初举于乡，以《天马赋》得荐，官龙泉主簿。生平以吟咏自怡，出语清婉有致。有《所安遗集》。

山家四首（其二）

元代　黄镇成

家住桃花源上村，编松为屋鹿为群。

匡床尽日临门坐，间看青山起白云。

作者简介：

黄镇成（1287—1362年），字元镇，号存存子、紫云山人、秋声子、学斋先生等。邵武（今福建省邵武县）人，元代山水田园诗人，与黄清老（邵武故县人）被后人并称为"诗人二黄"。初屡荐不就，遍游楚汉齐鲁燕赵等地，后授江南儒学提举，未上任而卒。著有《秋声集》四卷、《尚书通考》十卷。

题画六首（其五）

元代　郑元祐

桃花源上蝶飞飞，误却渔郎苦欲归。
云白山青一回首，落红如雨点春衣。

作者简介：

郑元祐（1292—1364年），处州遂昌人，迁钱塘，字明德，号尚左生。少颖悟，刻励于学。顺帝至正中，除平江儒学教授，升江浙儒学提举，卒于官。为文滂沛豪宕，诗亦清峻苍古。有《遂昌杂志》《侨吴集》。

凌云篇

元代　范梈

往与凌云山人披虎豹、谒太清，是时东风满瑶京，绿杨三月听流莺。
君随挂席湘江行，予亦骑马趋承明。
手把宫袍厌缚身，却忆南溟有纵鳞。
四年辞海岳，一举上星辰。
逢君却向凌云下，心上经纶甚潇洒。
半夜清猿四合啼，长松古月照回溪。
桃花源上路，一去意都迷。
我本凌云峰畔客，何日相从卜其宅。

早服还丹生羽翼，共脱朝衣挂青壁。

作者简介：

范椁（1272—1330 年），元代官员、诗人，与虞集、杨载、揭傒斯齐被誉为"元诗四大家"。字亨父，一字德机，人称文白先生，清江（今江西樟树）人。历官翰清江林院编修、海南海北道廉访司照磨、福建闽海道知事等职，有政绩，后以疾归。其诗好为古体，风格清健淳朴，用力精深，有《范德机诗集》。

桶底图

元代　杨载

巨鳌奋其首，戴山出海中。

神人择所处，共构金银宫。

凭高开户牖，屈曲互相通。

女仙七十二，颜色如花红。

一一执乐器，奏曲殊未终。

世传《桃源图》，其微彭泽翁。

此本出异士，雕刻尤精工。

天地极广大，为地当不同。

我愿学仙道，积久乃有功。

錬形去滓秽，五色浮虚空。

一朝乘风去，浩然入无穷。

作者简介：

杨载（1271—1323 年），字仲弘。县南琉田村（今大窑）人，后徙蒲城，晚年定居杭州。杨载先祖杨建为浦城人，父杨潜，南宋诸生。杨载生于元世祖至元八年（1271 年），幼年丧父，徙居杭州，博涉群书，赵孟頫推崇之。年四十未仕，户部贾国英数荐于朝，以布衣召为国史院编修官，与修《武宗实录》。调管领系官海船万户府照磨，兼提控案牍。仁宗延祐二年（1315 年）复科举，登进士第，受饶州路同知浮梁州事，迁儒林郎，官至宁国路总管府推官。英宗至治三年（1323 年）卒，年五十三岁。著有《杨仲弘诗》八卷，文已散失。

题桃源图

元代　揭傒斯

桃源非一处，龙虎画难同。

内外关踰铁，高低石作丛。

黄幡青剑北，紫盖白云东。

蟾影当霄迥，蛾眉抱月弓。

千重藏曲折，四面削虚空。

地户吟风黑，天池浴日红。

雪霜翻溅瀑，雷雨泻崩洪。

暗识猿啼远，晴闻鸟语工。

危龛三井秘，绝涧九桥通。

江合仙岩怒，山连鬼谷雄。

刘王开辟后，秦晋有无中。

时见看桃侣，频逢采药翁。

丹台寒漠漠，琳宇气熊熊。

济胜非无具，缘源恐莫穷。

烟霞俄变灭，草树杳茏葱。

四序何劳志，群愚傥击蒙。

谁言武陵近，十里上清宫。

作者简介：

揭傒斯（1274—1344 年），字曼硕，号贞文，龙兴富州（今江西丰城杜市镇大屋场村）人，元朝文学家、书法家。延祐元年（1314 年），揭傒斯由程钜夫、卢挚荐于元仁宗，因授翰林国史院编修官，撰功臣列传。元文宗时，任奎章阁授经郎。曾上《太平政要策》，为文宗亲重。又与赵世延、虞集等修《经世大典》。元顺帝时，历任翰林待制、集贤直学士、翰林侍讲学士等官。至正二年（1342年），升侍讲学士知制诰，同修国史、同知经筵事。次年，参与修辽、金、宋三史，任总裁官。至正四年（1344年）《辽史》编成后，揭傒斯因寒疾逝世，追封豫章郡公，谥文安。揭傒斯官至翰林侍讲学士，在朝廷任职三十余年，既做官又做学问，文学造诣深厚，为文简洁严整，为诗清婉丽密。作诗提倡和平雅正，讲究作诗法则。与虞集、杨载、范梈同为"元诗四大家"之一，又与虞集、柳贯、黄溍并称"儒林四杰"。其散文有强大的艺术魅力，深深影响了元代散文。善楷书、行、草，著有《文安集》。

题天台桃源图

元代　陈旅

天台一溪绿周遭，溪南溪北都种桃。
东风吹花开复落，游人不来春水高。
钱塘道士张彦辅，画图送得刘郎去。
昨夜神鹊海上来，洞里胡麻欲成树。

作者简介：

陈旅（1288—1343年），字众仲，元莆田人。生于元世祖至元二十五年，卒于惠宗至正三年，年五十六岁。笃志于学。以荐为闽海儒学官。中丞马祖常奇之，与游京师。又为虞集所知，延至馆中。赵世延引为国子助教。又召入为应奉翰林文字。至正元年（1341年）迁国子监丞。卒于官。旅为文典雅峻洁，不徇世好。著有安雅堂集十三卷，《四库总目》行于世。

桃源图

元代　华幼武

流水桃花世外春，渔郎曾此得通津。

当年只记秦犹在，不道山河又属人。

作者简介：

华幼武（1307—1375 年），元明间无锡人，字彦清，号栖碧，以诗名于吴中。元末隐居不仕。有《黄杨集》。

桃源图

元代　傅若金

闻说避秦地，花间忘岁年。

偶逢渔父问，长使世人传。

丘壑浑疑幻，林庐或近仙。

至今图画里，惆怅武陵船。

作者简介：

傅若金（1303—1342 年），字与砺，一字汝砺，元代新喻官塘（今江西省新余市渝水区下村镇塘里村）人。少贫，学徒编席，受业范梈之门，游食百家，发愤读书，刻苦自学。后以布衣至京师，数日之间，词章传诵。虞集、揭傒斯称赏，以异才荐于朝廷。元顺帝三年（1335 年），傅若金奉命以参佐出使安南（今越南），当时情况复杂，若金应付自如，任务完成出色。安南馆宾以姬，若金却之去，并赋诗以言节操。欧阳玄赞其"以能诗名中国，以能使名远夷"。归后任广州路学教授，年四十而卒。傅若金的文章"无可长短，特以诗传"。其诗"高出魏晋，下亦不失于唐"。《四库全书》收录了《傅与砺诗文集》，并说："今观其集，当以士祯为定论。"胡应麟《诗薮》云其五律雄浑悲壮，有"老杜遗风"。

武善夫桃源图

元代 陈赓

武郎种桃满云溪，三月红雨行人迷。
自从玉勒入云驭，春风杜宇年年啼。
飞黄腾踏有天倪，紫电转盼天山低。
要将白璧沽蛾眉，更把黄金铸袅蹄。
羲和挟辀六龙驰，暮景恐迫虞渊西。
新诗拟唤槐安梦，咫尺溪边春色动。
飞花漠漠水泠泠，苍苔荒了烟霞洞。
闻道西风解浣人，何处江山可问津？
征尘障断仙源路，且看丹青万树春。

作者简介：

陈赓（生卒年不详），元代诗人，生平不详。

桃源图

元代 黄溍

山容惨惨将为雨，云气垂垂欲傍花。
莫问前村何处觅，垂萝盘石即吾家。

作者简介：

黄溍（1277—1357 年），字晋卿，一字文潜，婺州路义乌（今浙江义乌）人，北宋大文豪黄庭坚的亲叔黄昉的九世孙，双井黄氏十五世。是元代著名的理学家、史学家、文学家、教育家、书画家。曾祖梦炎，南宋进士，仕至行太常丞兼枢密院编修官。祖坰，父铸，俱以荫补官，而为地方缙绅。黄溍博学工文辞，延祐二年（1315年）登进士第，授台州宁海丞。后迁两浙都转运盐铁使司石堰西场监运。延祐七年（1320 年），升为诸暨州判官。至顺二年（1331

年），因荐入京为应奉翰林文字，同知制诰，兼国史院编修，后转国子博士。元统元年（1333 年），外补江浙等处儒学提举。至正八年（1348 年），除翰林直学士、知制诰同修国史，寻兼经筵事。至正十年南还，优游田里，至正十七年（1357 年），卒于绣湖私第。追封江夏郡公，谥号"文献"。他文思敏捷，才华横溢，史识丰厚。一生著作颇丰，诗、词、文、赋及书法、绘画无所不精，与浦江的柳贯、临川的虞集、豫章的揭傒斯，被称为元代"儒林四杰"。

江阴有桃源图方圆尺许宫室人物如针粟可数相传有仙宿民家刻桶板为之一夕而成明日遁去友人以本遗余戏题二绝

元代　陆文圭

不自柴桑记里来，似传晨肇入天台。
世间多少荒唐事，何独神仙有是哉。

作者简介：

陆文圭（1252—1336 年），元代文学家。字子方，号墙东，江阴（今属江苏）人。博通经史百家，兼及天文、地理、律历、医药、算术之学。墙东先生是元代学者陆文圭的雅号，"墙东"并非是他居住澄东的意思。西汉末年，北海人王君公因为遭遇王莽篡权的乱世，当牛侩（买卖牛的中间人）以自隐。当时人们称他为"避世墙东王君公"。见《后汉书·逢萌传》。后来以"墙东避世"作为隐居于市井的典故，"墙东"指隐居之地。墙东先生指的是隐士陆文圭，对于这个雅号，他自己也欣然接受，将自己的作品集命名为《墙东类稿》。

吉安刘楚奇秘书浮云道院

元代　宋褧

桑弧蓬矢男子志，溟鲲鼓鬣鹏张翅。

揭天勋业固垂名，择地园林须适意。

夫君家住白鹭洲，先世田庐不外求。

宗亲同居三百岁，卉木素封千户侯。

桃花源里山川丽，辋口庄前亭馆邃。

儿孙祇解弦诵声，泉石更无尘土气。

迩来矫首蓬莱山，凌风珂佩声珊珊。

萧然三径兀自若，梦寐衡门时往还。

贤豪心事人不识，进退卷舒那可必。

君不见太平宰相三十馀，千驷万钟成弃掷。

作者简介：

宋褧（1294—1346 年），字显夫，大都宛平（今属北京市）人。泰定元年（1324 年）进士，授秘书监校书即，改翰林编修。后至元三年（1337 年）累官监察御史，出金山南宪，改西台都事，入为翰林待制，迁国子司业，擢翰林直学士，兼经筵讲官。卒赠范阳郡侯，谥文清。著有《燕石集》。延祐中，挟其所作诗歌，从其兄本（字诚夫）入京师，受到元明善、张养浩、蔡文渊、王士熙等学者的慰荐。至治元年（1321 年），兄诚夫登进士第一，后三年（1324 年）显夫亦擢第，出于曹元用、虞集、孛术鲁翀之门，时士论荣之。

朝中措·桃源图

元代　善住

桃源传自武陵翁。遥隔白云中。漫说人间无路，岂知一棹能通。红英夹岸，霞蒸远近，烂漫东风。将谓神仙别境，鸡鸣犬吠还同。

作者简介：

善住（生卒年不详），元代高僧，字无住，别号云屋。曾居于吴都之报恩寺，闭关念佛，修净土行。著有安养传。又工于诗，每与仇远、白挺、虞集、宋旡诸人往返酬唱，有谷响集行世。

以夜阑更秉烛相对
如梦寐分韵得梦字

元代　顾瑛

凉风振林木，恻恻初寒动。

肃客桃花源，张筵鸣玉洞。

落日照金樽，飞雪栖画栋。

谈玄味妙理，谑笑杂微讽。

取琴雪巢弹，共听金石弄。

嘉会固难并，聚散怳春梦。

明发大江舟，天阔孤鸿送。

作者简介：

顾瑛（1310—1369 年），元昆山人，一名德辉，又名阿瑛，字仲瑛，号金粟道人。年三十始折节读书。筑园池名玉山佳处，日夜与客置酒赋诗，四方学士咸至其家。园池亭榭之盛，图史之富，冠绝一时。尝举茂才，授会稽教谕，辟行省属官，皆不就。张士诚据吴，欲强以官，乃去隐嘉兴之合溪。母丧归，士诚再辟之，遂断发庐墓。洪武初，徙濠梁卒。有《玉山璞稿》。

兵间有歌舞者

元代 仇远

边城未定苦无谋，年少金多绝不忧。

野战巳酣红帕首，涂歌犹醉锦缠头。

蛾贪银烛那知死，月恋金尊不照愁。

亦欲避秦高隐去，桃花源上觅渔舟。

作者简介：

仇远（1247—1326 年），字仁近，一字仁父，钱塘（今浙江杭州）人。因居余杭溪上之仇山，自号山村、山村民，人称山村先生。元代文学家、书法家。

题商德符学士桃源春晓图

元代 赵孟頫

宿云初散青山湿，落红缤纷溪水急。

桃花源里得春多，洞口春烟摇绿萝。

绿萝摇烟挂绝壁，飞泉淙下三千尺。

瑶草离离满涧阿，长松落落凌空碧。

鸡鸣犬吠自成村，居人至老不相识。

瀛洲仙客知仙路，点染丹青寄轻素。

何处有山如此图？移家欲向山中住。

题桃源图

元代　赵孟頫

战国方忿争，嬴秦复狂怒。

冤哉鱼肉民，死者不知数。

斯人逃空谷，是殆天所恕。

山深无来逼，林密绝归路。

艰难苟生活，种莳偶成趣。

西邻与东舍，鸡犬自来去。

熙熙如上古，无复当世虑。

安知捕鱼郎，延缘至其处。

遥遥千载后，缅想增慨慕。

即今生齿繁，险绝悉开露。

山中无木客，川上靡渔父。

虽怀隐者心，桃源在何许。

况兹太平世，尧舜方在御。

干戈久已戢，老幼乐含哺。

田畴毕耕耨，努力勤蓺树。

毋为问迷津，穷探事高举。

作者简介：

赵孟頫（1254—1322 年），字子昂，汉族，号松雪道人，又号水晶宫道人、鸥波，中年曾署孟俯。浙江吴兴人。南宋末至元初著名书法家、画家、诗人。

题桃源春晓图

元代　吴澄

朦胧晓色破初春，一洞桃花树树新。

此景世间真个有，只今云作捕鱼人。

作者简介：

吴澄（1249—1333 年），字幼清，晚字伯清，抚州崇仁凤岗咸口（今属江西省乐安县鳌溪镇咸口村）人。元代杰出的理学家、经学家、教育家。吴澄与许衡齐名，并称为"北许南吴"，以其毕生精力为元朝儒学的传播和发展做出了重要贡献。有《吴文正公全集》传世。曾著《列子解》，今已佚。

和杨廉夫买妾歌

元代　陈樵

刘郎持玉笛，再入天台山。

天台女儿不相见，采药直入桃花源。

刘郎吹笛花能言，云离雨别三千年。

青瞳横波发鲜碧，蓝红染作夭桃色。

刘郎今姓杨，相逢便相识。

金条脱，龙缟衣。飙车木凤凰，飞下铁山西。

茜桃拂面丹如雨，红蝶黄莺解歌舞。

桃源无路入人间，一身金翠来何许？

玉山子，莫将迎。方平会麻姑，参语无蔡经。

飞仙不入风沙地，无端夜过昆山市。

三涤肠，三洗髓，绛雪玄霜玉池水。

作者简介：

陈樵（1278—1365 年），元东阳人，字君采，号鹿皮子。幼承家学，继受经于程直方。学成不仕，隐居圆谷。性至孝。为文新逸超丽。有《鹿皮子集》。

红酒歌

元代　杨维桢

扬子渴如马文园，宰官特赐桃花源。

桃花源头酿春酒，滴滴真珠红欲然。

左官忽落东海边，渴心盐井生炎烟。

相呼西子湖上船，莲花博士饮中仙。

如银酒色未为贵，令人长忆桃花泉。

胶州判官玉牒贤，忆昔同醉璃林筵。

别来南北不通问，夜梦玉树春风前。

朝来五马过陋廛，赠以同袍五色彩。

副以五凤楼头笺，何以浇我磊落抑塞之感慨？桃花美酒斗十千。

垂虹桥下水拍天，虹光散作真珠涎。

吴娃斗色樱在口，不放白雪盈人颠。

我有文园渴，苦无曲奏鸳鸯弦。

预恐沙头双玉尽，力醉未与长瓶眠。

径当垂虹去，鲸量吸百川。

我歌君扣舷，一斗不惜诗百篇。

作者简介：

杨维桢（1296—1370 年），元末明初著名诗人、文学家、书画家和戏曲家。字廉夫，号铁崖、铁笛道人，又号铁心道人、铁冠道人、铁龙道人、梅花道人等，晚年自号老铁、抱遗老人、东维子，会稽（浙江诸暨）枫桥全堂人。与陆居仁、钱惟善合称为"元末三高士"。杨维桢的诗，最富特色的是他的古乐府诗，既婉丽动人，又雄迈自然，史称"铁崖体"，极为历代文人所推崇。有称其为"一代诗宗""标新领异"的，也有誉其"以横绝一世之才，乘其弊而力矫之"的，当代学者杨镰更称其为"元末江南诗坛泰斗"。有《东维子文集》《铁崖先生古乐府》行世。

糖多令　湖中

元代　韩奕

买得个扁舟。乘闲到处游。载将图册与衾绸。不问人家僧舍里，堪住处，便夷犹。雨歇淡烟浮。黄鹂鸣麦秋。石湖西畔碧悠悠。倘遇桃花源里客，随着去，莫归休。

作者简介：

韩奕（1269—1318年），元绍兴路萧山人，徙钱塘，字仲山。武宗至大元年授杭州人匠副提举。迁江浙财赋副总管。仁宗延祐四年进总管。

题 画

元末明初　贡性之

众峰涵夕阴，群水潆秋色。
逶迤见古道，萧条少行客。
虽无桃花源，亦与尘世隔。
纵有扁舟来，重寻恐难得。

作者简介：

贡性之（生卒年不详），元明间宣城人，字友初，一作有初。师泰侄。以胄子除簿尉，有刚直名。后补闽省理官。明洪武初，征录师泰后，大臣有以性之荐，乃避居山阴，更名悦。其从弟仕于朝者，迎归金陵、宣城，俱不往。躬耕自给，以终其身。门人私谥真晦先生。有《南湖集》。

题关河秋晚图（为曾子常赋）

元末明初　胡布

半生惯作江湖客，画里青山似相识。

长忆江南绿树秋，千峰落照攉行色。

傍水人家草屋深，凭阑浩啸豁冲襟。

南天漠漠鸟飞尽，潮落空江龙夜吟。

渔舟隔岸萦浦溆，莎径苍茫入烟路。

桃花源出武陵溪，山阁排风杪秋驻。

两翁矍铄巢许俦，崇关之北茅堂幽。

登登回顾蹇驴客，撩乱瀑花天际流。

曾厓竦峭凌危栈，绝似青城度盘涧。

瞿唐艳滪势东奔，鸟道缘云接西坂。

扫门古老意安间，觌面云嶔跨石坛。

中田金碧开日观，天东一峰横黛鬟。

野桥流水枫林赤，去去迢遥抵沙碛。

山川今古行路难，驽骏同途受驱策。

幻梦尘劳见画图，却从空阔望寰区。

浮林俯仰纷万有，一息端倪归化初。

曾君好古嘉奇迹，图史相亲置东壁。

更觅更生和我歌，青藜千古同辉赫。

作者简介：

胡布（生卒年不详），字子申，一字建民，盱江人。元末文学家、书法家，善草书，有诗名。著有《元音遗响》十卷。他长于草书，得书法于宋克，或谓与宋克同受学于绍兴老僧。

白水村

元末明初　贝琼

朝发白水村，风帆健如马。

行人互先后，去鸟纷上下。

白云生远岑，青天入平野。

依稀林木外，幡幢见精舍。

河边四五家，犹是鸡豚社。

我游亦已屡，把酒心莫写。

欲访桃花源，悠悠愧渔者。

张继善寄桃源图日赋诗

元末明初　贝琼

张生寄我《桃源图》，桃源有路归何日。

高堂坐见武陵溪，犬吠鸡鸣犹髣髴。

云气挟山山欲行，山穷水阔桃花明。

仙家只在流水外，世上无人知姓名。

一日花间问渔者，山河百二如崩瓦。

赤帝西来祖龙死，复见同槽有三马。

太康去秦六百秋，子孙生长不知忧。

商颜黄绮亦何事，白发出侍东宫游。

龙争虎战俱寂寞，绝境空存已非昨。

种桃何必指秦人，春到花开又花落。

作者简介：

贝琼（1314—1379年），初名阙，字廷臣，一字廷琚、仲琚，又字廷珍，别号清江。约生于元成宗大德初，卒于明太祖洪武十二年，年八十余岁。贝琼从杨维桢学诗，取其长而去其短；其诗论推崇盛唐而不取法宋代熙宁、元丰诸家。文章冲融和雅，诗风温厚之中自然高秀，足以领袖一时。著有《中星考》《清江贝先生集》《清江稿》《云间集》等。

桃源即事

元末明初　胡奎

桃花源上看青春，少妇与郎行负薪。
槲叶覆身花压鬓，相逢不是避秦人。

作者简介：

胡奎（生卒年不详），元明间浙江海宁人，字虚白，号斗南老人。明初以儒征，官宁王府教授。有《斗南老人集》。

题黟令周君儒所藏清溪白云图

元末明初　赵汸

结屋清溪上，白云与为邻。
云影常在地，溪光净无尘。
馀晖及山木，晻映忘冬春。
逍遥窗户间，亦足娱心神。
相望彭泽宰，仕止孰由人。
忽忆桃花源，悠然思问津。

作者简介：

赵汸（1319—1369年），元明间徽州府休宁人，字子常。九江黄泽弟子，得六十四卦大义及《春秋》之学。后复从临川虞集游，获闻吴澄之学。晚年隐居东山，读书著述。洪武二年，与赵埙等被征修《元史》，书成，辞归，旋卒。学者称"东山先生"。有《春秋集传》《东山存稿》《左氏补注》等。

题桃源图

元末明初　丁鹤年

误入桃源去路赊，武陵春老重咨嗟。

渔郎去后无消息，回首东风几度花。

作者简介：

　　丁鹤年（1335—1424年），元末明初诗人、养生家，京城老字号"鹤年堂"创始人。有《丁鹤年集》传世。著名孝子，是明初十大孝子之一。以73岁高龄为母守灵达17载，直到90岁去世。《四库全书》中收录的《丁孝子传》和《丁孝子诗》即是他的事迹。诗开篇赞曰："丁鹤年精诚之心上达九天，丁鹤年精诚之心下达九泉。"

题刘商观弈图

元末明初　虞堪

平原亦有罗浮事，况尔樵逢弈局仙。

刘画李临茅彦勒，桃花源记托陶传。

作者简介：

　　虞堪（生卒年不详），元末明初苏州府长洲人，字克用，一字胜伯。元末隐居不仕。家藏书甚富，手自编辑。好诗，工山水。洪武中为云南府学教授，卒官。有《希澹园诗集》。

次苏平仲编修北山记游韵
二十四首（其四）

明代　童冀

桃花源洞石梁低，间有渔郎此路迷。
白鹤归来作人语，苍松种久与云齐。
水深夜壑藏金室，雨过春泥印虎蹄。
共说前冈更幽绝，谁能结屋事岩栖。

作者简介：

童冀（生卒年不详），浙江金华人，字中州。洪武时征入书馆。
与宋濂、姚广孝等相唱和。出为全州教官，官至北平教授。以罪死。
有《尚絅斋集》。

张溪云耕读图

明代　袁华

雨过青山麓，溪流涨新绿。
麦熟雉将雏，桑老蚕上蔟。
荷锸朝出耕，释耕还读书。
行行负薪诵，呫呫带经锄。
门无石壕吏，户有毕卓瓮。
客至辄倾尝，嬉笑杂嘲讽。
此非桃花源，乃是朱陈村。
儿女毕婚嫁，含饴弄诸孙。
于戏髯张非画史，才比中郎亦无子。
空留遗墨在人间，竹屋荒凉月如水。

晚节轩茅泽民画壁次韵倪云林

明代　袁华

前辈风流嗟已矣，看山画里蹙然喜。

石脚下插江水清，烟岚杳眇群峰峙。

玩图安得随渔人，桃花源上秦时民。

草木丛深蹊径邃，溪水春波花鸟新。

二尘隔断那能往，胜地虽远神偏亲。

清诗戛玉题壁画，森列琅玕共琪珣。

福地萧森虽只尺，侧身东望嗟风尘。

鱼牙异香尚留意，得与不得宁须嗔。

何如晚节老居士，默究不二心尤勤。

彩衣行酒列孙子，高轩窈窕当南闉。

人生会合良有数，飘散倏忽如烟云。

重来握手成大笑，沧溟水浅三千春。

作者简介：

袁华（生卒年不详），苏州府昆山人，字子英。工诗，长于乐府。洪武初为苏州府学训导。有《可传集》《耕学斋诗集》。

桃川宫秦人洞

明代　张羽

桃川川上望仙宫，峭壁重峦半古松。

骑马到崖遥度水，入林迷路忽闻钟。

花开洞里应长好，鹿过轩间暂亦逢。

当日秦人何处在，数家茆屋隔西峰。

作者简介：

张羽（1333—1385 年），元末明初文人。字来仪，更字附凤，号静居，浔阳（今江西九江）人，后移居吴兴（今浙江湖州），与高启、杨基、徐贲称为"吴中四杰"，又与高启、王行、徐贲等十人，人称"北郭十才子"，亦为明初十才子之一。官至太常丞，山水宗法米氏父子，诗作笔力雄放俊逸，著有《静居集》。

寄萧德通兄弟（其二）

明代　杨士奇

桃花源上昔投间，长忆君家玉树间。
酒散凉亭红日晚，石台临水看青山。

题虎溪萧氏卷子

明代　杨士奇

连山飞来如虎蹲，溪水百折缘山根。
萦回狭旷忽异状，武陵未数桃花源。
大宅谁家住深窈，粉壁纱窗动晴晓。
门前稻麦连纷纷，千畦万畛翻青云。
云深截断樵牧路，车马城中那得闻。
四时高堂会宗族，旨酒肥羔间山蔌。
座中诗礼罗俊贤，楚楚威仪光佩服。
此地移家今几传，但闻朝代忘岁年。
南阶乔木昔人植，如今已上干青天。
从知遗安及孙子，岂独地灵能致此。
后来继者更不忘，更百千年胡可量。

作者简介：

杨士奇（1366—1444 年），明代大臣、学者，名寓，字士奇，以字行，号东里，谥文贞，汉族，江西泰和（今江西泰和县澄江镇）

人。官至礼部侍郎兼华盖殿大学士，兼兵部尚书，历五朝，在内阁为辅臣四十余年，首辅二十一年。与杨荣、杨溥同辅政，并称"三杨"，因其居地所处，时人称之为"西杨"。"三杨"中，杨士奇以"学行"见长，先后担任《明太宗实录》《明仁宗实录》《明宣宗实录》总裁。

与林施诸子秋夕自蓝原游云谷至澄浒迁宿保国寺寺在九顿峰下

明代　傅汝舟

出山复入山，迁策桃花源。
本为游览来，行止未须论。
十里到谷口，九峰回寺门。
老僧凤好事，深夜具鸡豚。
饮酬自间细，酒中有真乘。
良朋发箫鼓，野客击钟磬。
踌躅烟语微，萧索月林暝。
明发望赫曦，千崖一微径。

作者简介：

傅汝舟（1476—1557 年），初名舟，字远度，又字木虚，号磊老、丁戊山人等，闽县（今福建福州市区）人。其家初住朱紫坊，后迁丁戊山（嵩山）登龙巷。少与高濲同游学于吏部尚书郑继门下，通天象、堪舆，兼晓黄白炼丹术，曾遍游桂、湘、鄂、齐、鲁等地，求仙访道。好为画，工行草，与高濲齐名。其诗为文学家王世贞所推崇。明正德年间，在福州西湖建宛在堂，一时诗人云集。著有《傅山人集》《傅木虚集》《继傅山人集》《唾心集》《步天集》《英雄失路集》各 2 卷，《拔剑集》3 卷，《箜篌集》2 卷，《拘虚集》5 卷，《丁戊山人集》3 卷，《合卅呓弃存稿》6 卷，《粤吟稿》1 卷，尚有杂著多种。

东游

明代 郑善夫

已是闭关月，漫游何处邦。
北风帆势直，南纪岁华妨。
负胜轻河岳，哀时扼伯王。
衣冠明葬处，俎豆盛蛮方。
忽忆春秋际，兼怀种蠡良。
图王功己巳，去国意茫茫。
万事空搔首，诸贤足断肠。
东征效蘋藻，大观出玄黄。
雨蚀曹娥庙，山疑谢傅堂。
洑波平愤懑，旧燕落寻常。
忼慨吾能赋，风流谁更狂。
飘飘王逸少，磊磊贺知章。
真帖兰亭秘，遗荣剡水光。
鉴湖秦望近，云寺若耶荒。
皓齿此溪女，紫骝何郡郎。
隔花相问姓，采菲欲遗芳。
未逐支公隐，能无许掾藏。
雪舟行独远，禹穴探尤长。
木客胡麻饭，山夔薜荔裳。
桃花源不昧，野鸟恨难忘。
自此升台岳，骑驴过石梁。
仙风去若脱，八极信翱翔。

天姥行

明代　郑善夫

天姥旁通天一门，下临绝壑桃花源。

玉佩灵车杳然去，凤笙吹断越山魂。

我昔远行迈

明代　郑善夫

我昔远行迈，飘飙度溟渤。洪波浩漫漫，东下遍穷发。

蓬山彷佛见，鳌足互兴没。回瞻赤霞城，照耀金银阙。

道逢五行仙，姣好若冰雪。璘璘白鹤车，翩翩逐云月。

导我探鱼肠，乃得餐玉诀。入山采黄芽，和之以璃屑。

服食引奇龄，秘诀不敢泄。敛衽入怀抱，三载字未灭。

归来历故都，不复见物色。回首望徽音，徽音已断绝。

桃花源不昧，去矣忘其筏。

游莆中麦斜岩（其二）

明代　郑善夫

麦斜何崭崭，兹游惬心魂。

石洞入窈窕，不说桃花源。

白云走平地，崇冈亦崩奔。

松篁翳重阴，境幽判寒暄。

天关手可摩，始觉所历尊。

赤城去不远，玉禾行当蕃。

相期马子微，于此采灵根。

作者简介：

郑善夫（1485—1523 年），字继之，号少谷，又号少谷子、少谷山人等，闽县高湖乡人，明代官员、儒学家。弘治进士，正德初始授户部主事，榷税浒墅，愤嬖幸用事，辞官。正德中，起礼部主事，进员外郎，以谏南巡受杖。嘉靖初，起为南京吏部郎中。善书画，诗仿杜甫。著有《郑少谷集》《经世要谈》。

便面（其三）

明代　孙承恩

人住桃花源里，舟横独柳溪傍。
狼籍湿云片片，幽间凫鸟双双。

作者简介：

孙承恩（1485—1565 年），松江华亭人，字贞父（甫），号毅斋。孙衍子。正德六年进士。授编修，历官礼部尚书，兼掌詹事府。嘉靖三十二年斋宫设醮，因不肯遵旨穿道士服，罢职归。文章深厚尔雅。工书善画，尤擅人物。有《历代圣贤像赞》《让溪堂草稿》《鉴古韵语》。

送表弟王曰俞之武冈州岷王府一首

明代　黄省曾

吾闻桃花源，渺在都梁州。
子行往探之，啼猿引仙舟。
吴门一片月，巳挂潇湘秋。
英王得贤幕，扬裾凤凰楼。
访古金城山，衔杯紫芳洲。
若有王乔兴，丹砂应可求。

赠别草陵山人一首

明代　黄省曾

南方一黄鹄，抗志在蓬昆。
举翮青冥上，哂彼鸡鹜樊。
旷览翔四海，择对鸾鹭言。
秋飙吹盘游，落我桃花源。
宣歌肺肝粲，展调风雅骞。
听之再三美，可与泗夏论。
不羞阮家贫，芝薇荐壶樽。
寻渡越水深，还乡嬲文园。
聊鼓高山音，天际送孤翻。

作者简介：

黄省曾（1490—1540 年），明苏州府吴县人，字勉之，号五岳。黄鲁曾弟。通《尔雅》。嘉靖十年，以《春秋》魁乡榜，而会试累不第。从王守仁、湛若水游，又学诗于李梦阳，以任达跅弛终其身。有《西洋朝贡典录》《拟诗外传》《客问》《骚苑》《五岳山人集》等。

桃花源·一涧入苍烟

明代　葛一龙

一涧入苍烟，千花绕涧边。
花开与花落，流水送流年。

作者简介：

葛一龙（1567—1640 年），明代诗人。字震甫，南直隶苏州府吴县洞庭山（今属江苏苏州）人。

赠陆君策畸墅诗

明代 董其昌

积玉岂无圃，干将亦有村。　青山贮文赋，秋水悬剑痕。
中有独往者，卜此畸人园。　高情狭五岳，所适聊川樊。
一丘美吾土，群峰走其门。　虚棂见霞起，卷幔知云屯。
高楼巢燕子，筼谷长龙孙。　每当秋叶彫，郁郁清阴繁。
缅怀柴桑翁，多爱田水喧。　况乃梧竹声，长与风雨吞。
主人桂林枝，雅尚蓬蒿敦。　疏渠引泉脉，驱石劚云根。
濠梁期质友，池塘思哲昆。　刘韭秋畦薄，钓鱼潭水浑。
著论准乐志，赋骚称涤烦。　名僧时驻锡，长者多停轩。
与君虽接邻，室迹犹隔垣。　未若此园居，旷然无篱藩。
一从鸿避弋，笑彼虱处裈。　因之奏山水，便欲忘朝昏。
高枕乃吾庐，诚如杜陵言。　尝闻达人轨，寄通随化元。
我如还山云，君若扶桑暾。　卷舒各有宜，何必鹤与猿。
惟容肥遁者，终老桃花源。

赠蒋山人二首（其一）

明代 董其昌

怪底人幽地亦幽，桃花源里蓼花洲。
烟岚屈曲深开径，云水苍茫不系舟。
野史故应成马走，新交未觉胜羊求。
闻君嗔我悭书画，青李来禽肯寄不。

作者简介：

董其昌（1555—1636），字玄宰，号思白、香光居士，松江华亭（今上海闵行区马桥）人，明代书画家。万历十七年进士，授翰林院编修，官至南京礼部尚书，卒后谥"文敏"。董其昌擅画山水，师法董源、巨然、黄公望、倪瓒，笔致清秀中和，恬静疏旷；用墨明洁隽朗，温敦淡荡；青绿设色，古朴典雅。以佛家禅宗喻画，倡"南北宗"论，为"华亭画派"杰出代表，兼有"颜骨赵姿"之美。其画及画论对明末清初画坛影响甚大。书法出入晋唐，自成一格，能诗文。

题松陵吴文刚长春轩

明代　王恭

习隐向微道，了然玄牝门。口含金鹅蕊，身寄桃花源。
结宇阚青阳，寒林变氛氲。逍遥太和际，发生灵台根。
结想梦岐伯，飞声继轩辕。希君黄芽秘，永矣驻精魂。

初秋同叔弢彦时游崇山兰若

明代　王恭

习静厌纷扰，幽寻给孤园。
倏然香林下，似得桃花源。
一鸟落天镜，千花秀禅门。
纷吾道机浅，谬接甘露言。
月色隐秋思，荷香清夜魂。
终希偶缁锡，永矣超尘喧。

作者简介：

王恭（1343—?），字安仲，亦作安中，长乐沙堤（今金峰镇陈墩头村）人，自号"皆山樵者"，人亦称之"王典籍"，闽中十才子之一。王恭家贫，少游江湖间，中年隐居七岩山，为樵夫20多年。善诗文，与高棅、陈亮等诸文士唱和，名重一时。诗人王偁曾为他作《皆山樵者传》。明永乐二年（1404年），年届六十的王恭以儒士荐为翰林待诏，敕修《永乐大典》。永乐五年，《永乐大典》修成，王恭试诗高第，授翰林典籍。不久，辞官返里。《永乐大典》总纂解缙赞其"布衣萧然，不慕荣宠，强起决去，若朝阳孤凤"。王恭作诗，才思敏捷，下笔千言立就，诗风多凄婉，隐喻颇深。为闽中十才子之一，著有《白云樵唱集》四卷，《草泽狂歌》五卷及《凤台清啸》等。《四库全书总目提要》卷一六九评其诗云："吐言清拔，不染俗尘，得大历十子之遗意。"

夏庄里（龙泉）

明代　周是修

山行巇险极，言至夏庄里。
俯视见人烟，直下在地底。
结屋自为邻，开门齐向水。
尝披桃源图，何有踰乎此。

作者简介：

周是修（1354—1402年），名德，字是修，江西泰和螺溪镇爵誉村人，为水利学家周矩后裔。洪武末举明经。历仕霍丘县训导，建文间为衡王府纪善，留京师，预翰林纂修。燕兵入京城，自刭于应天府学尊经阁。著述有《刍荛集》《观感录》，《类编论语》二卷，《广衍太极图》一卷，《诗经小序及诗谱集义》三卷、《纲常懿范》十二卷及《诗谱》《家训》《进思集》等。世人称其："节足以励世，文足以传后。"

桃源图

明代　沈周

君不见姬周宽仁天下归，又不见嬴秦猛德天下离。

秦人避秦秦不知，人既移家秦亦移。

移家去，桃源住，万树桃花塞行路。

楚人吹起咸阳炬，何曾烧着桃源树。

老翁尚记未焚书，诸孙尽种无租地。

自衣自食自年年，扰无官府似神仙。

一时落赚渔郎眼，犹怪为图与世传。

作者简介：

沈周（1427—1509 年），字启南，号石田，晚号白石翁，明代著名画家、书法家、文学家、医学家，长洲（今江苏苏州）人。沈周出身富裕的书香绘画世家，少时师从陈宽学习诗文，青年时期师从伯父沈贞，还有刘珏、杜琼、赵同鲁等学习绘画。其一生家居读书，吟诗作画，优游林泉，追求精神上的自由，从未应科举征聘，始终过着田园隐居生活。正德四年（1509 年），沈周去世。沈周与文徵明、唐寅、仇英并称"明四家"，是吴门画派的创始人，他师法元四家，并上溯董源、巨然，同时旁涉南宋院体画和浙派等，形成了独特的个人风格，在元明以来文人画领域有承前启后的作用。传世作品有《庐山高图》《魏园雅集图》《仿黄公望富春山居图》《沧州趣图》等。著有《石田集》《石田稿》《石田文钞》《石田咏史补忘录》《客座新闻》《续千金方》等，但大多散佚。

桃源图诗

明代　程敏政

冬青之木郁葱葱，日落水流西复东。

岁岁年年人不同，桃花依旧笑春风。

百年废兴增叹嘅，落红万点愁如海。

今年花胜去年红，明年花开复谁在。

可惜落花君莫扫，孤芳转盼同衰草。

对此如何不泪垂，十年花送佳人老。

志士幽人莫怨嗟，看到子孙能几家。

寸根千里不易到，留种河阳一县花。

作者简介：

程敏政（1446—1499年），字克勤，中年后号篁墩，又号篁墩居士、篁墩老人、留暖道人，南直隶徽州府休宁县人，隶沈阳中屯卫籍，出生于河间。后居歙县篁墩（在今屯溪），故时人又称之为程篁墩。南京兵部尚书程信之子。程敏政于成化二年（1466年）殿试中榜眼，授翰林编修。此后历官侍讲、经筵讲官、左春坊左谕德、东宫讲读官、少詹事兼侍讲学士、直经筵。弘治元年（1488年）冬，因雨灾被弹劾而致仕。弘治五年（1492年）被起用，改太常卿兼侍读学士、掌院事。三年后，守孝期满还京，转詹事兼翰林学士，进礼部右侍郎，侍皇太子讲读。弘治十二年（1499年）春，为会试主考官时因被举报泄题而下狱。出狱后，被勒令致仕，不久逝世。后赠礼部尚书。程敏政善谈论，性疏爽，于书无所不读。所作文章，为同辈所推崇。著有《皇明文衡》《咏史诗》《宋遗民录》《程氏统宗谱》《程敏政贻范集》《篁墩稿》等。

题桃源图

明代　史谨

仙境萦回一水通，人家住处绝尘踪。
渔郎忽到惊相问，犹说当年避祖龙。

作者简介：

史谨（生卒年不详），字公谨。昆山（今江苏省）人。明洪武初年，因事谪居云南，后用荐为历天府推官，降补江阴县丞，罢归。侨居金陵，工诗善书。构独醉亭，卖药自给，以诗画终其身。著有《独醉亭集》。

桃源图

明代 龚敩

桃源之景清且间，秦人避世居其间。

奇踪一撇不复见，但见万叠皆云山。

当时岂不恋乡土，急欲逃生免愁苦。

初期一去即来归，岂谓家成遂终古。

梯空涉险身忘疲，提携襁负声嘤咿。

豁然世外得绝境，太朴未凿无浇漓。

良田可耕樵可牧，香稻堪炊酒堪熟。

明年春雨长桑麻，剩种红桃满溪谷。

桃花开后知春深，莺啼燕语花阴阴。

飞英不合泛流出，勾引渔子来相寻。

山翁渔子不相识，倚棹相看问畴昔。

炎祚承平八百秋，更无人解传消息。

衣冠俎豆将无同，送迎犹是秦人风。

黄鸡白酒可留客，归心不用殊匆匆。

尽醉姑留一宵住，明日相辞出山去。

扶舟傍岸觅来踪，水阔山高不知处。

作者简介：

龚敩（生卒年不详），明初儒士，官历四辅官，国子监祭酒，著有《鹅湖集》留世。

西岩杂咏（其五） 桃花源

明代 佘翔

桃花然小坞，恍惚武陵源。

远浦渔歌入，前林鸟语喧。

作者简介：

佘翔（生卒年不详），福建莆田人，字宗汉，号凤台。嘉靖三十七年进士。任全椒知县。与御史议事意见相左，即拂衣罢去，放游山水以终。工诗，有《薜荔园诗稿》及《文草》。

外江老人诗

明代　胡俨

外江有山人，幽居枕湖堧。青山日对门，山下有良田。
问其岁几何，屈指殆百年。老妻寿更过，方瞳神炯然。
草屋八九间，儿孙列曾玄。湖中种荷芰，园内收木绵。
桑麻绿野布，榆柳清阴连。取筊日缚帛，网鱼时得钱。
见客礼数简，鬖鬖雪垂肩。葛衣偶一披，旋复竹上悬。
须臾出新茗，洗盏向客传。呼儿具盘飧，粲粲锦鳞鲜。
劝客加飧饭，语俚意甚虔。问客居何处，客云渐岭边。
渐岭我尝到，岁月知几迁。城市多人事，山中常晏眠。
不识府与司，但愿邑令贤。前年赐束帛，稽首戴尧天。
欲效康衢歌，山野无诗篇。松间吠乳犬，草际卧乌犍。
鸡栖日将暮，暝色起苍烟。山头月华白，夕露凉涓涓。
颓然即衾枕，儵儵若蜕蝉。我闻客此语，泠然身欲翻。
乃知寂寞滨，有此长年仙。何必烟霞外，去问桃花源。

作者简介：

胡俨（1360—1443 年），字若思，南昌人。通览天文、地理、律历、卜算等，尤对天文纬候学有较深造诣。洪武年间考中举人。明成祖朱棣成帝后，以翰林检讨直文渊阁，迁侍讲。永乐二年（1404 年）累拜国子监祭酒。重修《明太祖实录》《永乐大典》《天下图志》，皆充总裁官。洪熙时进太子宾客，仍兼祭酒。后退休回乡。同时擅长书画，著有《颐庵文选》《胡氏杂说》。

桃花洞

明代 薛瑄

松风两袖暖香微，下马寻幽款洞扉。
流水有声穿石窦，落花无数占苔衣。
岩头树挂玄猿啸，洞底人惊白鹿归。
怪得仙家闲岁月，暂时游览也忘机。

作者简介：

薛瑄（1389—1464 年），字德温，号敬轩。河津（今山西省运城市万荣县里望乡平原村人）人。明代著名思想家、理学家、文学家，河东学派的创始人，世称"薛河东"。

薛瑄为永乐十九年（1421 年）进士，官至通议大夫、礼部左侍郎兼翰林院学士。天顺八年（1464 年）去世，赠资善大夫、礼部尚书，谥号文清，故后世称其为"薛文清"。隆庆五年（1571 年），从祀孔庙。

薛瑄继曹端之后，在北方开创了"河东之学"，门徒遍及山西、河南、关陇一带，蔚为大宗。其学传至明中期，又形成以吕大钧兄弟为主的"关中之学"，其势"几与阳明中分其感"。清人视薛学为朱学传宗，称之为"明初理学之冠"，"开明代道学之基"。高攀龙认为，有明一代，学脉有二：一是南方的阳明之学，一是北方的薛瑄朱学。可见其影响之大。其著作集有《薛文清公全集》四十六卷。

和陶诗 桃花源

明代 李贤

武陵桃花源，邈矣隔人世。祖龙流毒深，秦人从此逝。
君臣道虽乖，父子伦不废。桑麻接墟里，林泉任游憩。
奉先洁蘋藻，课子匪文艺。永结比邻欢，凤驾久已税。
树颠有鸡鸣，花间闻犬吠。柴门倚山开，衣服随身制。

物外自成村，世人孰能诣。川平土气和，老稚无札厉。
草木递荣枯，因之验时岁。禽鸟声相和，猿狖性多慧。
当时商山隐，同此远尘界。仙源不易寻，白云重遮蔽。
渔郎独何幸，能造尘境外。再访不可得，徒此感神契。

桃源清隐

明代　李贤

高情乐隐觅仙踪，深入巫山第几重。
洞口有田春种玉，鼎中无火夜蟠龙。
石潭凉浸蛾眉月，兰室香飘麈尾风。
遥想扁舟游览处，桃花夹岸水溶溶。

作者简介：

李贤（1409年1月1日—1467年1月19日），字原德，邓（今河南省邓州市）人。明代名臣。成化二年十二月（1467年1月），李贤去世，年五十九。追赠特进光禄大夫、左柱国、太师，谥号"文达"。康熙六十一年（1722年），从祀历代帝王庙。著有《鉴古录》《体验录》《看书录》《天顺日录》《古穰文集》等。

舟中望桃源洞

明代　黄衷

鸣桡昼下白马渡，仆夫指我桃花源。
洞门八里步窈窕，不与尘世通朝昏。
乔松方竹递根裔，野鼠窃返神丹魂。
念昔之官蹈滇海，吊古一再停骖轩。
石桥药鼎足恍惚，黄冠俗态难为言。
只今星纪动七阅，碌碌已四经丘樊。

云林未便太幽秘，避地尽道神仙村。

漏疏稍辩汉图籍，局促真觉秦乾坤。

先王固有不治地，遗顽无亦商忠惇。

提封圣代迈千古，薄海内外车书尊。

紫芝逸老服陇亩，红桃不放桑麻原。

间人岂复问津到，破屋屡见逃租奔。

轮蹄终岁峻坂滑，予亦晚傍风亭餐。

寄怀何必尽真迹，画舸欲缆江凫翻。

作者简介：

黄衷（生卒年不详），明广东南海人，字子和。弘治九年进士。授南京户部主事，监江北诸仓，清查积年侵羡，得粟十余万石。历户部员外郎、湖州知府、晋广西参政，督粮严法绳奸，境内肃然。后抚云南，镇湖广皆有政绩。官至兵部右侍郎。致仕卒，年八十。有《海语》《矩洲集》等。

山中示诸生·桃源在何许

明代　王守仁

桃源在何许？西峰最深处。

不用问渔人，沿溪踏花去。

作者简介：

王守仁（1472—1529 年），本名王云，字伯安，号阳明，浙江余姚人，汉族。明朝杰出的思想家、文学家、军事家、教育家，南京吏部尚书王华的儿子。

弘治十二年（1499 年），中进士，起家刑部主事，历任贵州龙场驿丞、庐陵知县、右佥都御史、南赣巡抚、两广总督、南京兵部尚书、左都御史等职，接连平定南赣、两广盗乱及朱宸濠之乱，获封新建伯，成为明代凭借军功封爵的三位文臣之一。嘉靖七年十一月（1529 年 1 月 9 日），逝世，时年五十七。明穆宗继位，追赠新建侯，谥号"文成"。

题吴尚书山水图

明代　杨荣

青山嵯峨半空立，万叠芙蓉紫烟湿。
峰前昨夜春雨深，绕涧飞花水流急。
隔屿人烟凡几家，一径苍苔石磴斜。
溪回路细长芳草，月落幽林归早鸦。
山深洞口行人少，白云飞堕青山杪。
恍见沧洲树色微，如闻古寺钟声杳。
茅檐日出鸡犬喧，十里烟光连远村。
依稀乍疑箐篁谷，仿佛自是桃花源。
乃知画者通玄理，点染天机笔锋里。
尚书爱此欣得之，素壁高堂见山水。
人间美景不易寻，此图直比双南金。
玉堂展卷慕清绝，爽气萧萧风满林。

作者简介：

杨荣（1371—1440 年），明福建建安人，字勉仁，初名子荣。
建文二年进士。授编修。成祖即位，入文渊阁，令更名荣。多次从
成祖北巡及出塞，凡宣诏出令，及旗志符验，必得荣奏乃发。累官
文渊阁大学士。永乐二十二年之役，抵达兰纳穆尔河，不见敌，议
进止，惟荣与金幼孜言宜班师。帝从之。中途，帝卒。荣与幼孜以
去京师远，秘不发丧。仁宗即位，累进谨身殿大学士，工部尚书。
宣德元年，汉王朱高煦反，荣首请帝亲征。加少傅。正统三年进少
师。荣历事四朝，谋而能断。与杨士奇、杨溥同辅政，并称三杨。
卒谥文敏。有《后北征记》《文敏集》。

题南溪萧氏山水小景

明代　李昌祺

西昌有士生名宗，孤高格调冰雪容。

性惟爱山复爱画，画里坐对青芙蓉。

乍观尺素杳难辨，野色川气相溟蒙。

初疑为巫峡，列此十二峰，雨馀轻黛增鲜浓。

阳台神女仿佛精灵通，楚襄之梦恍惚当谁穷。

沐猿涧鹿悄无迹，千岩万壑烟霏笼。

又疑是匡庐五老排层穹，乃在彭蠡之北、盆江之东。

凉影倒浸波溶溶，飞英乱舞垂萝风。

吾家翰苑老供奉，揽秀绝顶巢云松。

锦袍骑鲸乘月径返蓬莱宫，开元诸子莫追逐。

吐句尽如仙语真，孤雄仍闻夙昔读。

书处氤氲竟日丹，霞封胡君特来索。

我赋笑迎起抑揩，昏瞳便令挂壁着。

意看其间景象既弗类，运思落笔俱凡庸。

僧繇久逝范宽没，海岳亦往庵居空。

南溪别有奇绝地，春深绿与耶溪同。

杰构隐映苍桧中，二三好客劳过从，酒酡旋压黄粱春。

幽非桃花源，邃异子午谷，土美俗朴堪耕农。

罕曾袖刺谒时贵，屡尝含哺歌年丰。

我欲携焦桐，飘然谢尘踪。

汲泉采蕨疗饥渴，净扫白石弹秋鸿。

如何病兀絷双足，谩令清兴蟠心胸。

挥毫写罢付君去，殷勤寄示兰陵翁。

送谢明府之桃源

明代　李昌祺

楚地佳山水，桃源境更幽。
汀兰行处采，湘水抱村流。
门掩山城暮，蝉鸣驿树秋。
昔人遗洞在，骑马一来游。

作者简介：

李昌祺（1376—1452 年），明代小说家。名祯，字昌祺、一字维卿，以字行世，号侨庵、白衣山人、运甓居士，庐陵（今江西吉安）人。永乐二年进士，官至广西布政使，为官清厉刚正，救灾恤贫，官声甚好。且才华富赡，学识渊博，诗集有《运甓漫稿》，又仿瞿佑《剪灯新话》作《剪灯余话》。

游桃源洞

明代　马文升

桃花源接武陵溪，咫尺仙家路易迷。
翠柏凌霄山鸟下，碧云栖树野猿啼。
缆船舟上江风细，白马江头水月低。
指点秦人旧踪迹，萧萧方竹断桥西。

作者简介：

马文升（1426—1510 年），字负图，别号约斋，又号三峰居士、友松道人，钧州（今河南省禹州市）人。明代重臣、诗人。正德四年（1509 年），遭权宦刘瑾削秩除名。正德五年（1510 年），马文升去世，年八十五。不久后复官，获赠特进光禄大夫、太傅，谥号"端肃"。加赠左柱国、太师。马文升一生功勋显著，先后辅助代宗、英宗、宪宗、孝宗、武宗五朝，历仕五十六年，后人有"五朝元老马文升"之称。又与王恕、刘大夏合称"弘治三君子"。

忆昔行

明代　何景明

予上京师之二年汝正有湖南之行新政弛废故人几何晤语未谐离告又即怆然悲歌不能自已感念往昔要之将来耳

忆昔长安相会日，君方壮年我年小。

只今容颜有更变，何况世事无纷扰。

先帝衣冠半零落，十年宾友全稀少。

君今始作紫薇臣，笑我金门落魄人。

冯唐上书亦叹老，子云识字空愁贫。

艳阳三月桃李耀，君非壮年我非少。

花开酒熟君远行，可惜春风阻欢笑。

明星迢迢车关关，遥向楚水辞燕山。

但看朱绂在腰下，莫使白发生颅间。

武昌城边江色淀，襄阳汉水尤堪羡。

东行何日访鲈鱼，南飞不得随鸿雁。

少癖山水耽云松，两年楚上多行踪。

浮湘直下三千里，望岳遥瞻七七峰。

知君跌宕轻驷马，顾予岂是功名者。

安得浮沉帝座傍，会须览眺苍梧野。

苍梧风烟秋色开，武昌高楼吹笛哀。

帝乘白云去不返，仙人黄鹤何时来。

君行访古兼化俗，长楫辒轩指南极。

岸上游穿黑虎林，潭中坐傍鼋鼍国。

他时倘觅桃花源，北风为尔传消息。

作者简介：

何景明（1483—1521 年），字仲默，号白坡，又号大复山人，信阳浉河区人。明弘治十五年（1502 年）进士，授中书舍人。正德初，宦官刘瑾擅权，何景明谢病归。刘瑾诛，官复原职。官至陕西提学副使。为"前七子"之一，与李梦阳并称文坛领袖。其诗取法汉唐，一些诗作颇有现实内容。有《大复集》。

恩遣戍滇纪行

明代 杨慎

商秋凉风发，吹我出京华。
赭衣裹病体，红尘蔽行车。
弱侄当门啼，怪我不过家。
行行日巳夕，扁舟欻潞沙。
扬舲天津口，回瞻见牛斗。
风吹紫荆树，月照青杨柳。
逆流溯漕河，相顾慎风波。
荒村聚豺虎，夹岸鸣蛟鼍。
仆夫困牵挽，防吏苦嗔呵。
徐沛洪流溢，沧溟浴白日。
聚落鸡犬空，衔舻羽毛疾。
暗滩持楫防，洄溜扬帆慄。
维缆依鹳巢，搴蓬迩鲛室。
乘月下吕梁，侵星过白杨。
漫岸憬失道，孤舟郁相忘。
喧豗见叠浪，极眺无连冈。
阴霞互兴没，涷雨倏淋浪。
湿薪戒传火，空囊愁绝粮。
信宿万籁平，邻舟动欢声。
闻鸡共起舞，买鱼贺兼程。
夕泊秦淮岸，朝逗维扬城。
愁听玉箫曲，懒问琼花名。
畏途险巳出，胜地心犹惊。
真州对瓜步，分歧当去住。
翘思铁瓮云，怅望金陵树。
江浮惧涛澜，陆走淹霜露。
移船鹭洲来，弭榜龙江隈。
故人同载酒，一醉雨花台。
高台多古今，百虑盈疏襟。

琴弹别鹤调，笛喝飞鸿吟。

临风惜南鹜，揆景恨西沉。

江程始挂席，江月照采石。

招摇西北明，水雾东南碧。

铜陵梦里过，赭圻望中隔。

浔阳见市廛，湓浦异潮夕。

马口歌独漉，鱼山侯风宿。

西塞渔父矶，东陵道士涘。

估客叹浮萍，放臣悲落木。

秋惊赤岸枫，霜谢黄州菊。

龟山汉阳县，鹊矶遥可见。

披襟倚山阁，开图对离宴。

鲜飙蘋末来，余霞波外绚。

枕底鸣飞湍，舷际失江干。

仙子驻鹤峤，王孙斗鸭阑。

云开君山出，壑归洞庭宽。

乾鹊噪危樯，连连一何迅。

试叩巴峡船，果得家乡信。

时序感孤怀，风烟集双鬓。

江陵初解帆，苍皇理征衫。

家人从此别，客泪不可缄。

腾装首滇路，问愁程楚岩。

楚水萦沅澧，楚岸秀兰芷。

古墓识昭丘，遗坊号珠履。

珠坊青芜繁，昭丘白云屯。

伤心枫树林，回首桃花源。

天寒行旅少，岁晏霜霰烦。

界亭四十渡，羸马不成步。

幽篁讵见天，密箐才分路。

营窟半卉裳，人烟尽槃瓠。

庋虫啸落景，暴客当官戍。

驱车先发煦，投驿迟暝雾。

溆浦溇阳连，龙摽夜郎天。

远游吊屈子，长流悲谪仙。

我行更迢递，千载同凄然。

一叶崇安渡，千波竹箭急。

鬼方昔云逖，罗甸今初入。

阴霾暄凝交，瘴岚昏晓集。

长亭此驿遥，只尺如棘涩。

石行蹶昆蹄，沙炊咽蒸粒。

断肠盘江河，销魂宠嵝坡。

军堡鸣笳近，蛮营荷戟多。

三辰晦光彩，七旬历滂沱。

阚衣行风舞，芦笙眺月歌。

可怜异方乐，令人玄鬓皤。

烟霜穷琐旅，茝若开芳序。

迎睫平原来，还顾残山去。

喜见青松林，却辞黄茅屿。

滔滔岁已周，望望且夷犹。

衣尘何暇拂，足茧不能休。

碧鸡俪金马，滇海昆池泻。

五尺常颈道，万里唐蒙野。

隋将仆碑川，汉相连营下。

我行更向西，绵力倦攀跻。

硙碌穿危磴，蜻蛉控绝溪。

点苍明霁雪，抱珥饮晴霓。

蒲塞重关峻，兰津毒草低。

枝寒鸠鸟下，花煖杜鹃迷。

溯环蜮射渚，畷入象围畦。

莹角髦牛斗，斑文筰马嘶。

缅书涂贝叶，爇照熮松梯。

风景他乡别，天倪吾道拙。

云山已乱心，风尘仍结舌。

出门各自媚，失路为谁悦。

桑落岂忘忧，芄藟讵申结。

龙吼雄剑鸣，骥歌唾壶缺。

苍苍七星关，几时却东还。

瀰瀰三峡水，奚啻隔中沚。

黄犬代书邮，青龙借归舟。

雁翼翔廖廓，猿声递阻修。

何由一缩地，暂作锦江游。

作者简介：

杨慎（1488—1559 年），明代文学家，明代三大才子之首。字用修，号升庵，后因流放滇南，故自称博南山人、金马碧鸡老兵。杨廷和之子，汉族，四川新都（今成都市新都区）人，祖籍庐陵。正德六年状元，官翰林院修撰，豫修武宗实录。武宗微行出居庸关，上疏抗谏。世宗继位，任经筵讲官。嘉靖三年，因"大礼议"受廷杖，谪戍终老于云南永昌卫。终明一世记诵之博，著述之富，慎可推为第一。其诗虽不专主盛唐，仍有拟古倾向。贬谪以后，特多感愤。又能文、词及散曲，论古考证之作范围颇广。著作达百余种。后人辑为《升庵集》。

中阁为陈公载赋

明代　黎民表

飞云带积阻，磴道多莓苔。

旃檀驾高阁，芳刹凌空开。

连峰入户牖，金银混蓬莱。

焱梯杳难即，天伎从风回。

阁中餐霞子，早隐莲花台。

神游挟希有，升降随九垓。

蟪蟓俯浊世，沧溟视浮杯。

金沙发五内，足底兴风雷。

笑入桃花源，浮光轶尘埃。

镵文记石壁，千载方归来。

作者简介：

黎民表（生卒年不详），明广东从化人，字惟敬，号瑶石山人。黎贯子。黄佐弟子。以诗名，与王道行、石星、朱多煃、赵用贤称"续五子"。亦工书画。嘉靖举人。选入内阁，为制敕房中书舍人，出为南京兵部车驾员外郎。万历中官至河南布政司参议。有《瑶石山人稿》《养生杂录》《谕后语录》。

溪行偶得顾氏别业

明代　王立道

日入理轻棹，所欲避人喧。
回沿清溪侧，迢迢见孤村。
始疑松菊径，复似桃花源。
林际见明月，浦口闻惊猿。
啸傲倚修竹，步屟随芳荪。
本求于陵隐，兼得辟疆园。
□□□□□，将同渔父言。

作者简介：

王立道（1510—1547 年），明常州府无锡人，字懋中，号尧衢。嘉靖十四年进士。授编修。有《具茨集诗文》。

岁暮由桃花源入滇

明代　徐中行

桂水余初涉，桃源即旧图。
残霞横古渡，落日满平芜。
晋记还今古，秦人定有无。
台荒青嶂合，洞閟白云孤。

羁宦天逾远，怀仙岁欲徂。

迷津不可问，揽辔重踟蹰。

作者简介：

徐中行（1517—1578 年），明浙江长兴人，字子舆，号龙湾，因读书天目山下，称"天目山人"。嘉靖二十九年进士。授刑部主事，官至江西左布政使。与李攀龙、王世贞等称后七子。性好客，卒于官，人多哀之。有《青萝集》《天目山人集》。

寄答峻伯

明代 王世贞

殷勤吴季子，尺素为予言。

春水初平雪，兰舟直到门。

星归豫章驾，人卧桃花源。

独有新诗就，谁堪细讨论。

明辅方伯走使驰书数千里询我汉上盛言新筑不减祇园然颇以索居为叹聊成二律奉赠因抒鄙怀 (其二)

明代 王世贞

紫衫抛后鬓全鬒，六见桃花源水春。

题笔不为绵上语，灌园偏忆汉阴人。

行藏盛世难论迹，离合中年总爱身。

若问宦情何所道，苔衣生戟耳生轮。

题小桃源图

明代 王世贞

出郭只十里，种桃近千树。

主人非避秦，亦不嫌客顾。

有酒且赏花，酒尽应须去。

试语刘麟之，何如此中住。

作者简介：

　　王世贞（1526—1590年），字元美，号凤洲，又号弇州山人，汉族，太仓（今江苏太仓）人，明代文学家、史学家。"后七子"领袖之一。官刑部主事，累官刑部尚书，移疾归，卒赠太子少保。好为古诗文，始于李攀龙主文盟，攀龙死，独主文坛二十年。有《弇山堂别集》《嘉靖以来首辅传》《觚不觚录》《弇州山人四部稿》等。

题弹琴峡

明代 王樵

边城春色晚，四月柳含芽。

不入居庸道，安知有落花。

涧水清浅流，高低绕人家。

忽闻孤鸾别鹤之清调，琅然出幽谷之谽谺。

水石自成音，穆如风中琴。

听无用于钟期，巧无施于伯牙。

洗我客愁尽，因之发长嗟。

大都商旅来如市，雄边羽檄纷如麻。

高风撼地白日黯，梦魂不定听胡笳。

皆言此地即堪愁，不到边庭鬓欲华。

孰有幽泉不改音，乔木四时山自嘉。

乃知桃花源，何必武陵涯。

作者简介：

王樵（1521—1599 年），镇江府金坛人，字明远。嘉靖二十六年进士。授行人。历刑部员外郎，著《读律私笺》。万历初，张居正知其能，任为浙江佥事，擢尚宝卿。以请勿罪反对居正夺情视事之言官，忤居正，出为南京鸿胪卿，旋罢。后再起至右都御史。有《方麓居士集》。

题画四首（其二）　耕

明代　胡应麟

禾黍满前村，桑麻自成邑。
千古桃花源，秦人馀古迹。

春日司马公同携王姬入紫霞洞观桃花时少连太宁仲嘉仲淹并集司马以桃花源美人家为韵分得桃字

明代　胡应麟

烂漫西郊外，肩舆度碧桃。
春生武陵洞，病起曲江涛①。
日彩摇纨扇，天香袭锦袍。
绝崖仍独上，谁似谢公豪。

---

① 时仲淹舆疾来会。

仲秋同祝鸣皋诸文学再游西山得诗四首天（其二）　湖上

明代　胡应麟

积水湖天合，泠泠帝阙西。

逶迤云色净，掩映日华低。

凤吹临高岸，龙舟出大堤。

桃花源咫尺，洞口夕闻鸡。

作者简介：

胡应麟（1551—1602 年），明金华府兰溪人，字元瑞，号少室山人，更号石羊生。万历间举人，久不第。筑室山中，购书四万余卷，记诵淹博，多所撰著。曾携诗谒王世贞，为世贞激赏。有《少室山房类稿》《少室山房笔丛》《诗薮》。

大伾山亭图歌为朱令君赋

明代　于慎行

谁持一幅绡，扫作千林碧。

奇峰华巘浮烟空，秀色横分白马迹。

山下草堂瞰古城，百花潭水飞春英。

长杨翠柏蔽云日，静听似闻风雨声。

亦有高台临灌莽，岧峣百尺浮云上。

何人月夜舒长啸，一声遥和竹林响。

台下悠悠河水来，乱帆东去接天回。

青山一片明湖里，翠黛光摇宝镜开。

春风满岩杏花裂，光中乍见轻烟灭。

施如赤城霞，皎若天山雪。

修竹檀栾碧万竿，清风瑟瑟动庭兰。

了然潇湘色，对此心神寒。

西北一亩丘，厥形如负局。

仙人对弈挥素手，华山几更春草绿。

我披此图开心颜，一时坐我烟霞间。

恍如身到辋川曲，目中已自无尘寰。

又似桃花源里去，碧流红雨不知处。

黎阳仙翁圣代英，欲卧沧浪绝世名。

一朝解绶谢天子，杳然自写丹青里。

有子重看上苑花，河阳万树还相似。

仙翁可望不可亲，绘为此图传世人。

真游莫讶人间少，方丈蓬莱别有春。

题桃川图赠鍊师张子故西苑方士也

明代　于慎行

我歌桃川图，旧识桃源客。

骨青发短双颊红，十年卖药长安陌。

自言本是武陵人，花落花开不记春。

姓名偶被先皇识，选列仙官侍紫宸。

紫宸宫阁天中起，西苑繁华如梦里。

铜盘百尺落秋空，绮幕千门照流水。

祠坛队队羽衣群，鹤盖霓裳拥圣君。

黄金白璧年年赐，豹髓鸾膏夜夜焚。

当时等辈俱光采，算袋褙衫揖上宰。

曾窥阿母降瑶台，更访安期入东海。

海上重来夐已秋，鼎湖龙去水空流。

夹城辇路多青草，别殿宫官半白头。

承恩旧侣知何处，闻逐云中鸡犬去。

惟馀野迹走风尘，却忆桃花源里住。

我闻此语涕沾膺，世事从来不可凭。

君今莫说丹砂事，松柏萧萧冷茂陵。

亭山洞歌上周师七十生辰

明代　于慎行

岱宗西来未了青，结作秀山山似亭。

亭坳石洞何窈窕，千峰万峰罗作屏。

山翁少时隐山麓，数橼桃花源上屋。

鹖冠凭几暮云生，牛角挂经春雨足。

偶然随牒入燕城，博士惊传墨绶荣。

赤县郎官原应宿，兰台循吏早书名。

人间月旦吾何有，那能折腰为五斗。

抛却河阳县里花，归来彭泽门前柳。

山中回首隔风尘，绿发方瞳白裕巾。

烟霞半结游仙侣，弧矢还逢献寿辰。

此时凉飙入户牖，华轩松桂参差茂。

有孙能采泽宫芹，有儿能致宜城酒。

银河耿耿月上钩，座客谁者飞觥筹。

同游门巷多苍藓，旧学生徒已白头。

请翁拍浮莫辞满，人生七十古亦鲜。

试探洞里玉函书，海水何时复清浅。

作者简介：

于慎行（1545—1607 年），明山东东阿人，字可远，更字无垢。于慎思弟。隆庆二年进士。万历初历修撰、日讲官，以论张居正"夺情"，触其怒。以疾归。居正死后复起。时居正家被抄没，慎行劝任其事者应念居正母及诸子颠沛可伤。累迁礼部尚书。明习典制，诸大礼多所裁定。以请神宗早立太子，去官家居十余年。万历三十五年，廷推阁臣，以太子少保兼东阁大学士，入参机务，以病不能任职。旋卒，谥文定。学问贯穿百家，通晓掌故。与冯琦并为一时文学之冠。有《谷城山馆诗文集》。

过邓汝高别墅

明代　徐𤋮

一区别墅东山曲，几片青山隐茅屋。

门前垂柳覆清溪，屋后长松亚脩竹。

寂寂衡门无俗喧，主人留客烹鸡豚。

衣冠朴素礼真率，依稀如入桃花源。

弹棋击剑复饮酒，世上浮名竟何有。

君今踪迹已青云，我也栖迟甘白首。

与君相对欢且悲，人生会合能几时。

恐君作吏风尘去，此地开尊更有谁。

题伯孺桃源图

明代　徐𤋮

落尽桃花闭洞门，重来无处觅仙源。

于今又隔千馀岁，知是秦人几代孙。

作者简介：

徐𤋮（生卒年不详），福建闽县人，字惟和。明万历十六年（1588 年）举人。与弟徐渤俱有诗名。作诗宗法唐人，七言绝尤能作情至语。有《幔亭集》。

月夜

明代　宗臣

严州城南秋雨繁，严州城外波涛喧。

两岸人家住枫橘，千门秋色分兰荪。

楚臣正爱薜荔佩，秦人莫爱桃花源。

相逢今夜开斗酌，千山苍翠流空樽。

醉来高卧明月里，犹有白云来候门。

　　宗臣（1525—1560年），明代文学家。字子相，号方城山人。兴化（今属江苏兴化）人。南宋末年著名抗金名将宗泽后人。嘉靖二十九年进士，由刑部主事调吏部，以病归，筑室百花洲上，读书其中，后历吏部稽勋员外郎，杨继盛死，臣赙以金，为严嵩所恶，出为福建参议，以御倭寇功升福建提学副使，卒官。诗文主张复古，与李攀龙等齐名，为"嘉靖七子"（后七子）之一，散文《报刘一丈书》，对当时官场丑态有所揭露，著有《宗子相集》。

题山水图

明代　苏葵

山外青山云外云，绿芜芳草杖藜痕。

人间此景不易得，春风绝似桃花源。

作者简介：

　　苏葵（1450—1509年），字伯诚，别号虚斋。广东广州府顺德县人。明宪宗成化二十三年（1487年）进士。选庶吉士，授编修。

幽怀次杜少陵赠韦左丞韵

明代　张萱

维天实生我，有此七尺身。老计久已拙，幽怀聊复陈。

男儿一堕地，谁非传舍宾。下愚不可移，上智本有神。

我自友千古，安用朝夕亲。烟霞日啸傲，泉石相比邻。

不必鼓凿坯，何必数问津。彼已日凿窍，谁复能还淳。

茫茫宦海阔，末路多沉沦。一饱叹无时，空负驹隙春。

掷我千金躯，染彼万斛尘。吁嗟人间世，干禄亦苦辛。

既枉不可直，一屈难再伸。胡为探重渊，撄此颔下鳞。

浮荣何足慕，行乐自有真。物情我自谙，世态汝自新。

不识富与贵，焉知贱与贫。掉臂问坦途，缓步且退踆。

往来桃花源，果哉非避秦。振衣骊峰巅，濯足榕水滨。

浩然脱羁绁，天子不得臣。物亦各有性，龙性终难驯。

作者简介：

张萱（1459—1527 年），明松江府上海人，字德晖，号颐拙。弘治十五年进士。官至湖广布政司参议，主粮储。立法禁处侵克等积弊，忤巡抚意，遂引疾致仕。

钱园桃花源

明代　祝允明

落英千点暗通津，小有仙巢问主人。

狂客莫容刘与阮，流年不管晋和秦。

桑麻活计从岩穴，萝兔芳缘隔世尘。

只有白云遮不断，卜居还许我为邻。

作者简介：

祝允明（1460—1527 年），字希哲，号枝山，因右手有六指，自号"枝指生"，又署枝山老樵、枝指山人等。汉族，长洲（今江苏苏州）人。他家学渊源，能诗文，工书法，特别是其狂草颇受世人赞誉，流传有"唐伯虎的画，祝枝山的字"之说。祝枝山所书写的"六体书诗赋卷""草书杜甫诗卷""古诗十九首""草书唐人诗卷"及"草书诗翰卷"等都是传世墨迹的精品。并与唐寅、文徵明、徐祯卿齐名，明历称其为"吴中四才子"之一。

桃源图

明代 文徵明

桑麻鸡犬自成村，天遣渔郎得问津。

世上神仙知不远，桃花只待有缘人。

作者简介：

文徵明（1470—1559年），原名壁（或作璧），字徵明，四十二岁起，以字行，更字徵仲。因先世为衡山人，故号衡山居士，世称"文衡山"。南直隶苏州府长洲县（今江苏苏州）人。明代画家、书法家、文学家、鉴藏家。

文徵明曾学文于吴宽，学书法于李应祯，学画于沈周，生平九次参加乡试均不中。嘉靖二年（1523年），以岁贡生参加吏部考试，被授予翰林院待诏之职。嘉靖五年（1526年），文徵明辞官归乡，专事创作。

东斋枕上

明代 皇甫涍

闲卧东窗云，遂得天然趣。

枕上桃花源，花开不知数。

啼鸟自无心，何事客惊寤。

翩翩峰畔霞，叠叠溪前树。

俄顷梦还成，去尽春山路。

作者简介：

皇甫涍（1497—1546年），字子安，号少玄，江南长洲人。嘉靖十一年（1532年）进士，除工部主事，官至浙江按察使金事。好学工诗，颇负才名，著有《皇甫少玄集》。

清虚子

明代　胡直

清虚子，神仙客，妙年出入黄金阙。

曾侍天坛礼玉皇，鹤氅羽衣金荡节。

或随列御寇，乘风八极中。

或从赤松子，吐纳凌青空。

三花既结顶，五气仍蟠胸。

松柏秀媚桃李容，清虚不与流俗同。

吸沆瀣兮被明月，几见蟠桃千岁红。

我有紫霞想，未脱尘外踪。

有待功成拂衣去，桃花源上期相逢。

作者简介：

胡直（1517—1585 年），明江西泰和人，字正甫，号庐山。嘉靖三十五年进士。授刑部主事，官至福建按察使。少时专治古文，后从欧阳德及罗洪先学，以王守仁为宗。有《胡子衡齐》《衡庐精舍藏稿》。

秦人洞

明代　张时彻

白云深处即仙山，石室珠林尽日间。

道士空留丹灶穴，渔郎曾叩白云关。

满天风雨客初到，绕径烟霞鹤未还。

欲问隐沦无处所，隔溪流水自潺湲。

作者简介：

张时彻（1500—1577 年），字维静，一字九一，号东沙，浙江承宣布政使司宁波府鄞县（今浙江省宁波市）张家潭村（今属古林镇）人。受业于族子张邦奇，治程朱学。嘉靖二年（1523 年）进士，历官福建、云南、山东、湖广、四川，所至有政绩，终官南京兵部尚书，五十三岁罢官里居，寄情文酒而不忘用世之志。后世称其与张邦奇为"叔侄尚书"。

归欤词

明代　沈一贯

三家不可仕，九夷宁足居。

天意不在东，圣图将安如。

海桴驰远情，凤哀想皇初。

载赍有濩落，驱轮竟萧疏。

暮春二三子，一笑欣归欤。

鲁女居东邻，白发不嫁人。

投以双玉环，澹如秋月新。

匪石安可转，贞心难缁磷。

不睹桃花源，弃余如参辰。

风吹玉笛来，万籁高青旻。

蓬莱亦不远，欲往无良因。

作者简介：

沈一贯（1531—1615 年），浙江鄞县人，字肩吾，号龙江。隆庆二年进士。在史馆不肯依附张居正，志节耿介，闻于中朝。万历二十二年，由南京礼部尚书入为东阁大学士，预机务。后首辅赵志皋卒，遂为首辅。于立太子、谏矿税使等，均洽舆情。后对楚宗（武昌宗室抢劫楚王府）、妖书、京察三事，所持态度颇违清议。又与同僚沈鲤不和，欲挤之使去。万历三十四年（1606 年），竟与鲤同罢。凡辅政十三年，当国四年，累加至建极殿大学士。卒谥文恭。擅词章，有《敬亭草》《吴越游稿》等。

游沂山百丈崖歌

明代　公鼐

北海先生爱名山，携余同瞰沂山百丈之飞泉。

五岳之外有副岳，东西两岱同巍然。

飞泉上从绝顶出，凌空中界两山间。

谁使岷江能逆折，谁取龙门为倒悬。

阳侯鼓势直奔海，列阙垂光横亘天。

巨灵手挽汉津落，箕斗移向岩石边。

吴门练影千万丈，挈来倒挂齐都前。

不知香炉在何处，恍然身在匡庐巅。

晴空白昼无纤翳，雷声砰磕响重渊。

滴沥如丝渟如雾，垂珠馀沫流溅溅。

我来四月雨初霁，草绿松青生紫烟。

飞瀑豁心风满耳，爽如秦人酌我桃花源。

脱帽振衣聊四望，员峤蓬莱如可攀。

醉倾醇酒向君笑，静扫松枝石上眠。

作者简介：

公鼐（1558—1626 年），字孝与，号周庭，谥"文介"。蒙阴（今山东省临沂市蒙阴县）人。明代著名文学家、诗人，明朝万历前期"山左三大家"之一。有《小东园诗集》。

次韵和牧斋移居六首

明代　程嘉燧

百年一宿总蘧庐，憔悴何堪倚卜居。

秋水濠间问园吏，桃花源上狎秦渔。

卧游四壁神仙画，行把残编老易书。

屋上青山依旧色，新泉冷冽味何如。

作者简介：

程嘉燧（1565—1643 年），明代书画家、诗人。字孟阳，号松圆、偈庵，又号松圆老人、松圆道人、偈庵居士、偈庵老人、偈庵道人。晚年皈依佛教，释名海能。南直隶徽州府休宁县（今安徽休宁）人，应试无所得，侨居嘉定，折节读书，工诗善画，通晓音律，与同里娄坚、唐时升，并称"练川三老"。谢三宾合三人及李流芳诗文，刻为《嘉定四先生集》，有《浪淘集》。

和李侍御春游（其一）

明代　萧应韶

御李今朝出郭西，桃花源水洞门迷。
阶前蔓草因风偃，树里寒鸦带日栖。
十里清阴飘谢屐，千株浓绿拟苏堤。
登临莫漫空归去，隔岸云邀翰墨题。

作者简介：

萧应韶（生卒年不详），番禺人。明世宗嘉靖二十八年（1549年）举人。官湖广宁远知州。事见清道光《广东通志》卷七四。

集字和桃花源诗十首
（集桃花源记并序）（其一）

陶令生于典午不屈寄奴所作桃花源记词托渔父而志绝义熙今时异嬴氏地鲜商雒问津焉可得乎循览斯文怃然用叹因取其词错综离合得诗十章章凡十句共五百言非云嗣响柴桑终期追驾子骥矣昔坡公集归去来兮为五言意寄高妙然较陶词割弃七十馀字吾邑秋圃先生尽集其文即用陶体得十二章旨趣兼该字无挂漏古而可作圃之于坡不啻胜之贻也未能和陶且愿学圃陶记三百二十言而字之重见百有八因文协

韵亦遂囊括无遗尚愧宋瑞之次工部庶几怀仁之集右军云尔

明末清初　彭孙贻

避世遂一往，行迷欲何之。

郡邑既乱后，高陵自为池。

无复乐田舍，终焉绝交知。

去去舍所亲，入山从此辞。

寻溪得异境，乃及桃花时。

集字和桃花源诗十首（其二）

明末清初　彭孙贻

家缘具妻子，相随业为渔。

捕鲜作衣食，往往叹无鱼。

行逢避地者，问讯此为如。

先时咸秦乱，今也元晋馀。

不复知高光，焉从说黄初。

集字和桃花源诗十首（其三）

明末清初　彭孙贻

落日下咸池，停舟山之足。

缘岸百种花，夹水数间屋。

髣髴见远村，缤纷美桑竹。

黄口杂子女，垂髫路相属。

阡陌自交通，世道无往复。

集字和桃花源诗十首（其四）

明末清初　彭孙贻

世路乃极狭，穷通异交亲。

元元咸刘尽，未数晋魏秦。

扶家诣绝境，叹此山中人。

问答皆世外，田渔不复论。

何为及乱时，高足守要津。

集字和桃花源诗十首（其五）

明末清初　彭孙贻

田家时率作，日出人并至。

种桑既及屋，树果复随地。

怡然近太初，欲言忘所自。

大水乐穷鱼，绝足扶病骥。

为语后来者，此中异人世。

集字和桃花源诗十首（其六）

明末清初　彭孙贻

土舍俨渔舟，其中无不有。

山妻衣草衣，杂作并十口。

村犬惊行子，林外有人不。

杀鸡还捕鱼，鱼具悉自守。

相要与之言，设食欣美酒。

集字和桃花源诗十首（其七）

明末清初　彭孙贻

境豁路才出，步步百草芳。

溪山自旷朗，未见随与光。

一从来此地，叹惋数咸阳。

乱甚开太平，英武属元良。

何时往从之，百世终不忘。

集字和桃花源诗十首（其八）

明末清初　彭孙贻

大乱闻未平，远行避何所。

还山寻若英，行尽水穷处。

林光停落日，便入前村去。

欲问高阳人，忽见秦时女。

相逢各自惊，相向不得语。

集字和桃花源诗十首（其九）

明末清初　彭孙贻

去日既已尽，来者递复然。

今时之陵邑，行即为桑田。

先闻秦所遣，男女皆不还。

穷发并日出，路绝焉得前。

山林与世隔，何知乱相延。

集字和桃花源诗十首（其十）

明末清初　彭孙贻

舟还寻往路，桃源隔汉水。

缘境讯落英，平阡自羡羡。

所志今悉迷，问津何地是。

未及延陵高，无为终南子。

著作尚有人，云从晋处士。

作者简介：

彭孙贻（1615—1673 年），字仲谋，一字羿仁，号茗斋，自称管葛山人，浙江海盐武原镇（今浙江省海盐市）人。明末清初学者，彭孙遹从兄，南明隆武朝太常寺卿彭观民之子。

山中四咏

明代　元鹏

我爱山中春，苍崖鸟一声。

桃花源里住，罕见问津人。

我爱山中夏，空冥花雨下。

行吟屐齿肥，树色丽四野。

我爱山中秋，黄云稻正稠。

铎声连振起，镰子刈禾头。

我爱山中冬，冰澌叠乱封。

地炉无品字，一榻冷千峰。

作者简介：

元鹏（1617—1677 年），明末清初江西省建昌云居山真如寺僧。字九屏，号燕雷，又号掊翁，灵隐晦山戒显禅师法嗣。俗姓李，豫章剑邑（今江西丰城）人。出身仕族，世袭儒业。自幼父母双亡。

年十九为诸生，有名于时。胞叔出家饶州青莲寺。年二十四往省，叔已圆寂。痛悼良深，遂礼青莲寺太空禅师出家。年三十二，于庐山礼九云禅师受戒，复至庐山五老峰下，参谒戒显禅师，相从有年，甚为投契。清世祖顺治八年（1661年）继戒显之位，任真如寺住持。维修重建，增置庄田，辑《云居山志》二十卷。清圣祖康熙十年（1671年），兼主抚州芙蓉山芯蒻禅寺，复辑《芙蓉山志》。次年，戒显禅师圆寂于杭州佛日山，亲往迎丧，葬戒显全身塔于云居山。圆寂后，葬云居山龙珠峰，塔今尚存。有《三会语录》五卷，诗文若干卷。鹏公以儒入释，内外兼通，精于词翰，长于诗文。吟咏云居山诗尤多，大多清新可喜，颇有情趣。

桃源

明代　刘崧

青林被重冈，苍石立绝涧。
冥冥松风回，高蔓弱可绾。
驱车鹤岭下，沮洳湿危栈。
微茫烟霞集，披靡杉筠间。
高秋灏气豁，秀色纷属盼。
芸芸澼纻子，涉水恒及骭。
山女行负薪，结发垂两丱。
年丰粳稻足，食狙㑩与豢。
呼吏不及门，征租少稽慢。
银坑重茶赋，往往先月办。
缘山八九家，火耕习耰铲。
土屋桑树高，鸡鸣日方晏。
清霜落原菽，夕露沾畦苋。
盱嗟避秦人，历世乃多患。
岂知太平俗，铠甲未尝摱。
永宜旷士怀，乐此谢游宦。
种桃实吾事，荷耒乃不惯。

穷源愁日暮，流水方汕汕。

叹息行险艰，南云送凉雁。

过西岭下临眺和萧汉高韵

明代 刘崧

南村西崦路何穷，草屋柴扉处处同。

山雉独鸣千嶂雨，野凫争飐一池风。

长怀石洞吹箫侣，不见华峰采药童。

何许碧溪流不尽，桃花源里若为通。

题王若水画松石高人图

明代 刘崧

盘松如龙石如虎，傍有高人须发古。

千年海上忆安期，一日山中见巢父。

龙变乘云虎可骑，四海逍遥随所之。

桃花源里有路到，莫遣时人先得知。

赠赵录判之九江兼柬孙伯虞

（其四） 溪上

明代 刘崧

溪路出南港，野林依古原。

偶行桑树曲，颇似桃花源。

茅屋居人遍，晴滩稚子喧。

依依耦耕者，相对已忘言。

作者简介：

刘崧（1321—1381 年），元末明初江西泰和人，原名楚，字子高。洪武三年举经明行修，授兵部职方司郎中，迁北平按察司副使。洪武十三年（1380 年）召拜礼部侍郎，擢吏部尚书。寻致仕归。次年，复征为国子司业，卒于官。谥恭介。博学工诗，江西人宗之为西江派。有《北平八府志》《槎翁诗文集》《职方集》。

梦朱懋忠先生

明代　孙弘祖

在昔游京华，抵掌天下事。
标榜由汉东，朋党自唐季。
安知鼠与狐，耽耽有宦寺。
颇信知几言，拥旄忽如屣。
奈何生死别，乌狗更相觊。
蚁慕非吾徒，鸱吓复何异。
经怪桃花源，外人莫能避。
终然不得路，黄绮焉足比。

作者简介：

孙弘祖（生卒年不详），明代，生平不详。

游桃花源

明代　李载阳

春山蒙蒙千万叠，春树霏霏烟霭结。
一涧长浮碧玉波，桃花两岸飞红雪。

十年梦想来桃源，今见松萝远近村。

不遇当时避秦客，白云犹自护柴门。

兰桡荡入空波里，仙家殿阁群峰起。

汉业秦基烟莽中，悠悠惟有清溪水。

作者简介：

李载阳（生卒年不详），蕲州人，万历五年（1577 年）进士，历太仆寺少卿（以上见钱鉴《蕲州志》）。

题大同守山水图

明代　江源

云中主守才且贤，循良乃为诸郡先。

郡中百事稍闲暇，登高眺目穷幽燕。

尽将冀北好山水，写入图画俱清妍。

老树婆娑碍红日，群峰屹兀撑青天。

石田茅屋忽远近，小桥流水长清涟。

行人不到青山下，归鸟争鸣绿树颠。

不数王家辋川景，虚传秦世桃花源。

郡斋坐对日怡悦，仿佛身在泉石边。

粤南山水亦不恶，我曾登眺思当年。

兴来拉我二三友，朝游罗浮暮廉泉。

自从作官走朝市，红尘紫陌相周旋。

无复登临此山水，有时梦见还宛然。

坐中偶见此图画，主人索我山水篇。

茫然袖手久不就，将成援笔心忧煎。

十年苦被此官缚，驱车走马何时旋。

安得振衣罗浮万仞表，投笔珠海千尺前。

桃源图二首为周惟中赋（其一）

明代 江源

忆自秦人相赵高，桃花源里避英豪。

天王一统今明圣，那得山人学种桃。

作者简介：

江源（生卒年不详），明广东番禺人，字一原。成化五年进士。任上饶知县，清讼狱，百姓感服。迁户部主事，历郎中，清慎自持，且有文誉。以忤权贵出为江西按察佥事。综理屯田水利，烛奸刷弊，不动声色。擢四川副使，乞休归，优游泉石，以诗自娱。卒年七十二。有《桂轩集》。

慈应寺

明代 张诩

松林竹浦，人迹罕至。

大川东下水茫茫，隔水松篁是上方。

烟雨远连沧海外，龙光直射斗牛傍。

空中宴坐诸魔灭，天际浮杯一练长。

谁把桃花源比并，落红津畔引渔郎。

江门三首（其二）

明代 张诩

风光错认桃花源，烟树上有春陵村。

瑞雪频年飞百粤，德星白日照江门。

作者简介：

张诩（1455—1514 年），广东南海人，字廷实，号东所。师事陈献章。成化二十年进士。授户部主事，丁忧后，隐居不仕，累荐不起。正德中召为南京通政司参议，谒孝陵而归。其学以自然为宗，求"忘己""无欲"，即心观妙，以揆圣人之用。有《白沙遗言纂要》《南海杂咏》《东所文集》。

舟中望桃源洞

明代　黄衷

鸣榔昼下白马渡，仆夫指我桃花源。
洞门八里步窈窕，不与尘世通朝昏。
乔松方竹递根裔，野鼠窃返神丹魂。
念昔之官蹈滇海，吊古一再停骖轩。
石桥药鼎足恍惚，黄冠俗态难为言。
只今星纪动七阅，碌碌已四经丘樊。
云林未便太幽秘，避地尽道神仙村。
漏疏稍辩汉图籍，局促真觉秦乾坤。
先王固有不治地，遗顽无亦商忠惇。
提封圣代迈千古，薄海内外车书尊。
紫芝逸老服陇亩，红桃不放桑麻原。
间人岂复问津到，破屋屡见逃租奔。
轮蹄终岁峻坂滑，予亦晚傍风亭餐。
寄怀何必尽真迹，画舸欲缆江鼋翻。

韶阳诸山和唐士絅

明代　黄衷

端居有素赏，适远无可欲。

忽见韶阳山，徙倚负初旭。

临胜辄改容，缓带不遑束。

乃知石丈奇，遐心委幽独。

楚人夸九疑，越客谈天目。

胡为混尘埃，吾方怨亭毒。

宛尔鸾鹄翔，瞥若熊豹伏。

又如矢心人，附耳相申告。

谁能荫芳茅，勿使风雨触。

何必桃花源，胡麻此中熟。

作者简介：

黄衷（生卒年不详），明广东南海人，字子和。弘治九年进士。授南京户部主事，监江北诸仓，清查积年侵羡，得粟十余万石。历户部员外郎、湖州知府、晋广西参政，督粮严法绳奸，境内肃然。后抚云南，镇湖广皆有政绩。官至兵部右侍郎。致仕卒，年八十。有《海语》《矩洲集》等。

秦人洞

明代　何景明

闻说秦人此避秦，碧桃零落旧时春。

家移洞里难知姓，水到人间易问津。

山色溪声自今古，石床洞户空埃尘。

洞前即是南征路，来往年华客冀新。

桃源图歌

明代　何景明

昔我游武陵，坐石窥花源。岸圻丹洞閟，风回绿萝翻。

崩崖奔古月，沓嶂响哀猿。行车一以过，始知人境喧。

真阳仙令欲南往，手持新画来相访。武陵山水久不睹，今晨置我高堂上。

岩穴如闻鸡犬声，村墟但见桑麻长。髣髴潭水滨，点缀桃花春。山川似晋代，衣服犹秦人。回首茫然一烟雾，寻源谁复知真处。投簪福地终有期，画中先认桃花树。

作者简介：

何景明（1483—1521 年），字仲默，号白坡，又号大复山人，信阳浉河区人。明弘治十五年（1502 年）进士，授中书舍人。正德初，宦官刘瑾擅权，何景明谢病归。刘瑾诛，官复原职。官至陕西提学副使。为"前七子"之一，与李梦阳并称文坛领袖。其诗取法汉唐，一些诗作颇有现实内容。有《大复集》。

李表弟绰送紫霞绡菊有感二首

（其二）

明代　黄佐

璧月流素天，皎镜涵万里。
澄澄交影中，见此娥仙子。
霓衣曳明霞，微步绿云起。
嫣然东篱下，黄金何足睨。
莫问桃花源，烟津渺流水。

作者简介：

黄佐（1490—1566 年），明广东香山人，字才伯，号泰泉。正德十六年进士，选庶吉士，授编修。出为江西提学佥事，旋改督广西学校。弃官归养，久之起右春坊右谕德，擢侍读学士，掌南京翰林院事。与大学士夏言论河套事不合，寻罢归，日与诸生论道。学从程、朱为宗，学者称泰泉先生。所著《乐典》，自谓泄造化之秘。卒，赠礼部右侍郎，谥文裕。

锦厓(闰十月十日巳刻为郭隐君题)

明代　霍与瑕

君不见，青阳候，东皇推转繁华毂。

山头万紫间千红，天机织得春如绣。

既似当年汉陆郎，单车入粤诏蛮王。

功成许布千山锦，遍植琼枝万古香。

又如蜀使机宜审，尽掘山茶种桑葚。

桃花浪暖百溪红，至今人美三江锦。

三月二月春风深，三三两两订幽寻。

九龙洞里飘丹玉，七星岩畔散红琛。

红琛丹玉纷相对，苍厓古壁生娇态。

轻盈彩女额为缠，珍重才郎身作佩。

微拖旭日最堪夸，薄染晴岚尤可爱。

是谁占此武陵春，桃花源里一高人。

无论汉晋襟怀古，几家鸡犬自天真。

春风绮树争璀璨，问柳寻花时拉伴。

南山白石起清讴，后洞西桥恣游泮。

近来诗句颇新妍，为君高唱锦厓篇。

笔落不知成五色，长空万里生云烟。

作者简介：

霍与瑕（生卒年不详），广东南海人，字勉衷。霍韬子。嘉靖三十八年进士。授慈溪知县。以严嵩党羽鄢懋卿巡盐行部，不为礼，被劾罢。后起知鄞县，官终广西金事。

顾司勋斋中二咏（其二） 竿

明代　欧大任

湘竹供我钓，月明下江门。

扁舟鸣榔急，持过桃花源。

作者简介：

欧大任（1516—1596 年），字桢伯，号仑山。因曾任南京工部虞衡郎中，别称欧虞部。广东顺德陈村人。

先两月常乘涨访桃源主人不遇题名抱犊门而返复用前韵补阙

明代　张萱

老松作涛竹作浪，桃花源头水新长。

两桨船子一老公，青瑶历历寅缘上。

此日思君君不知，访柳寻花成独往。

抱犊门前题鸟归，渔歌何处闹斜晖。

枯槎斫岸走蜥蜴，汜梗挂树蹲伊威。

榻悬谁下南州士，咄咄空高湖海气。

休将项领唉名儿，玷我老缺残牙齿。

山阴雪棹亦复烦，白云为你长飞翻。

欲问西园招隐意，溪花能笑鸟能言。

秋日园居口号六十章（其五）十八

明代　张萱

太平桥上观鱼者，曲防不欲从流下。

鸣榔却拟八节滩，桃花源有香山社。

作者简介：

张萱（生卒年不详），明万历十年（1582年）举于乡，由中书舍人官至户部郎中。先是万历二十六年（1598年）任职中书省，得窥秘阁藏书，后于万历三十六年（1608年）徒官户部，分司吴关。至万历三十九年（1611年）罢归，年届六旬矣。此后居家二十五年卒，享年84岁。张萱见闻博洽，著作丰富。

拟陶徵君饮酒二十首（其十一）

明代　杨起元

自从孟氏来，孰可与吾道。

往往存微言，柴桑五柳老。

纵饮非放达，虽贫不枯槁。

我爱止酒篇，字字无不好。

珍珠杂鱼目，讵能识其宝。

再玩桃花源，恍然解意表。

作者简介：

杨起元（1547—1599年），广东归善人，字贞复，号复所。万历五年进士。从罗汝芳学王阳明理学。张居正当政，恶讲学。适汝芳被劾罢，起元宗王学如常。官至吏部左侍郎。天启初追谥文懿。有《证学编》《杨文懿集》等。

再过明府兄山居

明代　韩日缵

桃花源里白云乡，石磴风林趁晚凉。
庭树若为留美荫，池莲何意送幽香。
鹈鸰戏浦欢相语，鸿雁乘秋故作行。
新酿几回同潦倒，秫苗今又似人长。

明府兄示至日书怀诗次韵奉和（其二）

明代　韩日缵

闭关此日惜微阳，趺坐端居正不妨。
共说骚风堪卜岁，曾闻献履为迎长。
早梅偷腊惊初放，寒柳临风未许狂。
独有桃花源水动，涓涓鼓吹助诗肠。

江右李伯开山人过访夜酌桃花源

明代　韩日缵

休沐园林久息机，君从千里扣岩扉。
带将庐岳烟霞色，来问罗浮薜荔衣。
佐酒菊英连夜吐，充盘菜甲冒霜肥。
花源处处留题遍，倚醉高歌缓缓归。

作者简介：

韩日缵（生卒年不详），明广东博罗人，字绪仲。万历三十五年进士，除检讨。累迁至礼部尚书。时宦官用权，人皆畏其凶焰，独日缵坦然处之。后充经筵讲官，得熹宗称善。卒谥文恪。

入桃花源 （其一）

明代　袁宏道

溪雨濯云根，花林水气温。睡鸾常守月，仙犬欲遮门。
绿壁红霞宅，丹砂石髓村。人中几甲子，洞里一黄昏。

入桃花源 （其二）

明代　袁宏道

白头丫髻子，花里去如仙。
鸟弄云霞栅，人耕芝术田。
庚年看红蕊，生死在苍烟。
认著炉香去，瞿童火尚然。

入桃花源 （其三）

明代　袁宏道

花户当云辟，骅门临水关。
何年骑马客，踏断采芝山。
古井沈烟雾，空潭洗面颜。
丘陵一变海，一度到人间。

入桃花源（其四）

明代　袁宏道

洞外一长揖，人仙从此分。
看君如水影，要我似溪云。
花气薰崖户，霞光绕茜裙。
往来江海上，鸾鹤冀相闻。

桃花源和靖节韵

明代　袁宏道

一笑叩烟岚，白云今几世。
桃花不肯流，溪水无情逝。
霾开浑沌亡，朴散羲黄废。
青山一舍邮，仙家偶来憩。
白头老黄冠，茧手事耕艺。
呵呼随里胥，鞭笞了官蜕。
岫老鹧鸪斑，溪流琉璃吠。
日供冠裳驺，宁晓芰荷掣。
缅想紫芝人，骖云几相诣。
洞府帘堂深，云霞空凛厉。
天人一昏旦，人间百馀岁。
宇宙何不有，谩劳作聪慧。
迂儒饱世情，俗肠非境界。
纷纷辨伪真，等为方内蔽。
常闻列子风，可以驾烟外。
长驱入仙林，编觅心所契。

别龙君超君御兄弟

明代　袁宏道

青鞋不破武陵春，归去西风一面尘。

荷叶山头闻杜宇，桃花源上别秦人。

深村稻熟泉当户，废苑茶香寺作邻。

可是无花无地主，祇缘无计得分身。

作者简介：

袁宏道（1568—1610年），明代文学家，字中郎，又字无学，号石公，又号六休。汉族，荆州公安（今属湖北公安）人。宏道在文学上反对"文必秦汉，诗必盛唐"的风气，提出"独抒性灵，不拘格套"的性灵说。与其兄袁宗道、弟袁中道并有才名，合称"公安三袁"。

和饮酒二十首（并引）(其二) 十

明代　黄淳耀

我爱陶夫子，逸气含清真。

遗民耦柴桑，默语如饮醇。

有时荷锄归，悦喜良苗新。

薄醉便忘天，急觞欲椎秦。

后此李商仙，胸中亦无尘。

王侯轻蝉翼，纪叟独殷勤。

以吾学二子，颇觉风期亲。

有如桃花源，渔子能问津。

倾壶就钓碣，漉酒裁疏巾。

安用圣人为，臣今中圣人。

作者简介：

黄淳耀（1605—1645 年），明末进士、抗清英雄。初名金耀，字蕴生，一字松厓，号陶庵，又号水镜居士，汉族，南直隶苏州府嘉定（今属上海）人。曾组"直言社"，崇祯十六年成进士，归益研经籍。弘光元年，嘉定人抗清起义，与侯峒曾被推为首领。城破后，与弟黄渊耀自缢于馆舍。能诗文，有《陶庵集》。

岁晏

明代　释函是

抚景岁云暮，山寒人境幽。

乱霞空布满，深松藏径修。

高低距百丈，回曲将三休。

登台观云变，倚树闻石流。

忽睹归鸟忘，岂为卒岁谋。

归鸟无所知，人心自绸缪。

人心不似鸟，似鸟何优游。

鸟若似人心，万物多欣忧。

石壁分鸠月，空林限鹿丘。

虽有桃花源，顾盼终夷犹。

所赖天地宽，川陵容老叟。

上有千仞梯，长啸高峰头。

下有九曲渊，汗漫乘轻舟。

相携三五辈，日出课西畴。

以此乐长年，人生当何求。

作者简介：

释函是（1608—1686 年），字丽中，别字天然，号丹霞老人。本姓曾，名起莘。番禺人。年十七补诸生，与里人梁朝钟、黎遂球、罗宾王、陈学佺辈，并以高才纵谈时事，举明思宗崇祯六年（1633年）乡试第二。会试不第，谒僧道独于庐山，祝发于归宗寺。既返广州，主法诃林。明亡，徙番禺雷峰，创建海云寺，举家事佛。孤臣节士，皈依者众。历主福州长庆、庐山归宗，及海幢、华首、丹霞、介庵诸刹，晚年主法雷峰。著有《瞎堂诗集》等。清陈伯陶编《胜朝粤东遗民录》卷四有传。

游桃源洞二首（其一）

明代　宋登春

一曲渔歌何处听，夕阳欲尽万峰青。
云间采药扶鸠杖，松下调丹注鹤经。

游桃源洞二首（其二）

明代　宋登春

渔郎何处问迷津，流水桃花小洞春。
当日避秦人不见，青山曾见避秦人。

作者简介：

宋登春（约1515—1586年），字应元，号海翁、鹅池，明代诗人、画家，在世于嘉靖、隆庆、万历年间，真定府冀州新河县六户村（今河北省邢台市新河县新河镇六户村）人。少年失父母，依靠兄嫂生活，聪慧好学，能诗善画，且"诗祖少陵，画宗吴伟"。三十岁间，妻子儿女五人俱丧，宋鹅池须发皆白，自号海翁。此后带义子（侄子）宋鲸弃家远游。他以书画为资，行程五万余里，北出居庸，南涉扬子，西越关陕，东泊沧海，广泛结交诗画文人。晚年定居江陵天鹅池（今湖北省石首市天鹅洲经济开发区），更号鹅池，后投钱塘江而死。

桃源洞

明代　欧必元

桃花产灵洞，开落已千秋。
欲觅栽人处，唯看水上流。

作者简介：

欧必元（1573—1642 年），字子建。顺德人。大任从孙，主遇从兄。十五岁为诸生，试辄第一。明思宗崇祯间贡生，年已六十。以时事多艰，慨然诣粤省巡抚，上书条陈急务，善之而不能用。当时缙绅称之为岭南端士。尝与修府县志乘，颇餍士论。晚年遨游山水，兴至，落笔千言立就。必元能诗文，与陈子壮、黎遂球等复修南园旧社，称南园十二子。著有《勾漏草》《罗浮草》《溪上草》《琭玉斋稿》等。清郭汝诚咸丰《顺德县志》卷二四有传。欧必元诗，以华南师范大学藏清刊本《欧子建集》为底本。

和李宫詹过桃源有感
示家明府鸣周次韵

明代　李云龙

浪说桃源县，偏饶潘令花。
有村皆吠犬，无处可栖鸦。
水浊谁知石，蓬孤幸植麻。
仍怜折腰苦，无梦暇还家。

桃源洞

明代　李云龙

洞府跨仙源，溪流绕山去。
莫放桃花红，时人恐知处。

作者简介：

李云龙（生卒年不详），明末将领，字烟客，番禺人，袁崇焕幕宾。

桃源洞

明代　李亨

流水桃花出洞香，通津不用问渔郎。
采芝昔有秦人隐，歌凤今无楚客狂。
鹤舞霓裳供逸兴，鹿衔山果荐仙觞。
也知此地堪游乐，刘阮何须到异乡。

作者简介：

李亨（生卒年不详），即李肇亨，明代文学家、书画家。字会嘉，号珂雪，又号醉鸥、爽溪钓士，后为僧，法名堂莹，住超果寺，嘉兴（今浙江嘉兴）人。工书法，摹褚。精画理，善山水，与赵左齐名，气息浑古，风韵静穆。尝以书法写葡萄尤妙。天启元年（1621 年）作研池墨雨册，顺治元年（1644 年）作溪山高隐图。工诗，著写山楼、率圃、梦余诸草。

武夷小桃源访刘道人（甲辰暮春，能始、茂之同游）

明代　吴兆

峥嵘入陷石，石径转逾窄。
划然洞门开，斜光一道白。
龙湫流暗穴，鸟篆绣苔额。
穷源有古村，二三避世客。
避世非避秦，栖心炼精魄。
春田自耕刈，衣食无需索。
风动棕花落，雨过药苗摘。
莺啼林木秀，犬吠暮空碧。
居然众山中，遂与众山隔。
坐久恐迷误，归路志前石。
白云洞口深，似杜重来迹。

作者简介：

吴兆（1573 年前后在世），明代布衣诗人、戏曲作家。字非熊。休宁（今属安徽）人。万历中游金陵，与郑应尼合作《白练裙》杂剧，后死于新会。

二月七日舟过桃源先是连日风浪至日恬静因而有作

明代　程通

连日惊涛势拍堤，晚来恬静喜无涯。
水声擘舵舟行疾，月影满床人睡迟。
双橹咿哑惊鹭宿，片帆摇曳逐风飞。
篙师挝鼓歌才罢，报道于今到下邳。

作者简介：

程通（？—1402年），字彦亨，其斋名为贞白。安徽绩溪人。洪武十八年贡入太学。曾上书太祖，清除其祖戍籍，由于用语甚为哀痛感人，竟获得批准。洪武二十三年（1390年）中举，授辽府纪善，进左长史。燕王在北方起兵反对建文帝，程氏曾上书《防御北兵封事疏》数千言，论战备之策。永乐初，此事被锦衣卫都督纪纲告发，永乐帝下诏将程氏与二子押送京师，死于狱中，其家属戍边，其友徽州知县黄希范也被处死。其后十年，程通弟从辽王手中得到程通遗像及遗稿，嘉靖中，其从孙长等搜访佚篇，辑为六卷，又将辽王及同时诸人的赠言及行状小传等编辑为四卷，附之，名曰《贞白遗稿》。天启中，其裔孙程枢及子程应阶又收集建祠请之文，为《显忠录》二卷，附缀于末。清康熙年间撰修《四库全书》，此集收入。《贞白遗稿》现存本十卷，其中文四卷、诗二卷、赠言四卷。

桃源道中

明代　王洪

日出远林曙，鸟鸣春野阴。
青山不尽色，流水自成音。
鼓枻谐吾志，观澜愧此心。
悠悠江海上，樽酒且长吟。

作者简介：

王洪（1380—1420年），字希范，号毅斋。浙江钱塘（今杭州）人。洪武三十年（1397年）丁丑科春榜二甲第二名进士，授吏科给事中，后授翰林院检讨。永乐年间，参与编写《永乐大典》。有《毅斋集》。清朝钱谦益收录其诗十八首于列朝诗集乙集第二。

桃源篇

明代　周瑛

秦人法网密如织，楚人逃生苦未得。
一朝拔邑入南山，咫尺就与尘寰隔。
山中风俗何恬然，竹篱茆舍临平田。
男婚女嫁相代谢，岁月无纪谁知年。
昨日渔郎忽到此，杯酒慇勤问乡里。
汉龙晋马相继兴，始知世代非秦纪。
由来静躁迹不同，山人怕与俗人通。
送得渔郎出山口，归来相与灭其踪。
武陵太守好事者，谓人可仙官可舍。
分付渔郎重问津，溪山宛在眉睫下。
初来夹岸皆桃花，再来赤壁横苍霞。
千峰万壑不可辨，欲从何处寻人家。
我闻海鸥识人意，机心一动鸥不至。
山人心事间于鸥，孰谓高风可强致。
使君莫厌城市喧，浇醨朴醇各有根。
机心不动争心息，武陵处处皆桃源。

过桃源有怀避秦诸君子

明代　周瑛

知君原不是神仙，避地偶寻山水偏。
世去只闻秦用法，客来方识晋编年。
桑麻翳翳连平野，村落依依带暮烟。
种得桃花翻自悔，春风勾引钓鱼船。

作者简介：

周瑛（1430—1518 年），字梁石，初号蒙中子，又号白贲道人，晚号翠渠，祖籍镇海，福建莆田黄石清浦村人。明成化六年（1470年）进士。历官广德州知州、南京礼部郎中，抚州知府、镇远府知府，四川右布政使等。

闻客谈桃源诸仙

明代　顾璘

瞿桐石上千年树，桃老川边满目花。

钟鼎误人空老去，不如来此学飧霞。

作者简介：

顾璘（1476—1545年），字华玉，号东桥居士，世称"东桥先生"，长洲（今江苏省吴县）人，寓居上元（今江苏省南京市）。明代政治家、文学家。顾璘于明孝宗弘治九年（1496年）登进士第，历任广平知县、开封知府、全州知州、台州知府、浙江布政使。其间参与平定刘六、刘七起义，政绩显著。嘉靖十六年（1537年）再度被启用为湖广巡抚，后升至工部尚书。嘉靖二十三年（1544年），以南京刑部尚书之职致仕归里，建成息园，时常与宾客置酒高会、诗文唱和。嘉靖二十四年（1545年）去世，享年七十岁。顾璘少有才名，以诗著称于时，与刘元瑞、徐祯卿并称"江东三才"，与陈沂、王韦、朱应登并称"金陵四大家"，顾璘亦是弘治十才子之一。著有《浮湘集》《山中集》《息园诗文稿》等。又曾评注杨士弘《唐音》。

桃源洞二首（其一）

明代　卢龙云

一径寻源入，昔人此避秦。

衣冠今孔道，车马日生尘。

洞水难容艇，渔郎孰问津。

仙凡终古隔，耕凿几家邻。

桃源洞二首（其二）

明代　卢龙云

不逢逃世者，空纪遇仙桥。

缨濯龙池洁，笙听鹤岭遥。

居人全类古，生业半为樵。

坐久呼僧语，尘心亦自消。

作者简介：

卢龙云（生卒年不详），南海（今属广东佛山）人，字少从，号启溟。明万历十一年（1583年）进士。初任马平知县，继任河北邯郸、福建长乐知县。历官南京大理寺副、户部员外郎、贵州参议。著有《四留堂稿》三十卷、《尚论全编》一百余卷、《易经补义》和《读诗类要》等。

舟中望桃源洞

明代　黄衷

鸣桡昼下白马渡，仆夫指我桃花源。

洞门八里步窈窕，不与尘世通朝昏。

乔松方竹递根裔，野鼠窃返神丹魂。

念昔之官蹈滇海，吊古一再停骖轩。

石桥药鼎足恍惚，黄冠俗态难为言。

只今星纪动七阅，碌碌已四经丘樊。

云林未便太幽秘，避地尽道神仙村。

漏疏稍辩汉图籍，局促真觉秦乾坤。

先王固有不治地，遗硕无亦商忠惇。

提封圣代迈千古，薄海内外车书尊。

紫芝逸老服陇亩，红桃不放桑麻原。

间人岂复问津到，破屋屡见逃租奔。

轮蹄终岁峻坂滑，予亦晚傍风亭餐。

寄怀何必尽真迹，画舸欲缆江凫翻。

作者简介：

黄衷（1474—1554 年），字子和，号铁桥病叟，广东南海县人。世代书香，自幼勤奋，二十二岁中进士，曾任广西督粮、湖南巡抚、兵部右侍郎。黄衷工诗词，会用兵，善理财，懂营造；为官刚直，政绩显著。他在沔阳州任职时修筑了龙渊、沧浪等水利工程，被人们立碑记功。后受人逐告，被摘去乌纱。黄衷回到故乡，创办了矩州书院，潜心著书立说，著有《矩洲集》《世载》《海语》等。

桃源洞

明代　李孙宸

兹山非避秦，亦有桃源洞。

清流出洞时，试觅胡麻种。

作者简介：

李孙宸（1576—1634 年），字伯襄，广东广州府香山县（今广东省中山市）小榄人。万历四十一年（1613 年）癸丑科进士。授翰林院庶吉士。光宗泰昌元年（1620 年）掌内书堂，晋掌春坊左庶子。天启五年（1625 年）进南国子祭酒，次年晋詹事府侍读学士，教习庶吉士；晋南礼部右侍郎，摄礼、户两部尚书事中。崇祯元年（1628 年）晋礼部左侍郎，掌翰林院察典。三年回礼部视事，晋礼部尚书。崇祯六年（1633 年）三上疏乞退归隐，奉旨慰留；崇祯七年（1634 年）病故于任，终年五十五岁。著有《建霞楼集》十卷、《诗集》二十一卷、《翔斋稿》《南沐斋稿》《北舟小草》及《两榄风景地势图说》等。

桃源洞

明代　黄公辅

雨湿山花香满林，崔嵬古洞锁烟深。

偶逢再问寻津处，便得探奇选胜心。

鸟唤枝头闻杜宇，泉流洞底泻鸣琴。

门前车马纷纷去，惟有高僧卧碧岑。

作者简介：

黄公辅（1576—1659年），字振玺，别字春溥，广东广州府新会县杜阮镇杜阮乡（今属广东省江门市蓬江区）人，明朝官员、大明新会抗清义军领袖，民族英雄。万历四十四年（1616年）进士。任福建浦城知县时，调任南京山西道监察御史，后奉旨巡按下江，亦有政绩。以疏劾太监魏忠贤，被撤职回乡。崇祯朝起用任湖广布政司参议、湖广参政，分守湖南宝庆，奉命征剿湘西、湘南"瑶乱"有功，受封赏。崇祯末年，托病辞归。明亡，公辅与王兴起兵新会抗清，后被困，宁死不屈，于永历十三年（1659年），与王兴等自焚于新宁（今台山）汶村。著有《北燕岩集》。

桃花溪歌赠陈处士梅

明末清初　顾炎武

陶君有五柳，更想桃花源。

山回路转不知处，到今高士留空言。

太丘之后多君子，门前正对桃花水。

嘉蔬名木本先畴，海志山经成外史。

曾作诸生三十年，老来自种溪前田。

四百甲子颜犹少，有与疑年但一笑。

有时提壶过比邻，笑谈烂熳皆天真。

酒酣却说神光始，感慨汍澜不可止。

老人尚记为儿时，烟火万里连江畿。

斗米三十谷如土，春花秋月同游嬉。

定陵龙驭归苍昊，国事人情亦草草。

桑田沧海几回更，只今尚有遗民老。

语罢长谣更浮白，七十年来似畴昔。

与君同是避秦人，不醉春光良可惜。

春非我春，秋非我秋。

惟有桃花年年开，溪水年年流。

为君酌酒长无愁。

作者简介：

顾炎武（1613—1682 年），汉族，明朝南直隶苏州府昆山（今江苏省昆山市）千灯镇人，本名绛，乳名藩汉，别名继坤、圭年，字忠清、宁人，亦自署蒋山佣；南都败后，因为仰慕文天祥学生王炎午的为人，改名炎武。因故居旁有亭林湖，学者尊为亭林先生。明末清初的杰出的思想家、经学家、史地学家和音韵学家，与黄宗羲、王夫之并称为明末清初"三大儒"。其主要作品有《日知录》《天下郡国利病书》《肇域志》《音学五书》《韵补正》《古音表》《诗本音》《唐韵正》《音论》《金石文字记》《亭林诗文集》等。

南池篇寿徐仲远

明代　释今无

我住珠海旁，浪与仙城隔。

海中有遗珠，清幽变烦杂。

六月游宝水，夏云当眼白。

天上石麒麟，招寻兴不窄。

高树有凉风，清言无俗客。

捧荔擘珊瑚，停杯摈琥珀。

堂前软琉璃，微波连广陌。

小舟一荡漾，心胸开万尺。

碧树密相敧，锦鳞高自踯。

时育乐鸡豚，后凋见松柏。

眇小桃花源，荒唐鹿门宅。

明敏道自通，爱广德乃怿。

停停五色云，化为金凤翮。

我非宝上人，看君尤逸格。

花龛大品经，微言期探赜。

赋此南池篇，霞觞添玉液。

作者简介：

释今无（1633—1681年），字阿字。番禺人。本万氏子，年十六，参雷峰函是，得度。十七受坛经，至参明上座因缘，闻猫声，大彻宗旨。监栖贤院务，备诸苦行，得遍阅内外典。十九随函是入庐山，中途寒疾垂死，梦神人导之出世，以钝辞，神授药粒，觉乃苏，自此思如泉涌，通三教，年二十二奉师命只身走沈阳，谒师叔函可，相与唱酬，可亟称之。清圣祖康熙十二年（1673年）过山东，闻变，驻锡萧府。十四年回海幢。今无为函是第一法嗣。著有《光宣台全集》。清陈伯陶编《胜朝粤东遗民录》卷四有传。

武陵蒋明府子培过邺因谈桃源之胜南都杨茂才伯海曾绘斯图并长歌见寄勉成一篇用答两意云耳

明代　谢榛

武陵贤宰多爱民，若使遁逃犹避秦。

城头常悬岁时雨，洞口不隔天地春。

君探奇踪问渔父，鸡犬日间似太古。

一涧如空石作桥，千家相接蓬为户。

辍棹问津沅水西，厚俗非关晋风土。

沙丘半路没祖龙，阿房那听咸阳钟。

荆南斜日莽迢递，目穷候雁徒支筇。

我欲胜游系怀抱，昨夜梦着巴陵道。

谁能写出桃源图，仙花长红春长好。

含毫揾思通神明，汉江鼍鼋东流声。

寄我半幅见两绝，兼之大篇殊纵横。

斗室豁然入浩渺，坐间波动烟霞生。

蒋王云仍岂凡骨，一脉来自建康城。

杨子相知念衰老，建安回首中原情。

作者简介：

谢榛（1495—1575 年），明代布衣诗人。字茂秦，号四溟山人、脱屣山人，山东临清人。十六岁时作乐府商调，流传颇广，后折节读书，刻意为歌诗，以声律有闻于时。嘉靖间，挟诗卷游京师，与李攀龙、王世贞等结诗社，为"后七子"之一，倡导为诗摹拟盛唐，主张"选李杜十四家之最者，熟读之以夺神气，歌咏之以求声调，玩味之以裒精华"。后为李攀龙排斥，削名"七子"之外，客游诸藩王间，以布衣终其身。其诗以律句绝句见长，功力深厚，句响字稳。谢榛诗文著有《四溟集》共二十四卷，一说十卷，《四溟诗话》（亦题《诗家直说》）共四卷。

桃源图

明代　王绂

碧嶂排空隔世尘，几家鸡犬自相亲。

种桃底事临溪水，惹得渔郎来问津。

作者简介：

王绂（1362—1416 年），明初大画家，字孟端，号友石生，别号九龙山人。元至正二十二年（1362 年）五月三日生，无锡人。幼年聪明好学，十岁已能作诗，十五岁游学邑庠为弟子员。他尤喜绘画，曾师法吴镇、王蒙、倪瓒等画坛大家。明洪武十一年（1378

年）被征召进京，不久便回乡隐居。洪武二十三年（1390年）后，因朝廷追究左相胡惟庸逆党事被累，发放到山西大同充当戍卒十余年。建文二年（1400年）回乡，隐居九龙山（即惠山），赋诗作画，教授弟子。永乐元年（1403年），王绂因善书被举荐进京，供事文渊阁，参与编纂《永乐大典》。永乐十年拜中书舍人，派往北京，从事迁都的筹备工作。永乐十一年、十二年，两次随明成祖朱棣北巡，期间创作著名的《燕京八景图》。他绘画擅长山水，尤精枯木竹石。其山水画兼有王蒙郁苍的风格和倪瓒旷远的意境，对吴门画派的山水画有一定影响。但他不肯轻作山水画，故后人有"舍人风度冠时流，笔底江山不易求"的诗句。其画竹兼收北宋以来各名家之长，具有挥洒自如、纵横飘逸、清翠挺劲的独特风格，人称他的墨竹是"明朝第一"。建文四年（1402年），王绂画《竹炉煮茶图》，侍读学士王达为其记序作铭，构成珍贵的《竹炉图卷》。此图卷深得乾隆帝喜爱，南巡时，曾在惠山品二泉水，观《竹炉图卷》题咏。后图卷不慎被毁，乾隆帝竟自仿王绂笔意，补写了竹炉首图，并题诗。永乐十四年（1416年）二月六日，王绂病逝于北京馆舍，终年五十四岁。存世画迹有《墨竹图》《竹鹤双清图》《潇湘秋意图》《枯木竹石图》《江山渔乐图》等，并著《王舍人诗集》等。

题桃源图

明代　孙蕡

我昔城居困尘土，十年不到青山坞。

扁舟夜梦泛沧浪，鼓栧扬舲逐渔父。

江岸沿洄落日低，寻源直上武陵溪。

逶迤绿水春将晚，烂熳桃花路欲迷。

欲迷忽得青山口，仿佛微香露林薮。

溪流已尽复潜通，石洞斜穿不知久。

地廓川平景旷然，还疑别是一重天。

迢遥山径莓苔雨，缥缈人间桑柘烟。

遥观但见攒林木，近入茅茨始成簇。

居人不改故衣冠，井里犹存旧风俗。

风俗依依世上人，皆言来此避强秦。

初期暂隐还乡邑，遂尔高居隔世尘。

儿孙长大供衣食，男事耕耘女蚕绩。

春至桑麻雨露深，岁寒松柏星霜易。

东皋北陇恣锄犁，戴胜飞飞布谷啼。

傍舍雨晴云外牧，饷田日晏草中归。

归来路暗山光灭，妇女缫车声未歇。

舴艋仍教稚子撑，渔罾更换溪童结。

往来墟落只逍遥，无复州司下叫嚣。

社日冬旬会村曲，黄鸡白酒话渔樵。

渔樵不识人间世，雨笠烟蓑但容裔。

涧水冰融觉候和，庭柯叶落知风厉。

问我何为作此来，仙凡迥隔两悠哉。

园里青蔬为君摘，瓦盆薄酒为君开。

东邻西舍争来聚，相邀具酒犹炊黍。

旋除新竹敞南轩，更扫落花开别墅。

初闻嬴氏好纷奢，不谓山河属汉家。

金雀重来飞灌木，铜驼还去卧烟沙。

铜驼金雀何时已，年代不知今半是。

世上纷纭日渐过，山中岁月谁能纪。

棹开酒醒怅蘧蘧，却向山家对画图。

物外烟霞犹仿佛，空中楼阁已模糊。

模糊仿佛何由辨，只似当时眼中见。

鹤唳松梢露气消，鸡鸣树杪晨光炫。

临风抚卷独踟蹰，欲寄桃源父老书。

涧户岩扉应未合，笔床茶灶近何如。

桃源桃源休莫莫，未必山林秽城郭。

车书四海今混同，来享人间太平乐。

作者简介：

孙蕡（1337—1393 年），字仲衍，号西庵先生，广东广州府南海县平步（今顺德平步乡）人。孙蕡仪表堂堂，性格通达、豪爽。

孙蕡于书无所不读，写起诗文来不用起草稿，开卷展纸，挥笔而成。初读起来好像并无刻意经营，细加体味，则气象雄浑，兴喻深致，有魏晋风度。洪武三年（1370 年），中进士，授工部织染局使，长虹县主簿，后迁翰林典籍，修《洪武正韵》。后因曾为大将军蓝玉作诗题画被株连，被判死刑。孙蕡博学工诗文，诗风清圆流丽，著述甚富，死后多散佚，今存九卷，《四库总目》行于世。他的诗风对后世影响深远，在岭南诗歌史上有着开创性的作用。王夫之在《明诗评选》对孙蕡评价说：“仲衍、季迪，开代两大手笔，凌宋争唐，不相为下也。”把他和高启并称为在明代中国诗歌史上开启一个时代的人物，上追宋、唐。因之，孙蕡被誉为“岭南明诗之始”“岭南诗宗”。孙蕡、王佐、黄哲、李德、赵介组成的“南园五先生”，开创了岭南诗坛新局面，形成“岭南诗派”，成为明初中国诗坛五大流派之一，岭南诗派已与其他四大诗派并驾齐驱。

桃源图

明代　李以贞

一路桃花水，回头是战尘。
飘然刺船去，领略桃花春。
云际得古洞，花深知有人。
人家不寥落，鸡黍共留宾。

作者简介：

李以贞（生卒年不详），号石塘。程乡（今梅州梅县）人。不乐仕进，以孝义著乡里。著有《石塘集》。事见清光绪《嘉应州志》卷二九。

菩萨蛮 桃源图

明代 王夫之

桃花红映春波水。盈盈只在沅江里。
湘水下巴邱。湖西是鼎州。停桡相借问。咫尺花源近。
三户复何人。长歌埽暴秦。

作者简介：

王夫之（1619—1692 年），字而农，号姜斋，晚年隐居石船山，故后人称之为"船山先生"，湖南衡阳人，明遗民。"武夷先生"王朝聘之子。中国清代思想家、学者、诗人、词人，"四大启蒙思想家"之一。四岁时入家塾，七岁时通读十三经，后又学五经经义和诗文，十四岁中秀才，后又学诗，并自创诗歌。崇祯十五年（1642年），赴武昌乡试，中举。崇祯十七年（1644 年），清军赶走李自成，攻占京城。王夫之听到惊天国变，写成《悲愤诗》，举起"反清复明"的旗帜，挺身战斗。后奔波于湖北、湖南之间，企图调停何腾蛟与堵胤锡矛盾，无果，退回到故乡衡阳，与"匡社"管嗣裘等在衡阳举兵起义。永历元年（1647 年），投桂王，抗清未果。返衡阳，隐姓埋名。顺治十七年（1660 年），举家迁居衡阳金兰乡高节里。康熙三年（1664 年），写成《永历实录》，记述永历政权十六年的兴衰史。康熙十四年（1675 年），王夫之迁居到石船山，度过生命中最后十八年时光，享年七十四岁，葬于大乐山高节里。王夫之深刻揭露秦始皇及历代帝王把天下当作私产的做法，提出"不以一人疑天下，不以天下私一人"，主张选贤使能，"以天下之禄位，公天下之贤者"，对近代思想有着较大影响。其著作有《周易外传》《张子正蒙注》《尚书引义》《读四书大全说》《老子衍》《庄子通》等。

桃源图

明代　张昱

几树桃花认未真，又何分晋与分秦？
渔郎不悟避秦者，便把兴亡说与人。

作者简介：

张昱（1289—1371 年），字光弼，自号一笑居士，庐陵（今吉安）人。元末左丞杨旺扎勒镇浙江，张昱参谋军府，官至左右司员外郎，行枢密院判官。留居西湖寿安坊，以诗酒自娱，贫无以茸庐。元末弃官不仕，张士诚招礼之，不就。明太祖征之至京，召见，悯其老曰"可闲矣"，厚赐遣归。更号可闲老人，放浪山水，年八十三卒。生平事迹见《明史》卷二百八十五附《赵撝谦传》中、《四库全书总目》卷一百六十八等。张昱以诗著称，有诗别集《可闲老人集》四卷，文渊阁《四库全书》本，杨士奇辑成并为之作序。别本有《张昱诗集》七卷，四部丛刊（续编）本（上海涵芬楼影印常熟瞿氏铁琴铜剑楼藏明抄本），其文别集未见流传。

感遇十八首（其十二）

明末清初　陈子升

秦王一四海，四海复不一。
英雄各方起，使者分途出。
坑儒虐黔首，奚止长城卒。
大势已分离，犹然用权术。
观其狂且愚，曷云保已物。
独有桃花源，桑麻自森郁。

渔艇鸬鹚（其二）

明末清初　陈子升

烹鲤休惊尺素书，论功恰似赋芋狙。

桃花源口同为业，莲叶江南识所如。

拂舞白鸠长祝噎，铙歌朱鹭亦称鱼。

扁舟却笑鸱夷子，远听涛声避伍胥。

作者简介：

陈子升（1614—1673 年），明末清初广东南海人，字乔生。陈子壮弟。明诸生。南明永历时任兵科右给事中，广东陷落后，流亡山泽间。工诗善琴。有《中洲草堂遗集》。

《桃源山中即事》碑

清代　陈士本

深山万石拥闲云，碧树高栖白鹤群。

吟句好随红叶落，琴鸣竹里夜香焚。

作者简介：

陈士本（生卒年不详），字立也，号撷仙，清代武进人，生平不详。

白龙潭上桃花源作

清代　施闰章

黄山峰壑几千曲，客游先就桃源宿。杖底殷殷雷绕身，楼头汹汹涛崩屋。

清梦全醒风雨声，深林匹练中宵明。晓起白龙掉长尾，四山飞瀑来喧争。

怪石礧砢排盾戟，寒潭冰雪澄空碧。隔溪古寺断疏钟，偃木垂藤缠绝壁。

匡庐三叠天下稀，嵩岳九龙称神奇。何如此地独兼并，咫尺众壑蟠蛟螭。

复磴丛篁白日暝，还溯药铫寻丹井。轰磕不闻人叫呼，倚杖空亭发深省。

问君莲花庵在无，连朝细雨山模糊。屋角一圭破云影，青鸾舞处看天都。

药谷仙源难具陈，琪花紫翠秋为春。凭君传语武陵客，笑杀桃源洞里人。

作者简介：

施闰章（1619—1683 年），清初著名诗人。字尚白，一字屺云，号愚山，媲萝居士、蠖斋，晚号矩斋，后人也称施侍读，另有称施佛子。江南宣城（今安徽省宣城市宣州区）人，顺治六年（1649 年）进士，授刑部主事。康熙十八年（1679 年）举博学鸿儒，授侍讲，预修《明史》，进侍读。文章醇雅，尤工于诗，与同邑高咏等唱和，时号"宣城体"，有"燕台七子"之称，与宋琬有"南施北宋"之名，位"清初六家"之列，处"海内八大家"之中，在清初文学史上享有盛名。著有《学馀堂文集》《试院冰渊》等。

次答吴熙申

明末清初　陈恭尹

桃花源水渺无津，野艇江云是所亲。
宝剑历都逢季札，蓑衣垂钓有玄真。
交投缟纻同声旧，字挟烟岚赠句新。
词赋敢云凌鲍谢，千秋微尚或堪论。

作者简介：

　　陈恭尹（1631—1700 年），字元孝，初号半峰，晚号独漉子，又号罗浮布衣，汉族，广东顺德县（今佛山顺德区）龙山乡人。著名抗清志士陈邦彦之子。清初诗人，与屈大均、梁佩兰同称岭南三大家。又工书法，时称清初广东第一隶书高手。有《独漉堂全集》。

太宰陈说岩先生命题王石谷画午亭山村图

清代　周起渭

太行绵亘北州野，处处峰峦聚奔马。

腾骧磊落万不同，一一远自青天下。

神灵窟宅夸雄尊，西边王屋东苏门。

纵横顾盼韩魏赵卫中山数百郡空，青未了烟光繁。

我公结庐王屋边，太行元气纷纠蟠。

千室鳞鳞入云雾，尘中不辨桃花源。

绿野裴中立，东山谢安石。

白头趋起为苍生，留著烟岚围故宅。

纶扉赐沐时清闲，幅巾鞶带思家山。

乌木山人黄鹤手，为写云峦缥缈间。

青山一重溪一转，山势半舒云半卷。

遥天漠漠风雨来，苍翠浮空没层巘。

斯须彩晕山前生，乱铺锦绣林壑明。

驿梅官柳傍前路，溪桥野店行人行。

行人路转前山曲，侧峰横岭看不足。

桥柏杉篁一径通，人家散满千花谷。

谷口人家经几年，晋时耕种秦时田。

渔郎舟子偶一到，竟疑此地皆神仙。

神仙爱山不住山，青云鸣玉趋真班。

自来力牧风后乃仙伯，岂有山泽之癯能活国。

君不见我公身侍玉皇香案四十秋，素心日向林泉游。

出山更复携山出，五岳真形随杖头。

腐儒不办经纶事，祇是未谙山水意。

岂如真儒江湖魏阙藏胸襟，天然林壑无招寻。

松泉百道交清音，慷慨写之《梁父吟》。

出和虞舜薰风琴，勋名如山力所任。

我心无时无山林，王屋高高丹水深。

吁嗟乎方知古来伯仲伊吕者，一生皆是巢由心。

作者简介：

周起渭（生卒年不详），清初著名学者、诗人。字渔璜，号桐野，贵阳青岩骑龙人。周幼年即工诗。其诗以"奇""新"著称。15岁时，以《灯花诗》崭露才华，传诵一时。在京城时，以《万佛寺大钟歌》一举成名。与史申义有"两诗人"之目。

自山前步入草庵

清代　顾奎光

山外多兰若，无从避俗喧。谁知翠微里，别有桃花源。

细石丛峰径，长松隐寺垣。绿阴秋意好，吾欲卧云根。

作者简介：

顾奎光（生卒年不详），清江苏无锡人，字星五。乾隆十五年进士，官湖南泸溪、桑植知县，颇著循绩。时称有"酒、色、财三不惑，清、慎、勤居官三不愧"之语。有《春秋随笔》《然疑录》等。

啸台

清代　吴绡

魏晋已如梦，荒台今独存。

龙蛇正交斗，鸾凤自高骞。

避俗惟长啸，逢人常不言。

始知真隐意，何必入桃源。

作者简介：

吴绡，活跃于清顺治（1644—1661 年）前后。字素公，又字片霞，号冰仙，长洲（今江苏苏州）人。通判吴水苍女，常熟进士许瑶妻。善琴，工书画诗词，诗词清丽婉约，花卉钩勒设色俱佳，兰竹有生趣，与沈宛君齐名。时人传云："吴中闺秀徐小淑能诗文，赵瑞容善画，有盛誉，惟夫人兼此二长。"

小桃红·题悔庵桃花源乐府

清代　彭孙遹

好把荷衣制。归隐从兹始。烟外迷津，云中问渡，桃花春水。
想武陵当日避秦人，五柳前身是。
一曲红牙试。千载还神似。玉骨蝉轻，仙踪羽化，碧霄高逝。
想世间不屑折腰人，今古皆如此。

作者简介：

彭孙遹（1631—1700 年），清初官员、词人，与王士祯齐名，时号"彭王"。字骏孙，号羡门，又号金粟山人，浙江海盐武原镇人。彭孙贻从弟，顺治十六年进士。康熙十八年举博学鸿词科第一，授编修。历吏部侍郎兼翰林掌院学士，为《明史》总裁。诗工整和谐，以五、七言律为长，近于唐代的刘长卿。词工小令，多香艳之作，有"吹气如兰彭十郎"之称。著有《南往集》《延露词》。

桃花源

清代　汤燕生

蓊蔚林深自湿衣，日含山气雾孤飞。

因愁涧险无平路，遂令幽人去不归。

作者简介：

汤燕生（生卒年不详），字元翼，号岩夫，又号黄山樵者，安徽太平人。甲申（1644年）后弃诸生，寓居芜湖，高尚气节，究心易理。工隶书，篆书古淡入妙，不在周伯琦、吾丘衍下，与郑簠同究各体书。善画。卒年七十外。

蚤过东村

清代　宋荦

凌晨发逸兴，策马背荒城。

平原何朣朣，秋色殊空明。

疏雨夜来过，林壑被馀清。

茅茨相因依，荟蔚藏柴荆。

已喜尘鞅隔，况闻好鸟鸣。

披襟话野老，愉悦荡心情。

攘攘市廛内，无乃丧吾生。

缅彼桃花源，永言羡躬耕。

作者简介：

宋荦（1634—1714年），字牧仲，号漫堂、西陂、绵津山人，晚号西陂老人、西陂放鸭翁。汉族，河南商丘人。官员、诗人、画家、文物收藏家。"后雪苑六子"之一。宋荦与王士祯、施润章等人同称"康熙年间十大才子"。康熙五十三年（1714年），宋荦奉诏入京师为康熙皇帝贺寿，被加官为太子少师，复赐以诗，回到家乡商丘。九月十六日卒，享年八十岁。康熙下旨赐祭葬于其家乡商丘，崇祀名宦乡贤，葬于西陂别墅（今大史楼村）。

望桃源洞

清代　商景泰

武陵渡口夕阳斜，夹岸茅篱三两家。
笑问渔郎何处去，春来开遍旧桃花。

作者简介：

商景泰（生卒年不详），字宗五，瓮安人。乾隆乙卯进士，官射洪知县。

东西龙眠山二十咏（其七）　杏花村

清代　张英

吾祖松楸地，自昔名花村。
连蜷好峰聚，喷薄清溪翻。
傍溪住老叟，乔柯荫柴门。
耕凿数百载，世世贻子孙。
陵谷万事改，衡宇今常存。
春风过陌上，笑指桃花源。

拟古田家诗六首（其五）

清代　张英

昔爱诵豳风，亦常歌小雅。
桑柘栖鸡豚，结庐在中野。
春菑方扶犁，秋禾倏盈把。
野老乐时和，高枕瓜棚下。
田家老瓦盆，新醪月中泻。
击鼓赛先农，调瑟娱方社。
何必桃花源，此境足潇洒。
风尘久误人，我岂悠悠者。
愧无风人笔，爱此不能写。

作者简介：

张英（1637—1708 年），安徽桐城人，字敦复，号乐圃。康熙六年进士，由编修累官文华殿大学士，兼礼部尚书。历任《国史》《一统志》《渊鉴类函》《平定朔漠方略》总裁官，充会试正考官。为官敬慎，卒谥文端。有《恒产琐言》《笃素堂诗文集》等。

游千山杂咏四首（其二）

清代　戴梓

奇山能诱人，既倦复探讨。
钦崟碍芳踪，敧仄赖萝茑。
浮涛履和风，飘忽泛瑶岛。
慈航白云隈，香客逗窈窱。
苔花绣文裀，践礼致虔祷。
周瞻转邃深，黯黮失昏晓。
砭骨骇沈阴，牵心畏跖倒。
时闻声冬丁，幽泉滴崖小。

此中别有天，长谢雨露杳。

我欲托高栖，尘纮勿复道。

因思桃花源，空说春波窝。

作者简介：

戴梓（1648—1725年），清浙江钱塘人，字文开。通天文算法，能自制火器。三藩乱时，以布衣从康亲王杰书军，授道员。战后，得康熙帝召见，授侍讲，参与纂修《律吕正义》。后遭人谗毁，谪戍关东，靠售书画文字度日。所造"连珠铳"，实为原始机关枪。有《耕烟草堂诗钞》。

题宝崖西溪梅雪图

清代　汤右曾

沿山十八里，家家种梅树。

春来梅花发，绕屋不知数。

回风似絮起，扫石疑雪聚。

空外闻暗香，莫识经由路。

其中有清溪，屈曲相贯注。

居人通往来，但用略彴渡。

因之车马绝，惟见桑竹互。

我少即嬉游，舴艋先群鹭。

朝随樵唱远，暮与僧钟遇。

每缘乘兴往，不待佳招赴。

何异桃花源，十步九回顾。

蹉跎盛年改，怅望良辰骛。

云中指鸡犬，物外走乌兔。

何来披此图，旷若发新悟。

心犹依故处，游尚记前度。

连村冰雪晨，漠漠散香雾。

几时三亩宅，真向此中住。

汉廷马相如，方诵美人赋。

吾歌紫芝曲，一笑烦顾误。

作者简介：

汤右曾（1656—1722 年），清浙江仁和人，字西厓。康熙二十七年进士，授编修，官至吏部侍郎，兼掌院学士。条议甚众。工诗，继朱彝尊并为浙派领袖。有《怀清堂集》。

微山湖舟中作

清代　赵执信

舟前湖泱漭，湖上山横斜。

湖中何所有，千顷秋荷花。

山雨飒然来，风香浩无涯。

移舟青红端，飘若凌绮霞。

林光村远近，楼影帆交加。

疑是桃花源，参差出人家。

流览情所喜，避地想更佳。

何必博望侯，虚无乘海槎。

遣怀三首（其三）

清代　赵执信

所思在何许，乃在桃花源。

清时欲焉避，但美山中田。

秾桃成障閟山口，渔人何自来梯攀。

灵境随闭塞，耻与浊世通人烟。

至今阅千载，想见桑麻鸡犬还依然。

藉令无地列阡陌，居人仍须绝粒求神仙。

丈夫短气向家室，宇宙虽大如笼樊。

局蹐复局蹐，愁对屋外山花繁。

作者简介：

赵执信（1662—1744 年），清代诗人、诗论家、书法家。字伸符，号秋谷，晚号饴山老人、知如老人。山东省淄博市博山人。十四岁中秀才，十七岁中举人，十八岁中进士，后任右春坊右赞善兼翰林院检讨。二十八岁因佟皇后丧葬期间观看洪升所作《长生殿》戏剧，被劾革职。此后五十年间，终身不仕，徜徉林壑。赵执信为王士祯甥婿，然论诗与其异趣，强调"文意为主，言语为役"。

游武陵溪书桃花源记后

清代　严遂成

四围环绕天如瓮，红霞织锦花无缝。

船从何处刺花间，世间哪有秦人洞。

秦人避乱晋谈元，与楚好鬼相牵连。

陶公假托出世想，毛女附会升天缘。

兹来亦是桃花渡，桃花未开杏花暮。

杏花也复可怜人，何必桃花问前度。

渔弟渔兄不知数，满前指点安得误。

峰回谷转水琮潺，到眼蒙蒙隔烟雾。

倦游人自不寻源，琴弹归去来兮赋。

三十五天悬道书，何人敢犯龙威怒。

借口重来津已迷，阮刘惆怅天台路。

东风遮住洞中春，岁岁桃花笑煞人。

作者简介：

严遂成（1694—?），约清高宗乾隆初（1736 年前后）在世，字崧占（一作崧瞻），号海珊，乌程（今浙江湖州）人。雍正二年（1724 年）进士，官山西临县知县。乾隆元年（1736 年）举"博学鸿词"，值丁忧归。后补直隶阜城知县。迁云南嵩明州知府，创办凤山书院。后起历雄州知州，因事罢。在官尽职，所至有声。复以知县就补云南，卒官。

题慎郡王黄山三十六峰图（其十九）
桃花

清代　爱新觉罗·弘历

桃花峰下水，亦名桃花源。
匪为秦人芳，却因晋隐尊。

草色

清代　爱新觉罗·弘历

盘中草色日芊绵，露气烟光映砌鲜。
莫怪人间春尚早，桃花源里是先天。

作者简介：

爱新觉罗·弘历（1711—1799年），清高宗，雍正帝第四子，清朝第六位皇帝，年号"乾隆"。

桃花源诗

清代　彭绩

秦帝控长驾，略地到天边。侈心日以广，惟寿非力延。
楼船载徐市，海岛寻神仙。神仙何茫茫，使者亦不旋。

岂知寰区内，乃有桃花源。桃源独无依，自在如云烟。
花开始皇时，水流太元间。耆稚皆欢喜，世世还复然。
何人此问津，作记世共传。

作者简介：

彭绩（1742—1785 年），江苏长洲人，字其凝，又字秋士。品
格孤峻，绝意科举，并力为诗，穷而客死。有《秋士遗集》。

马同槽

清代　洪亮吉

声嘈嘈，马腾槽。火炎炎，龙上天。去年秉黄钺，今年加九锡。
龙旗十二旒，天子在顷刻。桃花源，武陵船。问魏与晋何茫然。

桃源行

清代　洪亮吉

沅江水碧疑无岸，一路布帆飞入县。
蓝舆偶忆义熙年，三复陶公一篇传。
　　我知栗里宅，即是桃花源。
武陵路远不须涉，咫尺好上浔阳船。
陶然酒后诗成偶，可识渔人亦乌有。
试问千株洞口桃，何如一带门前柳。
北窗日共羲皇游，眼底尚恐无殷周。
何言秦汉与魏晋，卑论不欲惊时流。
华胥以上风尤厚，事隔千年已非旧。
云中鸡犬倘有知，肯出淮南八公后。
但书甲子仍作诗，此意亦有谁人知。
永初开国是何世，不若洞里忘年时。

沉沉远岸枫林出，恍若溪桃欲成实。

波流千折树百盘，再转或恐逢真源。

作者简介：

洪亮吉（1746—1809年），清代经学家、文学家。初名莲，又名礼吉，字君直，一字稚存，号北江，晚号更生居士。阳湖（今江苏常州）人，籍贯安徽歙县。乾隆五十五年科举榜眼，授编修。

杂诗

清代　姚觐闾

长啸归田园，雌伏历寒暑。

力作愧不如，爱结老农侣。

种植辨原隰，沾涂课晴雨。

有时约比邻，盘餐具鸡黍。

稚子报书归，一室罗笑语。

何必桃花源，淳风见古处。

作者简介：

姚觐闾（生卒年不详），姚菜子，姚鼐族侄，字五祺（或曰五琦），号卿门，乾嘉间官兵部武库司郎中，工诗文，与嘉道间戏曲家谢堃等相交游，年五十八卒。

马秋药光禄用曹唐游仙七律体拟为古人赠答诗一卷属于归途玩之效拟三首（其一）　武林渔人误入桃花源赠隐者（癸亥）

清代　阮元

桃花流水趁溪鱼，误入秦源见隐居。
与我谈如新读史，谅君藏有未焚书。
津边沮溺非依楚，海外神仙不遇徐。
若问相逢是何客，太元年代武陵渔。

马秋药光禄用曹唐游仙七律体拟为古人赠答诗一卷属于归途玩之效拟三首（其二）　桃花源隐者赠别渔人（癸亥）

清代　阮元

桃源深处为逃秦，问答何缘得主宾。
嬴氏帝应三十世，桃花红近一千春。
沧桑我尚悲黔首，鸡黍君休告外人。
洞口春风最惆怅，再来争得不迷津。

马秋药光禄用曹唐游仙七律体拟为古人赠荅诗一卷属于归途玩之效拟三首（其三） 渔人重寻桃花源不得（癸亥）

清代 阮元

万壑千岩路已差，更于何处觅田家。

白云采采藏流水，红雨纷纷涨落花。

一宿山村疑梦幻，扁舟天地感年华。

永初以后谁相似，处士门前五柳斜。

作者简介：

阮元（1764—1849 年），字伯元，号云台、雷塘庵主，晚号怡性老人，江苏仪征人，乾隆五十四年进士，先后任礼部、兵部、户部、工部侍郎，山东、浙江学政，浙江、江西、河南巡抚及漕运总督，湖广总督，两广总督，云贵总督等职。历乾隆、嘉庆、道光三朝，体仁阁大学士，太傅，谥号文达。他是著作家、刊刻家、思想家，在经史、数学、天算、舆地、编纂、金石、校勘等方面都有着非常高的造诣，被尊为三朝阁老、九省疆臣，一代文宗。

书韩苏桃花源诗后

清代 英和

曾闻涿郡有三坡，纳赋年年父老过。

莫认桃花源旧路，满山风雨落英多。

作者简介：

英和（1771—1840 年），清满洲正白旗人，索绰格氏，字定圃，号煦斋。德保子。乾隆五十八年进士。授编修。嘉庆间直南书房，入军机，以言事罢，降太仆寺卿。旋重入军机，论财政力主开捐不如节用。道光间官至户部尚书、协办大学士。创议行海运。坐宝华峪地宫浸水事，夺职戍黑龙江。寻释回。有《恩庆堂集》。

沁园春三首（其三）

清代　奕绘

两岸桃花，十里清溪，不似人间。

爱春雪霏霏，薄寒剪剪，洞天寂寂，琐骨珊珊。

有限斜阳，无情芳草，玉树临风一味闲。

迎客者，尽衣冠太古，鸡犬皆仙。

相留几日盘桓。

听细数、乾坤汉魏年。

看日出林中，耕田凿井，月明林下，种玉生烟。

归去来兮，岁云暮矣，名姓何须万世传。

好事者，作桃花源记，老笔清妍。

作者简介：

奕绘（1799—1838年），清宗室，荣亲王永琪孙，字子章，号幻园，又号太素道人。嘉庆间袭贝勒。好风雅，喜著述。有《明善堂集》。

壬子八九月读书题词十五首
其七　靖节桃花源记

清代　曾习经

八识归都性境真，桃花夹岸自通津。

相逢便问今何世，始觉陶潜是恨人。

作者简介：

曾习经（生卒年不详），字刚甫，号蛰庵，揭阳人。光绪庚寅进士。历官度支部右丞。有《蛰庵诗存》。

题桃源图

清代　丘逢甲

何处桃源许问津，移家愿作避秦人。

洞门一片红云影，遮住中原逐鹿尘。

作者简介：

丘逢甲（1864—1912年），字仙根，又字吉甫，号蛰庵、仲阏、华严子，别署海东遗民、南武山人、仓海君。辛亥革命后以仓海为名。祖籍广东嘉应州镇平县（今广东蕉岭）。晚清抗日保台志士、爱国诗人、教育家。光绪十四年（1888年），考中举人。光绪十五年（1889年），己丑科同进士出身，授任工部主事。但丘逢甲无意在京做官，返回台湾，到台湾台中衡文书院担任主讲，后又于台湾的台南和嘉义教育新学。光绪二十年（1894年），中日甲午战争爆发，他请命督办团练。台湾割让给日本后，他写"拒倭守土"血书，亲率义军抵抗日寇。力战二十余昼夜，清兵不援，孤军无继战败，遂内渡福建，后转回原籍广东省梅州镇平定居，创办学校，推行新学，曾主讲潮州韩山书院。宣统元年（1909年），当选为广东咨议局副议长。宣统三年（1911年）9月，广东光复，丘逢甲任广东军政府教育部长。11月，出席南京组建中央临时政府的会议，当选为中央参议员。民国元年（1912年）初，以广东代表身份赴南京参加筹组临时政府。会议期间，肺病复发，告假返回家乡。2月25日，病逝于广东镇平县（今蕉岭县）淡定村，终年四十八岁。丘逢甲与黄遵宪、丁日昌、何如璋并称为"岭东四先生"。其诗风格上受杜甫、陆游诸家影响，充满爱国情感。著有《岭云海日楼诗钞》等传世。

菩萨蛮（其一）
桃源图为程清泉先生题

清代　屈蕙纕

绿溪无限桃花树。渔舟误入花深处。流水自成村。数峰青到门。

避秦人在否。芳草年年有。世外事纷纷。山中空白云。

菩萨蛮（其二）
桃源图为程清泉先生题

清代　屈蕙纕

新安亦有桃源地。画图试续渊明记。波影落渔槎。斜阳明断霞。

谁家花里住。不在云深处。莫误武陵人。重寻溪上春。

作者简介：

屈蕙纕（约1857—1929年），字逸珊，原籍温岭。少时与姐妹的唱和之诗，名闻台州。清光绪九年（1883年），与姐屈茝纕同编《同根草》四卷。求媒妁者满门，父以不称而不选，年三十未嫁。约光绪十三年（1887年），被父母迫嫁王咏霓为继室。王咏霓卒后，在"五四"民主思潮影响下，于民国十年（1921年）8月，创办县立崇德女子高等小学，任校长，并创办小学教员讲习所，培育一批教师。1923年，因经费困难停办。1925年复办，改女子师范讲习所，任所长，招收高小毕业生入学，学制三年，首创台州女子师范。次年7月去职。晚年整理诗集，持斋礼佛，约在1929年卒于黄岩寓所。屈蕙纕诗集有《同根草》《含青阁诗草》三卷和《含青阁诗余》，共六百多首。诗作惜别伤离，感怀身世，且有国事民情，是近代台州著名女诗人。

满江红 题吴墨舫桃源图，步原用文待诏韵

清代 毛奇龄

图画当年，正桃树、生花时节。有延州高士，酒颜方热。南浦风光何所似，西畴兴会由来别。恰闻人、洞口忆当年，频频说。

舟过处，涵冰雪。花落尽，同榆英。叹青芝白鹤，一时都绝。凡事总随风里絮，披图恍对云间月。幸前贤、手泽有传人，思来切。

作者简介：

毛奇龄（1623—1716 年），原名甡，又名初晴，字大可，又字于一、齐于，号秋晴，又号初晴、晚晴等，浙江绍兴府萧山县（今杭州市萧山区）人。以郡望西河，学者称"西河先生"。清初经学家、文学家。

明末诸生，清初参与抗清军事，流亡多年始出。康熙时荐举博学鸿词科，授检讨，充明史馆纂修官。寻假归不复出。治经史及音韵学，著述极富。所著《西河合集》分经集、史集、文集、杂著，共四百余卷。

毛奇龄与兄毛万龄并称为"江东二毛"；与毛先舒、毛际可齐名，时称"浙中三毛，文中三豪"。"扬州八怪"中的金农及陈撰均为其徒弟。

题许士隽先生桃源图照

清代 任敦爱

金陵老叟康且寿，背井离乡避流寇。
意气忼慨独自如，为我觏缕述所觏。
云自湖广惊烽烟，烽烟流照彻江边。
钟山崚嶒忽破碎，石头陷没城空坚。
桃叶渡头血流赤，秦淮河内尸连骈。

此身自问无生理，鸡号汤火鱼釜底。

伺隙兼旬由窦出，一家数口来逃此。

此间地僻境最幽，黄发垂髫共欣喜。

桑麻掩映鸡犬喧，武陵仙境殊相似。

我闻此语重踌躇，适君持画来索诗。

诗情即在眼前取，为君详述老叟词。

如君意兴逸且野，好景一一为君写。

山青水碧桃花红，一笑门外烟尘空。

作者简介：

任敦爱（生卒年不详），清代，字安甫，一字震初。咸丰辛酉恩贡。工书。

陶彭泽东篱朱菊图

清代　陈肇兴

魏晋人材皆草草，潇洒唯有柴桑老。

彭泽一官八十日，挂冠去之恐不早。

三径未荒松菊存，归来卜筑居南村。

葛巾漉酒一纵饮，秋风又到桃花源。

淡云微雨重阳日，白衣送酒开门出。

偶然采菊东篱下，花与先生俱隐逸。

绣幰蒲车徵不起，元嘉诏下先生死。

乃知晚节胜黄花，雪霜历尽见根柢。

首阳之薇商山芝，黄、农、虞、夏同一时。

披图再拜秋色里，懦立顽廉万古思。

大坪顶

清代　陈肇兴

朝经水沙连，暮宿大坪顶。

石级高百盘，槎枒争一梃。

直上如云梯，连步防躐等。

中绝旁忽通，俨若汲引绠。

前登膝齐腰，后顾形随影。

绝顶忽开张，桑麻近千顷。

耕凿数百家，茅舍亦修整。

有如桃花源，鸡犬得仙境；

又若榴花洞，烟霞饶佳景。

大石立其前，势如猛虎猛。

修篁四森布，巨可任舴艋。

峨峨高半天，岭上叠诸岭。

居人扳木末，云际摘山茗。

复闻大顶峰，中有蛟龙井。

其上多白云，其下产莼莛。

路绝不可攀，怅望徒引领。

何当结茅屋，长此事幽屏。

闭户有名山，愿言养心静。

作者简介：

陈肇兴（1831—1866 年），字伯康，号陶村，清台湾彰化著名诗人。1862 年遇"戴潮春事件"，至集集深山避难，协助清廷镇压戴潮春势力。翌年事平，返回彰化故居。著有《陶村诗稿》八卷，末二卷又称《咄咄吟》，内容描述戴案期间的经历。

和唐陶山明府修复唐伯虎墓

清代 钱大昕

渊明神游桃花源，六如身住桃花坞。

不是人间第一流，难与桃花论宾主。

对花须把酒，对酒宜赋诗。诗画游戏耳，工拙我不知。

大儿汉曼倩，小儿唐青莲。尸解非所好，怕作懵憧仙。

前身桃花见花喜，故应埋骨桃花里。

三春红雨落纷纷，唯有此桃花不死。

前中丞，后明府，封值区区三尺土。

异代堪联侨札交，当时耻与绛灌伍。

明府来自桃花源，华胄遥遥本同祖。

出处虽殊兴趣同，唱和坝籁吾与汝。

歌新诗，酹清醑，仙不能言花应语。

题仇十洲桃花源图用陶靖节韵

清代 钱大昕

生当晋宋交，梦到殷周世。

心清自太古，未觉怀葛逝。

桃源宜卧游，松径任芜废。

肯为督邮留，欲就渔人憩。

先民聊寓言，画师烦绝蓻。

石洞若可寻，秫田了无税。

只有家鸡栖，不逢邑犬吠。

人物俨仙流，衣冠异唐制。

异境恍在斯，径思一苇诣。

清浅捕鱼溪，可揭兼可厉。

墨林昔藏弃，流转阅百岁。

转运今词宗，识画夸眼慧。

偶披咫尺图，疑到清净界。

一念即去来，独往无障蔽。

东坡已个中，南阳自门外。

区区欲问津，讵能参冥契。

题尤西堂梦游三山图图为海宁俞体仁画作庄生曼倩渊明太白东坡五像最后一人则西堂也王阮亭朱竹垞韩慕庐诸公皆有题咏予亦作六君咏继之（其三）

清代　钱大昕

柴桑名家彦，汲汲慕鲁叟。

桃花源久迷，不如宅边柳。

秫田亦复佳，肯与督邮偶。

三径菊黄时，岂无人送酒。

作者简介：

钱大昕（1728—1804 年），字晓征，又字及之，号辛楣，晚年自署竹汀居士，汉族，江苏嘉定人（今属上海），清代史学家、汉学家。钱大昕是 18 世纪中国最为渊博和专精的学术大师，他在生前就已是饮誉海内的著名学者，王昶、段玉裁、王引之、凌廷堪、阮元、江藩等著名学者都给予他极高的评价，公推钱大昕为"一代儒宗"。

杂咏（其十一）

清代　黄景仁

浮海去南越，望古建德国。
渺怀结衣冠，怆虑动颜色。
谁知此中人，出入惟作息。
渊明有心人，归拟避秦客。
千载桃花源，想象遗民宅。
自崖讵能从，问津信何益。
无怀与葛天，吾将共晨夕。

作者简介：

黄景仁（1749—1783 年），清代诗人。字汉镛，一字仲则，号鹿菲子，阳湖（今江苏省常州市）人。四岁而孤，家境清贫，少年时即负诗名，为谋生计，曾四方奔波。一生怀才不遇，穷困潦倒，后授县丞，未及补官即在贫病交加中客死他乡，年仅 34 岁。诗负盛名，为"毗陵七子"之一。诗学李白，所作多抒发穷愁不遇、寂寞凄怆之情怀，也有愤世嫉俗的篇章。七言诗极有特色。亦能词。著有《两当轩全集》。

桃花源

清代　李自郁

旧梦荒唐说避秦，桃花辜负几千春。
人间那有仙源路，多事刘郎枉问津。

作者简介：

李自郁（生卒年不详），字文叔。顺治十八年 （1661 年）进士。文叔本姓黄，侨寓湖北松滋，依妇家以居，遂以其姓。相传为黄道周后裔。

铜仁江行

清代　劳孝舆

峦山矗嵯峨，涓滴泻林翳。
曾无滥觞源，一行自委丽。
飞瀑散四山，奔蛇不可制。
渐落沮洳乡，遂成膏饫地。
嗟哉茧茧氓，日与水争利。
高者劚山椒，其下迫堰砌。
数世长子孙，恣耕且无税。
自诩桃花源，曾不识汉魏。
谁知秋潦骄，竟挟拔山势。
我田谷已黄，一夕肆吞噬。
老稚号山林，鱼龙负赑屃。
虽幸有孑遗，八口将焉济。
空山蕨正肥，努力搜根蒂。

作者简介：

劳孝舆（生卒年不详），清广东南海人，字孝于，号阮斋、巨峰。雍正十三年拔贡。乾隆元年举鸿博，未中。任贵州龙泉、毕节等知县。所至以兴文教为己任。有《阮斋诗文集》《春秋诗话》等。

万杉寺途中即目

清代　夏敬颜

窄径出丛碧，迤逦渐旷原。
山田高复下，方罫依云根。
暖翠结庵屋，清流抱柴门。
门前荫桑柘，屋后罗鸡豚。
山家禾黍熟，想见风俗敦。

比邻无嫌猜，相对生春温。

得非桃花源，无乃朱陈村。

诛茅傥终遂，试与荷筱论。

作者简介：

夏敬颜（生卒年不详），字咫威，一字芷隈，江阴人。有《蓬鹤轩稿》。

海天吟

清代　黄培芳

南溟万古滔滔流，中有三山日照之神洲，仙人骑鲸欻隐见，破浪忽到东南头。

铁城锦水一都会，群山万壑开遐陬。

七星峰上琼花发，五桂岩边琪草幽。

疑从十洲三岛分此境，离离员峤波间浮。

金屑垣，桂花村，何须秦时桃花源。

我住花村最深稳，夜夜海月照我门。

珊瑚宝树出海底，明珠簾弄蛟龙吞。

天风吹月海山白，仙人与我倾芳樽。

遥指海水千尺深，琅琅高歌海天吟。

海波连山高接天，天上灵妃顾嫣然，会当乘槎牛斗边。

作者简介：

黄培芳（生卒年不详），清广东香山人，字子实，又字香石。嘉庆九年副贡生，官内阁中书，少时力学，以诗名，诗格高浑，与张维屏、谭敬昭并称为粤中三子。在罗浮山顶筑粤岳祠以观日出，因自号粤岳山人。卒年八十二。有《浮山小志》《缥缃杂录》《岭海楼诗文钞》等。

孔家涵桃花

清代　朱浩

田头老农颜似铁，操犁日朝到日昃。
归来破灶烧湿苇，翠烟如缕消残雪。
蒸秫煮藿儿女欢，不嫌泥垢同盘餐。
黄土筑墙茅盖屋，此中即是桃花源。
门外忽见胭脂山，一株两株春风颠。
浣纱女子清溪边，卖珠侍儿修篁间。
金粉扬州空斗巧，富贵春明无此好。
水流花发少人知，黄牛独龁门前草。

作者简介：

　　朱浩（生卒年不详），字垕斋，清大兴人。历任瑞州九江知县。著有《杏花楼诗稿》。

梦游桃花源

清代　林以宁

理棹石濑口，洞壑极深窅。
白日翳层壁，倏然露林杪。
初行不见人，仄径碍飞鸟。
忽逢林木尽，水竹四环绕。
茅屋三两间，鸡声出林表。
主人闻客来，揽衣起相劳。
笋蕨为我设，粳粱供我饱。
白鹤翔天风，游鱼戏清沼。
宛若素所历，曷来胡不早。
怅惘尘世事，朗彻惬怀抱。
高丘谁沈沦，阿阁孰倾倒。

魏晋不复知，以下更何道。

叹息武陵人，悠悠竟终老。

作者简介：

林以宁（生卒年不详），字亚清，钱塘人。御史钱肇修室。有《墨庄诗钞》《凤箫楼集》。

游黄山（其三）

清代　汪天与

灌木常阴森，香风吹不住。

言寻桃花源，浮溪石桥度。

狎浪阁飞骞，正砥飞涛怒。

照影白龙潭，毛发纷无数。

汗流忽起栗，盛暑怯凝冱。

勿谓龙贪眠，时有白云护。

挂杖沿溪行，不知日云暮。

作者简介：

汪天与（生卒年不详），清代，字苍孚，号畏斋，仪征籍歙县人。历官刑部郎中。有《沐青楼集》。

赵文敏桃花源图

清代　钱仪吉

秦时流水晋时花，写到元时又几家。

高士当年忘甲子，空山终古閟烟霞。

祖龙壁返春长在，子骥舟寻路已赊。

太息鸥波接人境，王孙芳草去天涯。

作者简介：

钱仪吉（1783—1850 年），浙江嘉兴人，初名逯吉，字衍石，一字蔼人，号心壶。嘉庆十三年进士，授户部主事，官至工科给事中。后主讲广东学海堂、河南大梁书院多年。长于史学。撰《晋兵志》，辑清人碑表状志为《碑传集》，另有从弟钱泰吉，字警石，世有"嘉兴二石"之称。《衍石斋记事稿》等。

沁园春　桃花源次夫子韵

清代　顾太清

一夜东风，吹醒桃花，春到人间。

趁月朗风柔，扁舟一棹，绿波渺渺，花影珊珊。

洞里有天，天涯有路，风月莺花终古闲。

惜春去，怕桃花结子，冷落神仙。

此中大好盘桓。

有人面、依稀似旧年。

怅前度刘郎，如今老去，玄都种树，树已含烟。

日暮天寒，露滋风损，开落无心谁与传。

认不出，似婷婷倩女，素魄娟妍。

作者简介：

顾太清（1799—1876 年），名春，字梅仙。原姓西林觉罗氏，满洲镶蓝旗人。嫁为贝勒奕绘的侧福晋。她为现代文学界公认为"清代第一女词人"。晚年以道号"云槎外史"之名著作小说《红楼梦影》，成为中国小说史上第一位女性小说家。其文采见识，非同凡响，因而八旗论词，有"男中成容若（纳兰性德），女中太清春（顾太清）"之语。

携儿游上下天门过生日地在桐梓
郭东十五里山势凑此峭迫上下距
里许开为两门皆悬壁穹窿深十余
丈其宽倍之漆溪东源所经未涨时
人可过两门内有田有村游其中俯
仰周览皆崖石苍白相间而垠堮上
又皆长萝古松碧入云表恍然已出
尘世

清代　郑珍

不知为先有水后有山，山来避水过其间。
抑不知先有山后有水，水来破山出其里。
春风铿杖游天门，两门中若桃花源。
小儿怪问山水意，异境恍惚难为言。
尝疑混沌时，必有物混成。
十二万年中，布置开天明。
继又几何年，辟地令就千万形。
然后下视历历者河岳，上视昭昭为日星。
人目之所不及见，知有几许神妙何从名。
如此小山川，其初骨脉殊不清。
爬高抉塞举手事，奇熊诡状因以呈。
今观太华峰，掌蹠遗巨灵。
寻当雷劈山，瞬息已变更。
何况天地母，可以智力思议求其能。
看山自有真，心会不在远。
强欲索根原，纵得亦已浅。
我观我生犹未知，且可山水相娱嬉。
何缘无事自取闹，笑看岩间红杏枝。

作者简介：

郑珍（1806—1864 年），贵州遵义人，字子尹，号柴翁。道光十七年举人，选荔波县训导。咸丰间告归。同治初补江苏知县，未行而卒。学宗许郑，精通文字音韵之学，熟悉古代宫室冠服制度。有《礼仪私笺》《轮舆私笺》《说文新附考》《巢经巢经说》《巢经巢集》等。

题孙君采芝图二首（其一）

清代　曾国藩

众羽工飞骞，先生独摧挫。

十载桃花源，寒毡屡告破。

古木发深弹，从来拒俗和。

采蕨睎殷顽，餐英补楚些。

自撷三秀芝，穷年振寒饿。

岂谓人事乖，悠悠即长卧。

掇草求长生，无灵欲谁那。

长是拜画图，千秋聆咳唾。

作者简介：

曾国藩（1811—1872 年），初名子城，字伯函，号涤生，谥文正，汉族，出生于湖南长沙府湘乡县。晚清重臣，湘军的创立者和统帅。清朝战略家、政治家，晚清散文"湘乡派"创立人。晚清"中兴四大名臣"之一，官至两江总督、直隶总督、武英殿大学士，封一等毅勇侯，谥曰文正。

渔人再觅桃花源不得路忆隐者

清代　孔庆镕

一舟重破绿溪烟，风景依稀别有天。
路转峰回非旧迹，水光山色认前缘。
昨宵鸡酒还疑梦，此景苍茫似隔年。
满地落花人怅望，白云深锁夕阳边。

作者简介：

孔庆镕（1787—1841 年），号冶山，曲阜人。孔子七十三世孙，袭封衍圣公。有《铁山园诗稿》。

樱花歌

清末近现代初　黄遵宪

鸹金宝鞍金盘陀，螺钿漆盒携巨罗。
伞张胡蝶衣哆啰，此呼奥姑彼檀那。
一花一树来婆娑，坐者行者口吟哦。
攀者折者手挼莎，来者去者肩相摩。
墨江泼绿水微波，万花掩映江之沱。
倾城看花奈花何，人人同唱樱花歌。
道旁老人三嗟咨，菊花虽好不如葵。
即今游客多于鲫，未及将军全盛时。
将军主政国尚武，源蹶平颠纷斗虎。
德川累世柔服人，渐变战场成乐土。
将军好花兼好游，每岁看花载箫鼓。
三百诸侯各质挚，争费黄金教歌舞。
千金万金营香巢，花光照海影如潮。
游侠聚作萃渊薮，真仙亦迷脂夜妖。
合歌万叶写白纻，缠头每树悬红绡。

七月张灯九月舞，一年最好推花朝。

嗔云吹雾花无数，一条锦绣游人路。

明明楼阁倚空虚，玲珑忽见花千树。

花开别县移花来，花落千丁载花去。

十日之游举国狂，岁岁欢虞朝复暮。

承平以来二百年，不闻鼙鼓闻管弦。

呼作花王齐下拜，至夸神国尊如天。

当时海外波涛涌，龙鬼佛天都震恐。

欧西诸大日逞强，渐剪黑奴及黄种。

芙蓉毒雾海漫漫，我自闭关眠不动。

一朝轮舶炮声来，惊破看花众人梦。

我闻《桃花源》，洞口云迷离，人间汉魏了不知。

又闻净土落花深四寸，每读《华严经》卷神为痴。

拈花再拜开耶姬，上告丰苇原国天尊人皇百神祇。

仍愿丸泥封关再闭一千载，天雨新好花，长是看花时。

游箱根（其四）

清末近现代初　黄遵宪

群山若堂防，依严各构屋。

家家争调水，曲笕引修竹。

泠泠滴檐角，汩汩出严腹。

晓鸦犹未兴，已有游人浴。

东屋鸣琴弦，西屋斗棋局。

南屋垂钓竿，北屋罗简牍。

蛟毫展凉簟，鹤氅被轻服蔽笔。

点白茶始尝，堆红果初熟。

蕃舶从海来，蒲萄泛新渌。

洪崖揖浮丘，萧史媚弄玉。

鸡犬亦飞升，熊鱼各得欲。

人生贵行乐，矧此神仙福。

缠腰更骑鹤，辟俗还食肉。

平生烟霞心，奈此桑下宿。

行携《桃源图》，归我篔筜谷。

作者简介：

黄遵宪（1848—1905 年），晚清诗人，外交家、政治家、教育家。字公度，别号人境庐主人，汉族客家人，广东省梅州人，光绪二年举人，历充驻日参赞、旧金山总领事、驻英参赞、新加坡总领事，戊戌变法期间署湖南按察使，助巡抚陈宝箴推行新政。工诗，喜以新事物熔铸入诗，有"诗界革新导师"之称。黄遵宪有《人镜庐诗草》《日本国志》《日本杂事诗》。

桃花源

清末近现代初　康有为

三面湖波亦半岛，百株桃树又渔舟。

蓬莱婀娜宜忘世，湖水涟漪渺隔洲。

夹路荷塘白烟影，小亭篁竹绿云秋。

花开花落春何意，避地避人天与游。

作者简介：

康有为（1858—1927 年），原名祖诒，字广厦，号长素，又号明夷、更甡、西樵山人、游存叟、天游化人，广东省广州府南海县丹灶苏村人，人称康南海，中国晚清时期重要的政治家、思想家、教育家，资产阶级改良主义的代表人物。康有为出身于封建官僚家庭，光绪五年（1879 年）开始接触西方文化。光绪十四年（1888 年），康有为再一次到北京参加顺天乡试，借机第一次上书光绪帝请求变法，受阻未上达。光绪十七年（1891 年）后在广州设立万木草堂，收徒讲学。光绪二十一年（1895 年）得知《马关条约》签订，联合 1300 多名举人上万言书，即"公车上书"。

恭祝升三社兄令堂八十晋一

清代　林朝崧

昔年曾卜孟家邻，拜母登堂骨肉亲。
十亩躬耕陈仲子，一门奉法郝夫人。
小康身自安荆布，阴德天常报凤麟。
百岁桃花源里住，不知东海几扬尘？

桃花源（其一）

清代　林朝崧

岁岁花开古洞幽，居人平等各优游。
分明一小共和国，鸡犬云中也自由。

桃花源（其二）

清代　林朝崧

避秦寻得小乾坤，五柳先生但寓言。
岂识欧人工探险，美洲真辟一桃源。

桃花源（其三）

清代　林朝崧

洞里桑麻太古风，仙家何事井蛙同。
愿推芥子须弥法，尽纳全球入此中。

作者简介：

林朝崧（1875—1915 年），字俊堂，号痴仙，台湾彰化县雾峰乡人。林朝崧出身于武功之家，其父亲林利卿、族伯林文察、族兄林朝栋均是清朝同治、光绪年间颇有战功的将领。林朝崧作为栎社的发起人和首任理事，在台湾地方文学发展史上占有重要地位。

桃花源联

清代　罗润璋

卅六洞别有一天，渊明记，辋川行，太白序，昌黎歌，渔邪？

樵邪？

隐耶？

仙邪？

都是名山知己；

五百年问今何世，鹿亡秦，蛇兴汉，鼎争魏，瓜分晋，颂者，讴者，悲者，泣者，未免桃花笑人。

作者简介：

罗润璋（1854—1915 年），字琳修，湖南桃源人。光绪己丑举人，江苏知县。有《羽仪阁诗稿》。

桃源洞

清代　顾鉴

路问桃花源，遥指白马渡。

晻蔼云气深，秦人从此去。

秦人去千载，白云长自护。

何年灵境开，花源忽呈露。

从此传人间，物外感生聚。

我来已深冬，不见桃花雨。

林深水无源，水绕山回互。

草木净余芳，鱼鸟适幽趣。

仿佛鸡犬声，远出云中树。

奇踪托杳渺，欲觅曾无路。

嗟彼武陵渔，津逮仍迷误。

为问避世人，高举将焉赴。

渊明结妙想，孤怀聊自寓。

寓言非人间，惝恍何所慕。

作者简介：

顾鉴（生卒年不详），字戒庵，江宁人。官江西知县。有《远音集》。

蝶恋花（其一） 春日题桃花源

清末近现代初　易顺鼎

镜里春山眉欲语。

十里空江，红遍桃花雨。

仙犬一声天正午。

白云如海无寻处。

剪剪东风吹不住。

吹换秦时，几辈渔儿女。

烟唱收帆回别渚。

数枝柔橹摇春去。

宴清都　桃花源

十载迷津客。

斜阳外、旧红曾否相识。

幽源访路，闲门隔坞，古春长閟。

桃花流水依然，但几换渔郎家国。

奈人世、别有东风，吹老三户豪杰。

阿房暮燹飞残，绣苔辇道，焦土犹热。

仙家一笑，湘山自赭，海山空碧。

避秦月亦千年，定懒照、长城白骨。

便邀来、共话前朝，风林散发。

作者简介：

易顺鼎（1858—1920 年），清末官员、诗人，寒庐七子之一。字实甫、实父、中硕，号忏绮斋、眉伽，晚号哭庵、一广居士等，龙阳（今湖南汉寿）人，易佩绅之子。光绪元年举人。曾被张之洞聘主两湖书院经史讲席。马关条约签订后，上书请罢和义。曾两去台湾，帮助刘永福抗战。庚子事变时，督江楚转运，此后在广西、云南、广东等地任道台。辛亥革命后去北京，与袁世凯之子袁克文交游，袁世凯称帝后，任印铸局长。工诗，讲究属对工巧，用意新颖，与樊增祥并称"樊易"，著有《琴志楼编年诗集》等。

桃花源联

绝境此何来，版宇原非刘氏土；

避秦意休问，世家原属晋时人。

作者简介:

余良栋（生卒年不详），字芹塘，四川万县（今万州市）人，监生。光绪初任常德龙阳（今汉寿）县令，接着任芷江县令，光绪十四年（1888年）任桃源县令，连任两届，一直到光绪二十一年（1895年）年底，大约是桃源历任知县在职最久的。余良栋在桃源的几年对桃源的建设产生了不小的影响，集资修建桃溪书院，建育婴堂、文庙、东岳庙等，尤其对于县中名胜桃花源古迹的修复有功，重建并布置了多处新景点，至今还为人所称道。据《清实录·德宗景皇帝实录》载，因湖南巡抚吴大澂的举奏，余良栋在光绪十九年（1893年）得到过皇帝的嘉奖。

桃源洞

清代　费应泰

不识桃源路，舟人指故山。

白鸥秋水外，黄叶夕阳间。

尘世境原幻，渔郎事可删。

时清竞朝市，长觉洞门间。

作者简介:

费应泰（生卒年不详），字二交，号履斋，湖南岳州府巴陵（今岳阳）县人。雍正十三年（1735年）选拔充武英殿纂修，馆阁中皆器重其才，议叙授泸溪县教谕。告归，主讲虎溪、白鹿两书院，多所成就。著有《含翠斋诗集》。子志学，乾隆二十八年（1763年）进士，历任上元、常熟、昆山知县，俱有政声。

望桃源洞

清代　商景泰

武陵渡口夕阳斜，夹岸茅篱三两家。
笑问渔郎何处去，春来开遍旧桃花。

作者简介：

商景泰（生卒年不详），字宗五，瓮安人。乾隆乙卯进士，官射洪知县。

游桃源洞

清代　恩霖

洞口沈沈罨绿阴，风泉吹落碧云深。
仙源未必无寻处，至竟谁存避世心。

作者简介：

恩霖（生卒年不详），字湛卿，满洲旗人。道光甲辰进士，历官湖南同知。著有《坦室诗草》。

游盘龙山歌答桃源洞天主人

清末近现代初　王昌麟

桃源主人示我盘龙吟，动我升高眺远之雄心。
马背不如人背稳，跨之可上昆仑岑。
主人好游意超迈，导我乘云观上界。
随处溪山百丈图，旋行旋展天手快。
偕吾徒兮山之脊，拨草寻途愁径窄。

当头隐叠翠嶂凡几重，两面削成丹崖约千尺。
苍茫四望无人家，饥肠辘辘何所觅食分渴又无茶。
藤密畏逢蛇吐舌，风腥疑有虎磨牙。
同人相顾色如墨，百尺竿头退不得。
麟也胡为走大荒，凤兮何苦寻荆棘。
有时风落孟生帻，有时泥陷阮孚屐。
有时汗透左思衣，有时喘坐米颠石。
山雨欲来云黯黮，路到难时须放胆。
昌黎不合哭华山，取笑千秋吾岂敢。
体虽疲兮神则王，掉头已在青云上。
飞雪来吟谢客儿，长风吹送陶元亮。
山高寺冷无人到，四时冰雪堆堂奥。
僧知客为观日来，预言晓霁当先报。
我偕弟子卧禅室，迟明僧报日将出。
天边万道霞缤纷，山外平铺云涥滴。
初吐赤若眉，继似朱涂额。
俄见碧牙璜，瞬成血色璧。
楚王渡江萍实浮，狮子蹴空火球掷。
伟哉造化为大炉，铸出铜钲挂东崿。
此行何异登岱宗，低头俯见海波裂。
山僧顾言此未足，雾消可见峨山曲。
芙蓉城廓在眼前，江流如线缠巴蜀。
纵横平壤天府宽，坐见嘉禾黄转绿。
群峰蛾伏不碍眼，始知井蛙自局促。
我闻此语心颜开，准拟看山不拟回。
试登混元顶，再上会仙台。
鸡冠石上走一过，宝顶山头览九垓。
眼界更无峰隔断，心光且与天徘徊。
天公真面未易露，勾留苦受白云锢。
主人褰裳不肯住，余亦从之觅归路。
进易退难古所叹，此身恨不生羽翰。
天梯无磴失栏杆，下视累累乱石乱。
乱石如锥起，摇摇行复止。

履厚指尖长，一滑痛彻髓。

翠微直下坡路蠢，风雨漫天雾迷目。

绿草蒙茸踏作泥，前人方起后人仆。

衣裳湿尽无一干，雨酿夏气成秋寒。

飞鸟不见见应笑，昨何矫健今蹒跚。

自从行路无此苦，荒山谁与为宾主。

兜鞋十步九艰辛，拄枝一摇三仰俯。

想是仙人厌客寻，不然山鬼敢余侮。

　　道遇少年胡，采药上山隅。

　　感激顾盼间，弛担负余趋。

　　下山投亲宿，红日照庭梧。

　　回瞻所过岭，雨气尚模糊。

喟然长啸添神智，安见登高胜平地。

便使天门秩荡开，群仙转恐忧颠坠。

刘伶荷锸自可埋，毕卓抱瓮何嫌醉。

忆我七上公车时，出云入云亦游戏。

主人吾宗之耆英，新诗赠我如瑶琼。

天上绿章倘可奏，翻然亦欲骑长鲸。

功成再访赤松子，相与蟠龙高处证前盟。

作者简介：

王昌麟（1862—1918 年），别名正豫，字瑞徵，柳街乡人。他敏慧过人，五岁其父授之以书，渐长即能赋诗作对。六岁丧父，家境日衰，其母张氏，尽售其田，以偿债所余，佃田耕作。他家劳力既乏，生活十分困难，有人劝其弃学，昌麟愤然曰：吾家虽贫，诗书不可不读。伯父王丹书闻其言，喜其慧而有志，挈之于家，悉心教授，昌麟得以诵读如故。王昌麟为人耿介，不苟取与，处世以诚，待人以礼，飘泊一生，才未竟用。民国七年（1918 年）12 月病逝，终年五十七岁。其遗著有《周官通释》《文学通论》（一名国文讲义）《晴翠山房文集》《惜斋文录》等共十九卷。

眉峰碧　舟过青山

清末近现代初　陈步墀

水是秋波送。

山是春螺动。

行舟回曲近山前，恍入桃花源梦。

雨带烟霞弄。

翠压林梢重。

相逢无此好湖山，阿谁不爱青岩洞。

作者简介：

陈步墀（1870—1934年），字子丹，一字幼侪，又名慈云，号云僧。广东饶平（今澄海市）隆都镇前溪村人。清光绪廪生、宣统元年己酉科恩贡。香港华人慈善团体保良局总理，经营乾泰隆号米行。有《绣诗楼集》，内有《双溪词》《十万金铃馆词》。

水调歌头　留别

清末近现代初　顾随

收汝眼中泪，且听我高歌。

人云愁似江水，不道著愁魔。

长笑避泰失计。

空向桃花源里，世世老烟蓑。

悲戚料应少，欢乐也无多。

人间事，须人作，莫蹉跎。

也知难得如意，如意便如何。

试问倘无缺憾，难道只需温暖。

岁月任销磨。

歌罢我行矣，夕日照寒波。

作者简介：

顾随（1897—1960 年），本名顾宝随，字羡季，笔名苦水，别号驼庵，河北清河县人。中国韵文、散文作家，理论批评家、美学鉴赏家、讲授艺术家、禅学家、书法家、文化学术研著专家。顾随先后在河北女师学院、燕京大学、辅仁大学、中法大学、中国大学、北京师范大学、河北大学、女子文理学院等校讲授中国古代文学，四十多年来桃李满天下，很多弟子早已是享誉海内外的专家学者，叶嘉莹、周汝昌、史树青、邓云乡、郭预衡、颜一烟、黄宗江、吴小如、杨敏如、王双启等便是其中的突出代表。叶嘉莹教授以老师晚年名号"驼庵"在南开大学设立了"叶氏驼庵奖学金"，以奖励后辈学子。顾随自 20 世纪 30 年代起，有《稼轩词说》《东坡词说》《元明残剧八种》《揣龠录》《佛典翻译文学》等多种学术著作问世，并发表学术论文数十篇，20 世纪 80 年代后经多方收集，已出版了《顾随文集》《顾羡季先生诗词讲记》《顾随：诗文丛论》《顾随说禅》《顾随笺释毛主席诗词》《顾随与叶嘉莹》《顾随致周汝昌书》。

水调歌头　隐括桃花源记，依东山四声

清末近现代初　唐圭璋

舟逐古津远，绿树蘸波圆。

缃桃红浅，一川相映落英繁。

花外云山新换，忽入千家庭院，男女笑声喧。

斟酒初开宴，不记是何年。

掩松萝，寻碧藓，乐幽闲。

太平鸡犬，浑疑灵境住神仙。

归去缤纷两岸，犹念当时人面，啼损隔林鹃。

回首溪如练，樵径散风烟。

作者简介：

唐圭璋（1901—1990年），字季特，江苏南京人。中国当代词学家、文史学家、教育家，民盟成员。1901年1月23日，出生于南京。1928年，毕业于国立东南大学中文系，曾任南京第一女中、钟英中学、安徽中学教师，中央大学、金陵大学、南京大学、东北师范大学、南京师范大学中文系教授，南京师范大学中文系古代文学专业博士研究生导师，兼国务院古籍整理出版规划小组顾问，中国韵文学会会长，中华诗词学会名誉会长，《词学》主编。南京市人民代表，江苏省政协委员。1934年开始发表作品。1990年11月28日在南京病逝。唐圭璋编著有《全宋词》《全金元词》《词话丛编》《唐宋词鉴赏辞典》等，著有《宋词三百首笺注》《南唐二主词汇笺》《宋词四考》《元人小令格律》《词苑丛谈校注》《宋词纪事》《词学论丛》等。

桃花源联

清末近现代初　杨瑞鳣

境辟太元中，看流水桃花，洞口不生寄奴草；
地犹武陵郡，喜垂髫黄发，村中时见避秦人。

作者简介：

杨瑞鳣（生卒年不详），云南省大理府太和县人，清朝政治人物、同进士出身。光绪二十一年，参加光绪乙未科殿试，登进士三甲96名。同年五月，著交吏部掣签分发各省，以知县即用。

桃花源联

清末近现代初　吴恭亨

山鸟似犹啼往事；桃花依旧笑春风。

作者简介：

吴恭亨（1857—1937年），字悔晦，湖南慈利人。近代古文家、诗人，南社社员。以游幕、教读为业，能诗文、工联语。

题天梅万树梅花绕一庐卷子

清末近现代初　黄节

种得寒梅迤海滨，是间卜筑已殊邻。

江湖乍见初冬雪，天地难为一室春。

靖节桃花源上记，耆卿杨柳岸边人。

凭君著意勤摹写，费我题诗独苦辛。

作者简介：

黄节（1873—1935年），广东省广州府顺德县人（今广东省佛山市顺德区）。清末在上海与章太炎、马叙伦等创立国学保存会，刊印《风雨楼丛书》，创办《国粹学报》。民国成立后加入南社，长居北京，袁世凯复辟帝制期间，黄节频频撰文抨击，致遭忌恨。此后，不再从事新闻舆论工作，专心致力于学术研究和教育事业。1917年，受聘为北京大学文学院教授，专授中国诗学。1922年拒任北洋政府秘书长，后曾担任过一年的广东省教育厅厅长兼通志馆馆长。因对时局不满，在1929年辞职，仍回北京大学，同时兼任清华大学研究院导师。1935年1月24日在北京病逝，归葬广州白云山御书阁畔。黄节以诗名世，与梁鼎芬、罗瘿公、曾习经合称"岭南近代四家"。著有《蒹葭楼诗》两卷，作品风格既有唐诗的文采风华，又有宋词的骨格峭健，刚柔并美，人称"唐面宋骨"，其中七律尤为出色。著有《诗学》《诗律》《诗旨纂辞》《变雅》《汉魏乐府风笺》《魏文帝魏武帝诗注》《曹子建诗注》《阮步兵诗注》《鲍参军诗注集说》《谢康乐诗注》《谢宣城诗注》《顾亭林诗说》等。

菩萨蛮（其一）
渔川斋中遇郑俊忱、梅斐漪

清末近现代初　奭良

姑苏城外寒山寺。桃花源畔秦淮水。

飘泊各西东。重逢似梦中。

吴刚修月者。合结仙姻娅。

为问寋修人。何如郑子真。

作者简介：

奭良（1851—1930 年），字召南，满洲镶红旗人，裕瑚鲁氏。贵州按察使承龄之孙，赵尔巽的表侄。屡试不第。早年颇负诗文，有"八旗才子"之称。民国时期，应清史馆总裁赵尔巽聘，在馆有年，曾修订《清史稿》中的部分内容。他主要参与列传撰写并校订本纪，太祖、圣祖、世宗、仁宗、文宗、宣统六朝本纪均为其所辑。熟悉清史掌故，著有《野棠轩文集》《史亭识小录》等。

柳梢青　游关岭

清末近现代初　许南英

浮岚积翠，枫林坐晚，停车还爱。

桑柘村间、桃花源里，问今何世？

嫩红一树樱花，亦稍慰，客中风味。

如痴似笑，饭后酒馀，任人调戏。

作者简介：

许南英（1855—1917年），一姓林，字蕴白，一字允白，号窥园主人、留发头陀、龙马书生、昆舍耶客、春江冷宦，台湾省人。少时，从谢宪章学，与吴子云、陈人五、施士洁、丘逢甲、汪春源等交往，诗词创作亦始于此时。光绪十六年（1890年）进士，腊月由京返台湾服役。中日甲午之战后，台湾割让给日本。许南英与刘永福、丘逢甲率兵抗击日军，"枕戈泣血，敌忾同仇"。兵败，转赴厦门，与施士洁等"陆沉归隐，啸傲于洞天鼓浪屿中，觞咏菽庄吟社"（施士洁序）。后历任广东徐闻、阳春、三水知县。民国五年（1916年）复回台湾，次年病卒。著有《窥园留草》。

题桃花源图二首（其一）

清末近现代初　连横

大国凄凉劫火馀，念家山破恨何如！
匹夫亦有兴亡责，忍爱桃花自隐居？

题桃花源图二首（其二）

清末近现代初　连横

桑麻鸡犬自成邻，流水桃花别有春。
若使刘项皆遁世，他年何以报强秦？

作者简介：

连横（1878—1936年），字武公，号雅堂，别署剑花，台湾台南人。祖籍福建漳州龙溪。光绪三十年（1904年）办《福建日日新闻》，鼓吹排满，为清廷所忌，未几停刊。及归台，乃与赵云石、谢籁轩十余人在台南创南社。宣统元年（1909年），又与林痴仙、赖绍尧、林幼春等人创栎社。民国既立，先后游上海、南京、杭州。

后又转奉天、吉林，从事报业。民国三年（1914年），赵尔巽执掌清史馆，请连横入馆共事，连横因得尽阅馆中所藏有关台湾建省档案，采掇排比，以著《台湾通史》。是年冬归台，任职于《台南新报》。民国十六年（1927年），与友人开雅堂书局。著有《台湾通史》《台湾语典》《台湾诗乘》《大陆诗草》《剑花室诗集》等。

舟发武陵留别张益诚孝廉即次其见赠原韵

清末近现代初　袁嘉谷

最难短别作长愁，话到将离又暂留。
经史文章期后会，江湖诗酒记前游。
滇山明月三更梦，沅水轻风一叶舟。
我亦速君归去好，桃花源里有人不。

作者简介：

袁嘉谷（1872—1937年），字树五，号树圃，晚年自号屏山居士，云南石屏人。云南文化名人。

陶社成立，闻邑人有非之者，赋此解嘲。即用成立词韵

清末近现代初　祝廷华

羲皇以后几岁月，史书纪载皆陈迹。
读书尚友多古人，胡为独取陶彭泽。
况无武陵桃花源，又无五柳先生宅。
人物都无晋代风，题名何用陶为额。
我闻此语悠然思，遥遥千载尊诗伯。

古今异世乐趣同，难分是非论黑白。

谓予唐突古名贤，骇闻令我屏颜赤。

鸟倦飞时始入林，宁能复展乘风翮。

家有杜康酒无算，地与刘伶分一席。

维持风雅在吾侪，尚存一息须为力。

此事非求身后名，知人论世毋过刻。

吾侪不少素心人，荣誉不争争品格。

不才伏处城南隅，衰病逡巡鲜所获。

独往独来年复年，窃叹光阴如过客。

平生爱读靖节诗，读罢时还顶礼百。

愿刊万本施万人，尽知廉让忧方释。

此时发轫赖扶持，诸贤讨论无虚夕。

说理须范朱丝绳，量材须执玉界尺。

希踪栗里不敢期，栽培松菊吾侪责。

西畴南亩日操劳，繄维君子甘于役。

作者简介：

祝廷华（生卒年不详），字丹卿，号颜丞，出身望族，十九岁中秀才，光绪廿八年中举，翌年登进士。选为吏部文选主事。目睹清廷腐败，以祖母病乞归。任江阴劝学所所长，致力于地方教育和实业事业。大力发展城乡教育。辛亥革命参加同盟会，任分部部长。民国十三年，发起成立陶社，刊印江上诗钞、先哲遗书二十余种。为传承与发展文化作出了贡献。

车行浙赣道中得诗六章存二首
（其一）

清末近现代初　施蛰存

迢迢浙赣路，轻轨驶重车。

一客据二席，卧起恣欹斜。

晶窗明远眺，红日开朝霞。

平畴转黍秫，峻坂回桑麻。

丛篁社公祠，茅屋野人家。

丘坟放新特，篱落萦嘉瓜。

越中佳丽地，天富国所夸。

乾道忽变化，玄黄飞龙蛇。

自非桃花源，旦夕惊虫沙。

客从东海来，历劫私叹嗟。

野塘秋水漫，荷尽悲枯笳。

作者简介：

施蛰存（1905—2003 年），原名施德普，字蛰存，常用笔名施青萍、安华等，浙江杭州人。著名文学家、翻译家、教育家、华东师范大学中文系教授。

后 记

　　自陶渊明写下《桃花源记》《桃花源诗》以来，历代的文人墨客都倾注大量笔墨描写"桃花源"，诗词篇章，浩浩汤汤。抑或通过书法、绘画等表达着自己对心中理想世界的神思与向往。

　　桃花源已经从实体的地域空间转向了对理想生活与美好社会的向往。文人笔下的桃花源或是高人隐士的居所，或是逃离喧嚣的避难地，它象征着士人对动荡乱世的逃离，也代表了他们远离朝堂、退出江湖的归隐。

　　每个人心中都有一个桃花源，不同的时代，不同的人，不同的感悟。放眼寰球，在大数据时代，每时每刻都可以透过小小的屏幕看到局部的冲突与离合。经历了疫情挑战与无数逆行者们的果敢付出，立足当下，大家能够顺畅而自在地呼吸自然空气、享受春和景明，孩童们能够徜徉在馥郁沁甜的花香里，作为中华民族、炎黄子孙，这是一种且行且珍惜的幸福感——如果没有大家的奋斗与付出，则没有宁静的"桃花源"。在快节奏、碎片阅读、信息爆炸的今天，捧读这样一本集子，似乎别有一番意味。

在今天的时代语境下，"万物互联"正成为一种不可违逆的技术潮流与发展方向，没有人可以抵抗在熙攘的人群里、拥挤的地铁上由各类前沿讯息冲击所带来的诱惑。从信息共享到生活共享，乃至最终"献祭"我们的肉身于信息，我们似乎从来乐此不疲。而"桃花源"则是表达了另一种态度，它是一声轻微但笃定的质询：我可以在广袤旷野中、在幽深谷底里，开出一方属于我个人的精神自留地吗？

当然，许多年轻的朋友告诉我，他丝毫不介意是否独自生活，丁克或是独身，他都享受这样的生活，乐在其中。

有学者敏锐注意到了这个问题的症结所在，指出一个个体生活高度原子化的时代实际上是建立在对于现代性的全面依赖之上的，它要求对人的"总体性"全面放弃，然后依赖现代工业武装到牙齿的大数据算法和物流系统，将日常生活所需的食物以及大量"奶头乐"的文化产品喂到嘴边。于是，对于"桃花源"的理解变成了夜晚十二点之后的短视频狂欢，或者某某平台免运输费的折扣券。"桃花源"变成了肉体安放的"宅"，而非精神安顿的"家"。

古人过得并不比我们舒适和便捷，而且是否真实存在着一个"桃花源"，连陶渊明本人也都语焉不详，但我想至少有一点是真实可贵的，就是"追寻"。"桃花源"是我们甚至不惜肉体的苦楚，也要上下求索的精神家园。在那里，我们真正过上了自给自足、不枉此生的生活。希望在合上书本的时候，读者能够心有回响："我心安处是桃源。"

　　本书在编撰过程中，得到了中华诗词学会会长周文彰先生、重庆图书馆研究馆员唐伯友先生、重庆图书馆研究馆员万华英女士、重庆市地方志办公室二级巡视员殷智先生、青年学者谭熹琳女士的大力支持和帮助，再次表示衷心的感谢！

寒阳

2024 年 10 月 31 日